毛詩原解
毛詩序說

上册

〔明〕郝敬 撰
向輝 點校

中華書局

圖書在版編目(CIP)數據

毛詩原解　毛詩序説/(明)郝敬撰;向輝點校. —北京:中華書局,2021.6(2025.9 重印)
ISBN 978-7-101-15185-5

Ⅰ.毛…　Ⅱ.①郝…②向…　Ⅲ.《詩經》-詩歌研究
Ⅳ.I207.222

中國版本圖書館 CIP 數據核字(2021)第 087763 號

責任編輯：許慶江
責任印製：陳麗娜

毛詩原解　毛詩序説

（全三册）

〔明〕郝　敬 撰

向　輝 點校

*

中華書局出版發行

(北京市豐臺區太平橋西里 38 號　100073)

http://www.zhbc.com.cn

E-mail:zhbc@zhbc.com.cn

三河市中晟雅豪印務有限公司印刷

*

850×1168 毫米 1/32 · 29⅜印張 · 6 插頁 · 589 千字

2021 年 6 月第 1 版　　2025 年 9 月第 4 次印刷

印數:4801-5800 册　　定價:98.00 元

ISBN 978-7-101-15185-5

整理説明

《毛詩原解》是郝敬的經解著作《九部經解》中的一部。它按照明代通行的《毛詩》經文和次序，對《詩經》逐篇逐章解讀，内容上包括經文（含韻讀）、詩序、逐章譯解和字句解釋等四個部分。這部著作對《詩經》進行了完整的古典散文式翻譯，對鄭玄的箋注和朱子的《詩集傳》論説提出了比較中肯的批評，在解讀中比較系統地揭示了《毛詩》的主要特點，回答了如何理解《詩經》與《詩序》的關係問題，特别是他在解釋中提出的「《詩》者，性情之道」「《序》者，志也」的看法，爲我們深入理解《詩經》的教化意涵提供了比較不錯的範本，至今仍有它的價值。

郝敬（一五五八—一六三九）字仲輿，號楚望，自署康樂園主人，湖北京山人，明萬曆十七年（一五八九）進士。他的著作主要爲《九部經解》和《山草堂集》。郝敬曾任缙雲、永嘉縣令，升禮科、户科給事中。在任言官期間，郝敬上疏言辭激烈，所以春考被劾，貶謫至常州府，先任宜興縣丞，再調江陰縣令。萬曆三十二年（一六〇四），郝敬掛冠回鄉。在京山老家期間，他「取《易》《詩》《書》《春秋》《三禮》《論》《孟》，鑽堅研微，參伍解説，彙爲章句，勒之梨棗，藏之家塾」（《小山草》卷一）。萬斯同在《明史稿》中稱，郝敬不再追求仕進之後，「杜門謝客，專務著述，《五經》及《周禮》《儀禮》《論語》《孟子》咸爲之解。超然朗詣，不襲先儒陳説，窮經者盡宗之。又著《山草堂》二十八種，皆談經緒論。自古儒者釋經之勤，未有若敬者」。黄宗羲《明儒學案》也稱，郝敬于「《五經》之外，《儀禮》《周禮》《論》《孟》各著爲解，疏通證明，一洗訓詁之氣。明代窮經之士，先生實爲巨擘」。章學誠爲郝敬作傳記，肯定他「于諸經極有苦心，實能見前人之所未及」。清初編纂的《康熙字典》和御製諸經解説，乃至于私塾刻本都引用郝敬的經解。對于他的《毛詩原解》，錢澄之曾這樣評價：「議論之精醇者，足以發明朱《傳》，不可廢也。」

郝敬從萬曆三十三年（一六〇五）開始《九部經解》的撰寫，到萬曆四十二年（一六一四）完成了編纂工作，全書版刻則到萬曆四十七年（一六一九）才最終告成。其中，《毛詩原解》刊定于萬曆四十四年（一六一六）。在刻成書板之後，作者做了一些修補，從後印本中能窺其端倪。後來，清人編刊《湖北叢書》，收録了《毛詩原解》，底本是京山郝氏家藏本。在郝敬晚年，他的幼子郝洪範以《毛詩原解》爲基礎編輯出版了《毛詩序説》，收録在《山草堂集》中，爲《内編》第五種。

國内外諸公藏機構所存《九部經解》均爲郝氏家塾刊本。但現存各本之間有先印後印的區别，早期印本《九部經解叙》爲大字，即半葉六行行十三字，後印本改題《叙九部經解》爲小字，即半葉十行行二十一字。《毛詩原解》卷十六第十三葉《東山》篇「周公東征」，早期印本「周公」二字重複作「周公周公東征」，後印本鏟去重複字作「周公■■東征」；卷十七第七葉《常棣篇》早期印本「衆蘂同萼，萼之承花」，後印本改爲「衆蘂同柎，柎之承花」。

此次點校的《毛詩原解》和《毛詩序説》是兩書首次標點整理。其中，《毛詩原解》以日本筑波大學附屬圖書館所藏萬曆四十四年郝氏家塾刻本爲底本，以《續修四庫全書》收録的湖北省圖書館藏明萬曆郝千秋、郝千石刻《九部經解》本、《湖北叢書》本爲校本。《詩經》經文部分，參考《毛詩正義》和《中華再造善本》中收録的《毛詩詁訓傳》。郝敬另有《談經》一書，收録了《毛詩原解》的《讀詩》部分，整理本對其中的文字差異也進行了校訂。《毛詩序説》以《續修四庫全書》收録的國家圖書館藏明萬曆崇禎間刻《山草堂集内編》本爲底本。

點校的原則是：儘量不改動底本，除十分明顯的錯字予以訂正外，其他一仍其舊；底本與校本文字的差異處在校記中説明；爲便于閲讀檢索，整理本增加了經文的篇目，並加編號。

《毛詩原解》後印本在《讀詩》卷端題「京山郝敬著，男千秋千石校刻」，另在卷一、卷十七、卷二十五、卷三十二、卷三十五、卷三十六等卷端署「郝敬解」，而早期印本《讀詩》卷端題署同前，後面則題了「郝敬習」，《湖北叢書》本則在各卷卷端均標「明京山郝敬箸」。《毛詩序説》卷一卷端署：「京山郝敬學，男洪範輯，侄千里、門人彭大翮仝校」，卷二至八卷端題：「京山郝敬學，男洪範輯，門人彭大翮、侄千里校。」這些整理本皆不予保留。原書分段以「〇」符號作標識，整理本已有分段處，故亦不予保留。

限于點校者的學識素養，整理本的疏漏錯誤之處一定不少，祈望讀者不吝賜教。

整理本得以完成，有賴中華書局朱兆虎先生操持，有賴編輯許慶江先生精心勘正，特致謝忱。　整理者謹識。

目録

上册

毛詩原解

毛詩原解卷六

毛詩原解卷七

毛詩原解卷五

毛詩原解卷八

毛詩原解卷九

毛詩原解卷十

毛詩原解卷十一

毛詩原解卷十二

毛詩原解卷十三

中　册

毛詩原解卷二十三

毛詩原解卷二十四

毛詩原解卷三十四

毛詩原解卷三十五

下　册

毛詩序説

毛詩序説卷之二

毛詩序説卷之三

毛詩序説卷之四

小雅

毛詩序説卷之五

毛詩序説卷之六

大雅

毛詩序説卷之七

毛詩序説卷之八

周頌

毛詩原解

讀詩

《六經》，惟誦《詩》多明法。孔子曰：「《詩》，可以興，可以觀，可以羣，可以怨。邇之事父，遠之事君。誦《詩三百》，授之以政，不達；使于四方，不能專對，雖多亦奚以爲？」故子貢論學知《詩》，子曰：「賜也，始可與言《詩》。」子夏論《詩》知禮，子曰：「商也，始可與言《詩》。」此孔子説《詩》之明法也。孟子亦曰：「説《詩》者，不以文害辭，不以辭害志。以意逆志，是謂得之。」故高子問：「《小弁》，小人之詩？」孟子曰：「固矣，夫高叟之爲《詩》。」咸丘蒙問：「《詩》云：『普天之下，莫非王土；率土之濱，莫非王臣。』舜爲天子，瞽瞍非臣，如何？」孟子曰：「非此之謂也。如以辭而已，《雲漢》之詩曰：『周餘黎民，靡有孑遺』，是周無遺民也。」此孟子説《詩》之明法也。學者通乎此意，而學《詩》無餘術矣。

《三百篇》所以高絶千古，惟其寄興悠遠。不讀古序，不達作者之志，與聖人删定之旨。後人疑《序》與《詩》不似，不似處正宜理會。《詩》所難言，正在此。自朱元晦不通古序，學者謬承師説，淺陋枯索，無復興致可風。

《詩序》相傳爲子夏與毛公合作。今按，各《序》首一句爲各詩根柢，下文皆申明首句之意。故先儒謂「首序作自子夏，餘皆毛公增補。」今觀首序，簡當精約，非目巧可撰。古人有詩即有題。或國史標注，或掌故記識，曾經聖人删正，決非苟作。而毛公發明微顯，詳畧曲盡，爲千餘年詩家領袖。至宋儒師心薄古，一切詆爲妄作，秪據詩中文字，斷以己意，創爲新説。今用之，予未敢信其然也。

古人作詩，先有題而後有詩，未有詩成後以題强肖者。箴銘記贊之類，題闕或可據辭標補；至于詩義微婉，雖事有所本，而常託興象外，據辭撰題，決無此理。朱子改《序》，皆先有詩而後有題也。

《詩序》首句，函括精約，法戒凛然。須經聖裁，乃克有此。其下毛公申説，乍讀似闊畧，尋思極得深永之味。後人不解，詆爲淺陋。千古寸心，得失自知。此言《詩》所以難也。或謂：「毛公有大小，非出一手。」其父子兄弟轉相發明，故《傳》與《序》間有不合。大抵《箋》不如《傳》，《傳》不如《序》，毛公補《序》又不如《序》首一語。讀《詩》惟當以首序爲宗。今于首句增「古序曰」三字，下以「毛公曰」别之，後附朱説，參以愚見，不敢辭其妄也。

序者，遂也。作者有未達之志，序以遂之，故古序即是詩人之志。詩辭明顯，則

《序》不及，但道詩所未言，後人所不知者，故《序》不可廢也。朱子必責詩中語爲徵，正與古序相反。苟詩辭已直，又焉用《序》爲？如朱説依樣葫蘆，都似重複語。《書序》所以孟浪，正坐此。雖不用，亦無傷也。若《詩》無古序，則似夜行，烏可少乎？

《詩》，别有齊、魯、韓三家，失傳矣。然三家未見古序，其學亦可知。毛公根據古序，與經傳合，而能變通遊演，曲暢作者之情，千載獨行，諒非偶爾。朱子一切詆爲鑿空妄説，今虚心檢閲，自覺古是今非。有識者何敢諛今而背古乎？

古序全體《春秋》之義，于凡美刺，各舉大綱，而不盡之意寄于言外。當時作詩詳委，具在國史，今不可考矣。毛公《序》説，有所受之，亦猶《左傳》于《春秋》，雖精旨未暢，而大畧可據。朱欲廢毛，已爲不可，直欲併古序廢之，予河漢而不信也。

讀《詩》本古序，義理周匝完備，《雅》《頌》各得其所。聖人删《詩》手澤如新，朱子謂《序》不可信，須併《三百篇》亦不信始得。如以《三百篇》爲古，而《序》爲非古，改從今説，則其錯亂不可勝道矣。《國風》尚有十五國爲别；至于《雅》，皆朝廷獻替；《頌》爲宗廟登歌。如《小雅·沔水》改爲憂亂，非規宣王；《白駒》改爲留賢，非大夫刺王；《黄鳥》《我行其野》，改爲民適異國，非刺宣王；《谷風》改爲朋友相怨，非刺幽王；《蓼莪》改爲孝子不得終養，《四月》改爲遭亂自傷，非刺幽王；《無將大車》改爲行役，非大夫悔用小人；《車舝》改爲新婚，非刺幽王；《采緑》改爲思夫，非刺怨曠；《隰桑》改爲喜見君子，非刺幽王；《緜蠻》改爲微賤勞苦，非刺亂。以上皆如朱説，則《小雅》與《國風》何以别乎？《楚茨》《信南山》《甫田》《大田》皆非刺幽王，《大雅・生民》非尊祖，《既醉》非太平，《鳧鷖》非守成，《假樂》非嘉成王。以上盡改從朱説，則雅與頌又何以别乎？《民勞》《板》改爲同列相戒，非刺厲王；《抑》改爲衛武公自作，非刺幽王；《崧高》《烝民》《韓奕》皆改爲贈行，非美中興。如此，則與風又何别乎？《周頌・臣工》非諸侯助祭，《噫嘻》非祈穀，皆改爲戒農官，《訪落》《敬之》《小毖》皆改爲成王自作。如此，則與雅又何别乎？《魯頌》四篇，《駉》但爲牧馬，《有駜》但爲燕飲，《泮水》但爲脩泮宫，《閟宫》但爲脩祖廟。如此，則與風何别乎？若是，則三經紛如亂絲，必尼父再生，重加删正，乃可通也。

朱元晦詆小序世代名氏皆爲妄語，凡《序》云「美某人」「刺某事」，必責詩中有某名某事徵，不然即斥爲鑿空；若辭類他人他事，即以他人他事代。惟以切直爲主，作詩如此，但可謂之記事文字。而其淺率甚矣，何稱爲主文譎諫乎？如《二南》，文王詩也，未嘗一字及文王。《關雎》《葛覃》，大姒詩也，未嘗一字及大姒。若盡責名與事爲徵，則雖《二南》諸詩，亦鑿空矣。按辭徵事，以校他書、考制度則可，言《詩》則不可。

《二南》《雅》《頌》所載文、武諸詩，皆作于王業既成之後，故《序》以文事爲文王詩，武事爲武王詩，非謂其詩即作于其時也。朱子據詩中有文、武、成、康字，輒以生前稱謚爲疑。他凡詠其事者，謂即作于其時；凡美刺代言者，謂即其人自作，皆犯高叟之癖。

朱子詆前人師説爲鑿空，抑不知己之改作，又何所據？則猶之鑿空耳。第如朱説淺率，其鑿空易；如古序深遠，其鑿空難。今試使人暗索，爲朱説者十常八九，如古序者百無一二。古人鑿空，何不就其明且易者，而爲其遠且難者乎？毛公距夫子删《詩》所四百年，既爲鑿空；朱子又後千五百年，謷然自以爲某詩非某事，實因某事作，此何異李少君遇九十歲翁，紿云我識爾曾王父面孔，知者誑而不信也。

朱子改古序，秖據文辭疑似懸斷，大抵淺俗，如《叔于田》刺鄭莊公不教養其弟，辭似美叔段，遂改爲美叔段；「將仲子兮」刺莊公與祭仲謀殺弟，辭似婦人與男子語，遂改爲淫奔。如《序》何其悠遠，如朱則委巷之曲耳。詳見各篇。

朱元晦專以《史》《傳》質《序》。《序》自與《史》《傳》合。然《序》古而《史》《傳》後出，以《史》《傳》徵《序》，是以黄小徵老人也。如《曹風》「三百赤芾」，《序》謂刺共公，是也；朱謂《序》附會《左傳》晋文公數曹乘軒三百之事，此《左傳》牽詩屬辭耳，豈真曹有三百大夫之多乎？又如吴札觀魯樂，先孔子删《詩》所五十有九年，而《傳》所述皆因《三百篇》次第，今不謂《左傳》附會《詩》，而反謂《序》附會《左傳》，豈不倒見？意在排古序求勝而已。孔子曰「信而好古」，好而不信，則如無好；又曰「多聞闕疑」，疑而改作，無寧闕諸。

朱子謂《序》無據而揣摩也。夫君子善善長而惡惡短，就使無據，寧揣摩古人之似入于善，無寧揣摩不似而入于惡。入于善者，成人美；入于不善者，成人惡。故曰過疑從輕，况本無疑乎？《木瓜》爲感齊桓公作，何疑也？《青青子衿》爲學校不脩作，又何疑也？今不擬以報德之辭，學校之詠，而改從淫奔，豈惟瀆亂聖經，亦好成古人之惡矣。餘難枚舉，附見各篇。

不微不婉，徑情直發，不可爲詩；一覽而盡，言外無餘，不可爲詩；美謂之美，刺謂之刺，拘執繩墨，不可爲詩；意盡乎此，不通于彼，膠柱則合，觸類則滯，不可爲詩。朱説皆犯此數病。

子貢論貧富，與詩何干？而以切磋琢磨解。子夏論素絢，與禮何干？而以禮後解。顧仲尼極加歎賞，謂其「始可與言《詩》」。此意二千年來無人會，但作穎悟上伎倆，實是三百五篇證盟公案。蓋詩人託興深遠，言語寬厚，抑揚反覆，不可爲典要。理有切合，而辭若矛盾；語有疑似，而志相背戾。是故言《詩》難也。善解者，通其志而冥合；不達者，執其似而反遠。子貢論學知《詩》，離而能合也；子夏論《詩》知禮，入而能出也。離而不殊，合而不泥，入而不執，出而不遠，兩端用中，乃可言《詩》。世儒于《詩》以切磋解切磋，以素絢釋素絢，見關雎則以爲鳥，聞羔羊則以爲獸，讀狡童則以爲蕩子，目静女則以爲淫婦。膠柱鼓瑟，無一可通。乃有如高叟以怨慕父母爲小人，如咸丘蒙以普天率土爲臣父；乃至執辭生疑，如朱元晦以古序爲牽强，率意師心，爲易簡直訣。若是則易簡直訣，孰如高叟、咸丘蒙？而賜、商二賢，亦烏能免于牽强之誚也？故子貢、子夏之後，善言《詩》者莫如孟子。孟子之後，知其解者莫如毛公。

或曰：孔子以「思無邪」一言蔽《詩三百》，何也？曰：此即孟子所謂「不以辭害志」也。詩者，志也。《詩》多男女之辭，志不專爲男女發。聽其聲靡靡，而逆其志甚正。故端冕而聽鄭、衛，皆雅樂也。苟佚欲念起，凡歌舞皆足以喪志。故《樂記》曰：「樂者，樂也。君子樂得其道，小人樂得其欲。以道制欲，則樂而不亂；以欲忘道，則惑而不樂。故君子反情以和志。」反情和志者，「思無邪」之謂也。又曰：「禮主其減，樂主其盈。」禮減而進，樂盈而反減而能進。盈而能反者，「思無邪」之謂也。故曰：「興於詩，立於禮，成於樂。」敬主乎中，而和爲終始也。世儒不達，謂《詩》多淫辭，必無邪思，乃可誦《詩》。夫使聖人删《詩》留淫辭，禁學者邪思，是建曲表而責直影也。蓋凡聲音之道，和動爲本。過和則流，過動則蕩。苟弛而不張，雖《關雎》《鵲巢》《桃夭》《摽梅》，其無男女之思耶？而奚必淫奔之詩也。然則《詩》多男女之詠，何也？曰：夫婦，人道之始也。故情欲莫甚于男女，廉恥莫大于中閨。禮義養于閨門者最深，而聲音發于男女者易感。故凡《詩》託興男女者，和動之音，性情之始，非盡男女之事也。

讀他書，依憑文字，不中不遠。讀《詩》守文字，不惟害辭，且乖本旨。如《君子偕老》《猗嗟》，本刺也，而其辭頌；《楚茨》本傷今也，而其辭道古；《小戎》《東山》美之，而無一語贊揚；《氓》《谷風》刺之，而無一語譏貶。此類甚多。朱子于《東山》改爲周公自作，于《氓》《谷風》《小戎》改爲婦人自作。又如《周頌·噫嘻》，據「成王」二字改爲戒農官，《執競》據「成康」二字改爲祭成王、康王。按古序以繹今旨，殊覺不然。

《詩》有詠古而意在傷時者，如《七月》《信南山》《采菽》之類是也；有言乙而意在刺甲者，如《叔于田》《椒聊》之類是也；有託爲其人之言寓意者，如《卷耳》《江有汜》《采緑》之類是也；有不明言其失，但叙其人之事，其失自見者，如《氓》之類是也。有篇首見意，後皆託爲其人之言者，如《雲漢》之類是也；有通章託言，全不露正意者，如《鴟鴞》之類是也；有露一二冷語可思者，如《碩人》《猗嗟》之類是也；有前數章全不露，直至末章方明説者，如《載馳》、「有頍者弁」之類是也；有首露一二語，後全不露者，如《楚茨》之類是也。有辭初緩而漸迫者，如《旄丘》《四月》之類是也；有言輕而意實重者，如《凱風》之類是也。有首章辭意已盡，後數章但變文疊韻者，如《樛木》《螽斯》《黄鳥》《無衣》《緜蠻》之類是也；有前叙事，後託爲其人之言者，如《野有死麕》《大車》《小戎》之類是也；有首章見意，後數章皆託他人言者，如《蕩》之類是也；有前數章反言，至末始見正意者，如《都人士》《隰桑》之類是也。餘可例推。雖或即事直陳，而皆有悠揚委曲之趣，言外不盡之旨，都未有徑情直發者。後世騷賦，大彷風人遺意。至近體興，而古意盡廢。朱元晦以近體解《三百篇》，宜其不達耳。

詩意深厚，正不貴明淺。或借古以諷今，或反言以明正，或託其人口吻以發意中事，或漫無可否，述事以見意。體裁不一，要未有直發者。朱子謂詩本性情，辭無粃綴。夫聲音之道，自與性情通。歌詠所以養性情，歌《雅》者温良，歌《頌》者柔直，故曰《詩》可以興。此性情之説也。非謂其人自作，即見其人之性情云爾也。人雖暴厲，其爲詩亦必温厚，不温厚則非詩，故曰不以人廢言。言不可以信人，詩其可以信性情乎？以此論性情，失其解矣。

朱元晦云：「讀書從眼前説出底便好，從崎嶇説出底便不好。」此非至當之論。言近指遠，眼前固好；牽强造作，崎嶇固不好。若以皮膚爲眼前，以深永爲崎嶇，所喪適多。如讀《詩》與讀《易》，欲一味眼前，胡可得「《詩》比」與「《易》象」？欲不崎嶇，胡可得？朱子解《詩》《易》，所以兩失，惟其怕崎嶇，將《六經》許多義理，割與二氏，自守皮膚。譬如用兵，奇正相生，宋襄公怕崎嶇，戰死于泓；成安君怕崎嶇，爲虜于漢；鄧艾不崎嶇，則不能入蜀；李愬不崎嶇，則不能平蔡。天下事非疏淺迂闊可辦。聖人不爲險，亦不失險。乾不爲險，自能知險。諸子百家，與《六經》争峙，儒者迂闊養成之，非《六經》道不廣也。

《詩》言寬裕含容，本詠一事，而悠游委蛇可以旁通。諸經語不可節取，惟《詩》斷章割句，甲乙皆合，正以其辭不拘一隅也。是烏可與硜硜之士道乎！故自古稱言《詩》難也。

凡《詩》之比，鳥獸草木，皆取諸目前至近，貴使人易曉，必無異方奇怪之物。如雎鳩之爲布穀也，鳲鳩之爲鸜鵒也，皆愚夫所習見聞，取以爲比。世儒不解，妄事猜度，轉入奇僻，傷詩人和平之旨，失託興曉喻之意。

賦、比、興，非判然三體也。《詩》始于興。興者，動也，故曰：「動天地，感鬼神，莫近于詩。」夫子亦曰「《詩》可以興」，凡《詩》未有離興者矣。興者，詩之情。情動于中，發于言爲賦。賦者，事之辭。辭不欲顯，託于物爲比。比者，意之象。故夫鋪叙括綜曰賦，意象附合曰比，感動觸發曰興。非但歡娱爲興，喜怒哀樂皆本于興。故詩者，性情之道。和人神，協上下，移風易俗，莫非興也。《毛傳》誤以「關雎」「葛覃」之類爲興，而朱子附會其説，謂「興者，先言他物以興起所詠之事」，「比者，以彼物比此物」，不思「先言他物」，與「彼物比此物」，有何差别？自知難通，乃謂比有取義，興不取義。而不知其所謂興者，其實皆比也。如「關雎」本比，而其所興之情，與所賦之事，已寓于「雎鳩」二語中。今但謂先言雎鳩，興起所詠之事，及下二句又不明言所事，而但贊淑女爲好逑，然則淑女所以好逑之故，已寓于首二句中明矣。安得謂首二句但爲興起所詠而已也？豈惟失比之體，亦錯會興之義。蓋借物爲比，不言正意，而意已宛然，即比也。如《樛木》首二句比后妃逮下，衆妾上附之意宛然，故下文不復及正意，但詠后妃福履而已。又如「鴛鴦在梁」首二句比古明王愛養萬物意宛然，故下文不復及正意，但頌君子萬年而已。「風雨雞鳴」喻世亂君子不變意宛然，下文更不及正意，但言已願見而已。餘可類推。今皆以爲興起所詠之事，而所詠事終不及焉。即其所謂興者，義亦不成矣。朱子又以賦、比、興分配各篇，愚按三義原非離析，如《黍離》《清廟》《緇衣》《閟宫》之類，本直賦其事，而託黍稷、衣服、宫室，亦即是比，臣子忠孝誠敬之情即是興；又如《鴟鴞》全篇借鳥言是比，陳説武庚事即是賦，感動成王即是興。若裁爲三體，豈成義理？且如後世《上林》《子虛》之辭，直名爲賦，豈得謂其中遂無比興耶？

比者，寓託之義，非獨兩物切譬爲比也。但不直斥此事，而託言于彼，皆是比。如關雎、鵲巢、鳳凰、麟趾、黄鳥、鴟鴞、狼跋、鹿鳴、桃李、唐棣、黍稷、葛藟之類，此其親切譬喻者也。其他或文字音響，物象情景，假借附合，如采葛以喻讒言蔓引，采蕭以喻其薰灼，采艾以喻其爍膚。此類比之取義者也。如《載馳》之阿丘采蝱，蝱一名貝母，借作背母思歸之喻；中谷有蓷，蓷一名充蔚，一名益母，借作豐年得養其妻之喻。此類比之爲隱語者也。如殷其靁之殷借作殷商，以靁喻商紂之威虐也；采唐刺淫，唐之言蕩也；《兔爰》閔周，兔之言毒也；雉之言癡也，終南之條言理也，梅言謀也。他如棣之言弟也，桑之言喪也，棘之言急也，栩之言虎也；如新臺有泚，借作頮泚之泚；《君子偕老》之玼兮，亦借作泚，言可愧也；瑳兮之瑳借作巧笑之瑳，言可笑也。此類比之切響者也。如清人在彭、在消、在軸，未必河上實有是地；《桑中》孟庸、孟弋，未必上宫實有是女。彭，盤也；消，散也；軸，旋也，皆遊嬉之喻。庸言賤也，弋言引也，皆誨淫之喻。此類比之會意者也。至如《周頌》之絲衣，因緣于祭鼉；《小雅》之鴛鴦，取義于交物。此類無《序》，幾不可解。故凡託物皆比，而朱子于此類一切以爲發端之語，無所取義，其疏莽可勝言哉。

《詩》之有比，猶《易》之有象。《易》義難言，以象像之；《詩》志難言，以比譬之。漢魏諸家言《易》象過于穿鑿，及言《詩》比全没理會。朱元晦所以誤比爲興，其疎謬從來遠矣。

言《詩》殊關氣質。元晦性地質直，氣鮮圓通，故言《詩》殊非所長。《詩》多託興，必認以爲真；《詩》多婉言，必改使從直；《詩》多深遠，必牽使就淺。所以《三百》古序，無一能解頤者。

朱元晦于《國風》諸篇，語稍涉情致即改爲淫奔，遂使聖人經世之典雜以諧謔。初學血氣未定，披卷生邪思，環席聽講則掩口而笑。至使蒙師輟講，父兄不以授其子弟，甚違聖人雅言之意。其關係豈淺淺哉。

男女生人至情，恒人心緒牢騷，則託詠男女，而爲女子語常多。蓋男子陽剛躁擾，女子陰柔幽静，性情之秘鍾于女子最深，而辭切婦女最悠柔可風。故聖人録其辭，被諸管弦，協之音律，以平其躁，釋其慾，宣其壅，窒其淫，因人情而利導之也。後之爲《詩》者不達此旨，一逞爲淫哇之曲，去本遂遠。而説《詩》者併詆聖人删正之辭爲淫詩，亦豈知性情之道者乎？

或曰：夫子删《詩》，既不録淫詩，而曰「鄭聲淫」，何也？夫聲與詩異，鄭聲淫，非

《鄭詩》盡淫也。《虞書》曰「詩言志，歌永言，聲依永」，音律爲聲，篇章爲詩。聲生于響，詩成于志。故古序曰「在心爲志，發言爲詩」，此聲與詩之辨也。今據古序以繹志，鄭、衛之詩，其何者爲淫詩與？雖《桑中》《溱洧》，志在刺淫，而詩本非淫也，豈得以辭而累志？苟不逆其志，惟辭之似，雖《二南》之《行露》《死麕》，其誰不可爲淫詩者與？蓋《鄭》之《將仲子》刺莊公，《狡童》《褰裳》刺昭公，其志皆正，其聲靡靡皆似婦人語。蓋土風化氣，習氣化響，豈惟鄭、衛？宋音燕女溺志，齊音傲僻驕志，以至五行莫不有淫氣，八方莫不有淫聲，而惟鄭、衛爲甚。故凡靡麗之聲稱鄭、衛，猶今人云楚歌趙舞云爾。豈獨楚有歌，而趙有舞與？若謂鄭音即鄭詩，衛音即衛詩，齊音即齊詩，十五國未有宋詩也，則所謂燕女溺志者，是何詩與？以鄭、衛之聲獨罪二國，非也。又以聲罪詩，豈不誤乎？《樂記》：子貢問于師乙，曰：「賜聞聲歌各有宜。敢問賜宜何歌？」所謂歌即詩也。歌有辭而聲惟響。故師乙舉《雅》《頌》言《詩》，舉商、齊、五帝、三王之遺言聲，謂以商、齊之聲，歌《風》《雅》《頌》之詩，猶今人以南北腔唱樂府辭，此聲與詩之徵也。鄭康成解《禮》不達，謂〔一〕《記》有錯簡，疑商、齊與《風》《雅》《頌》並列爲歌，則

〔一〕謂，早期印本爲「因」。

是以齊爲《齊風》，商爲《商頌》矣。據本文云「商爲五帝之聲，商人傳之；齊爲三代之聲，齊人識之」，與《雅》《頌》何涉？混聲、歌爲一類，世儒遂指二風爲淫詩，所由誤矣。夫聲淫而詩亦淫者，二國宜有之，然既經删正，焉得復在三百十一篇之内。不然夫子所删者，獨何等詩乎？

《詩三百》，聖人所以鑒往懲來，未有事無所指者。若事無所指，何以分十五國，與大小雅之正變？古序犁然如指掌，而朱元晦一切詆爲附會，依辭泛解，全失删定之意。

《六經》所爲重，以道，非以辭也。世多良史，而《春秋》爲宗，非《春秋》能富于《史》《漢》也；世多騷雅，而《三百篇》爲宗，非《三百篇》能攻于屈、宋也。則其所重可知已。是非不足以訓，美刺不足以風，《三百篇》猶之夫詩耳。如古序言《詩》，靈龜寶鑒，萬世常新。如朱子言《詩》，不必美刺，則揚葩掞藻，嘲風弄月而已。聖人奚取焉。

《詩》皆古賢達聞人感事託興，勸善遏惡而作。苟不關法戒，則聖人不録。《三百篇》皆治亂興衰之蹟，不獨爲歌舞之節而已。朱子拘于《論語》「正樂，《雅》《頌》得所」之説，專以樂歌論《詩》，偏改古序。然則《詩》之爲經，只如後世樂府俳唱之用，焉能爲有？

《詩三百》，皆可弦歌。如《關雎》《騶虞》《鹿鳴》《四牡》《皇皇者華》，皆先王盛世徽音，義正辭雅，故借作樂歌。通諸朝廷邦國，射鄉食饗皆用之者，爲《詩》不足〔一〕也。若《詩》本爲樂作，即宜各自爲章，何至互相借用。《詩》本不爲樂作，而言《詩》者定以爲樂章，拘矣。

古人文章深厚，但據事鋪陳，是非美惡，在不言之表，《三百篇》多用此體。《二雅》獻納，時有明諍顯諫，雖《頌》告宗廟，如《訪落》《敬之》《小毖》諸篇，亦是代口鋪揚。夫子作《春秋》，全用此體，故自謂無毀譽。後世以鋪叙爲記事，外加譏讚，自是三代以後淺薄文字。

《詩》自文、武、成王，下至幽、厲，十五國諸侯之事，正變俱載，美刺并存，以爲萬世法戒，不徒葩藻而已。王迹熄，霸圖張。東遷以後，朝廷無制作，國史無紀録。善惡不彰，臧否混淆。五霸之事，無詩可觀。夫子乃作《春秋》，故孟子謂「《詩》亡然後《春秋》作」，千古知《詩》無如孟氏。朱元晦謂《古序》所記世代興衰，時政美刺，一切皆妄。然則《詩》豈無關世教者與？

天下古今治亂，與理之是非，事之得失，一定不可易。然執理據事，言出興戎，何

〔一〕爲《詩》不足，《談經》作「《詩》不足故借」。

也？氣悍而辭倨，則無言不讐。惟《詩》之爲言也，委蛇從容，主文而譎諫，言者無罪，而聽者足以興，是以士君子立言取法焉。夫子教伯魚曰「不學《詩》，無以言」。其作《春秋》，皆本風人美刺之意。其删《詩》也，明好惡，辨邪正，稽理亂，與《春秋》相終始。幽、厲以前，美刺在《詩》；平王以後，是非在《春秋》。《春秋》記諸侯之亂，《詩》紀諸侯治亂之跡；《春秋》記天下無王，《詩》紀文、武、幽、厲爲王之事；《春秋》記禮樂僭亂，《詩》考正朝廷宗廟禮樂。凡《詩》之所存者，皆史之所遺。如「節彼南山」，則知幽王用尹氏；《十月之交》，則知其任皇父；「鼓鍾淮水」，則知其有東遊；《楚茨》《大田》，則知田野荒、年穀饑；《裳裳者華》，則知絶功臣之禄；《桑扈》，則知君臣飲酒喪儀，得失班班可考。言雖怨而無訕謗不平之氣，與《春秋》無毁譽正同。《詩》微而顯，《春秋》顯而微；《詩》善言，而《春秋》言善也。世儒不達，謂《詩》不皆美刺，詆古序爲鑿空，豈不誤哉！

近代説《詩》，主《朱》而絀《毛》；其説《春秋》，主《胡》而絀《左》《公》《穀》，謂《左》《公》《穀》附會，不謂《胡》之附會尤甚；謂《毛》爲鑿空，不謂《朱》之鑿空愈遠。蓋《春秋》易簡，而《胡》轉求之深；《詩》深，而《朱》反求之淺。二家之癖，正相左耳。愚謂移其深者，曲以繹《詩》；而易其淺者，平以觀《春秋》，則兩得之矣。苟《春秋》不盡翦其繁蕪，則鬱蔽而不明；《詩》不深求其本初，則枯索而無味。故説《春秋》，宜更新；而説《詩》，宜反古。愚所以直解《春秋》，而原解《詩》也。胡康侯之言《春秋》也鑿，朱元晦之言《詩》也固。康侯不執褒貶之例，不識聖人之是非；元晦不據譏讚之辭，不信詩人之美刺。夫《春秋》以無是非爲是非，所以妙于法；《詩》以無美刺爲美刺，所以妙于情。

《風》《雅》《頌》，皆周人一代詩耳。虞夏以來非無詩，而當世大師掌記惟昭代制作。緣周家祖孫父子兄弟多聖哲，其子弟師父兄自有餘，故周道尚親，纘緒承先，而夏商之禮廢而不傳，其所適逢然也。夫子每歎二代無徵，删《詩》之末，繫以《商頌》，亦覺周道之未廣耳。

《二南》諸詩，古序皆不指文王、大姒，但言后妃與諸侯夫人、大夫妻，可知作者之志，本爲託興以風，非獨爲[一]紀大姒事蹟[二]而作是詩也。先儒謂王者之詩，謂之《周南》；諸侯之詩，謂之《召南》，得之矣。事不必問有無，但領畧其情景意象，自然可風。

[一] 獨爲，《談經》作專。
[二] 事蹟，《談經》作「之事」。

如《卷耳》《草蟲》之類，事愈近而義愈遠；《芣苢》之類，辭愈淡而境愈真；《甘棠》《摽梅》之類，情愈迫而言愈緩。如鏡中看花，水中看月，谷中傳響，可以冥合而不可〔一〕以迹尋。凡《詩》皆然，而《風》爲甚；《風》皆然，而《二南》爲甚。通于《二南》，《詩》思過半矣。朱元晦解《詩》，逐篇責問某人，爲某事，全失之矣〔二〕。

《二南》可爲而不可讀也〔三〕。讀則誦其辭而辭不可執，讀則論其世而世不可考，讀則質其事而事難定拘〔四〕。故夫子教伯魚曰「汝爲《周南》《召南》」，爲也者，得其意，實體諸身心之間而已也〔五〕。

《詩》有正變，以稽治亂也。「正風雅」，未嘗無變；「變風雅」，未嘗無正。寧獨《風》《雅》有正變，《頌》亦有之。《鄭》之《緇衣》，《衛》之《淇奥》，容非正乎？《周南》

〔一〕不可，《談經》作「而不可以」。
〔二〕「逐篇責問某人，爲某事，全失之矣」，《談經》作「逐篇問爲某人，徵某事，全失風人之意矣」。
〔三〕「《二南》可爲而不可讀也」，《談經》作「《二南》可爲，不可但讀之而已也」。
〔四〕「拘」，《談經》作「局」。
〔五〕「夫子教伯魚曰汝爲《周南》《召南》，爲也者，得其意，實體諸身心之間而已也」，《談經》作「夫子教伯魚，爲《周南》《召南》，爲者，得其意，而實體諸身心之間者也」。

之與《豳》，其地同，其世未遠，君明臣良而有《豳》，容非《二南》之變乎？《頌》之有魯也，非頌之變乎？故《詩》不可執一觀也。

《二南》以下多風〔一〕，何也？曰：五方風氣有偏沴，習尚有漸染，惟聖人爲能轉移，故風多變而有正者，文王之化也。雅宜正而有變者，幽、厲之失也；頌無不正，而有變者，叔季之僭也。故《三百篇》皆明憲大戒，與《春秋》相終始也。

《三百篇》次第，間有參差。如《載馳》衛懿公詩也，乃在文公之後；《清人》，鄭文公詩也，乃在忽、突之前；《葛藟》，平王詩，在桓王之後；《皇皇者華》，遣使臣詩，在《四牡》勞使臣之後；《周頌·酌》《賚》《桓》《般》，武王詩，在成王《訪落》《敬之》《小毖》之後。然而《風》《雅》《頌》各得其所，無傷也。若一一檢校，曲生異説，失之愈遠。

十五國次第，自秦以前，質諸舊聞，參以管見，不中不遠矣。或謂聖人未必有深意，如《二南》首《風》，《王》次《衛》下，《豳》居篇末，魯不附列國，豈得謂無意〔二〕？

〔一〕「《二南》以下多風」，《談經》作「或曰：《二南》以後之風多稱變」。

〔二〕「無意」，《談經》作「無意乎」。

《國風》止十五國，何也？周衰《詩》亡，掌故所存，删定所留止此〔一〕。而以槩方内諸國，皆可知已。國大而無風者，唯魯、宋、楚。魯，禮樂僭王，故削其風而存其頌；宋，禮樂仍先代，故存其頌而闕其風；楚，自春秋幅隕半天下，不可定爲一國。而《二南》屬文王，故南國包楚矣。三五以降，東南有王氣。《詩》亡而《騷》作者，楚材也。三户存而真人出者，楚産也。聖人前知如神，删《詩》與脩《春秋》之意同也。

三詩，始《風》、中《雅》、終《頌》，何也？凡詩皆風也。尹吉甫作雅，曰其風肆好，頌亦可知矣，故風首六義。風敝成俗，化俗成雅。雅者，正也，以維風也。雅化則從容和平，動天地感鬼神，而《詩》斯至矣，故終之以《頌》也。

六義首風，何也？風者，動也。動萬物者，莫疾乎風。先王所以化民成俗也。風之爲物，有聲無形，可披拂而不可把捉。其入人也，微而婉，故聖人巽以行權，風也。學者通乎風，即雅頌易入矣。雅頌可爲典要，而風周游六虚者也。

詩自有不須題者，如後世《十九首》之比物託興，婉轉不定，而以題擬之，亦莫不皆肖。抑有有題而詩不全似者，如屈平之《楚辭》，唐人之感遇、雜興，泛濫引喻，不可指

〔一〕「删定所留止此」，《談經》作「暨删定所留止此耳」。

據。或泥文生解，而實不必解也。故說《詩》非必執題，賦、比與興合，文辭與志合，即妙達風人之旨矣。

或謂予解《詩》大畧，而予惟原夫作者之志耳〔一〕。夫詩，志也，志明即辭易曉。子云：「興于《詩》。」《詩》有興，猶《易》有象。象在辭外，興亦在辭外。興者，情之動。如哭死者而數其事，可哀不在事，而在哭泣之情。《詩》可以興，亦猶此也。後儒以託物爲興，苟不託物，其無興乎？《禮》云：「温柔敦厚，《詩》之教也，其失也愚。」高叟、咸丘蒙執辭遺興，所以愚也〔二〕。古人引《詩》，不必本事，不必泥辭，貴興而已。不得其興，辭雖詳，與性情無涉。故無興不可以爲詩，得志斯得興矣。孟子曰「以意逆志」，是謂得之。古之詩，皆志也；後世之詩，皆辭也。《詩》所以爲絶學也。

或問《三百篇》與今詩同異。曰：《三百篇》，雅也；今詩，鄭也。温柔敦厚爲雅，慆蕩凌厲爲鄭；天全自得爲雅，粧綴俳比爲鄭；五音合和爲雅，四聲切響爲鄭。古言

〔一〕「而予惟原夫作者之志耳」，《談經》作「予惟原夫作者之志而已矣」。
〔二〕「也」，《談經》作「耳」。

四五爲雅;,近體六七言,以至縱横馳騁〔一〕,如唐人歌行,豪宕不羈,皆鄭之屬也。雅,平也;,鄭,重也。鄭者,畿内之國,五方人萃而語咻,沓雜而成鄭聲,非獨土風也。凡聲音壯麗淒苦,摇拽叫躁,跌宕不平,皆謂鄭。自漢以來,風雅久湮。漢始作俑,武帝好文,一時辭賦諸臣,如司馬相如輩,好奇弔詭,而李延年爲協律都尉,其郊廟樂歌,創爲新聲,用三言繁促杳渺〔二〕,類方士符咒語,無復平雅之致。如鼓吹鐃歌,用教坊俚語方言,雜演成曲,正所謂鄭聲淫,而好事者詫爲新奇附和,謂爲古樂府體,風雅之義于兹斬然矣。迨乎六朝以後,郊廟之歌,頗有佳篇,是足追風雅者,而反自遜以漢爲不可及。千古耳食,智愚同病,其若之何。蓋天地之數,成于五,而漢樂三言,轉覺急促。彈歌二言,後人僞作。魏以後用〔三〕五言,無復可加矣。經用四言,所謂樂盈而反,賤鄭而貴雅也。後人遂截爲四韻,以求切響,亦惟鄭爲然耳。

詩本性情,温柔敦厚。聖人教人以言,而和順于道德之自然也。三百十一篇,皆

〔一〕「以至縱横馳騁」,《談經》作「縱横揮霍」。
〔二〕「用三言繁促杳渺」,《談經》作「三言煩促杳渺」。
〔三〕「用」,《談經》作「詩」。

經夫子删正，協之管弦，是謂雅樂。逮乎騷興而雅變，忠貞發于天性，今樂猶之古也。漢擬爲辭賦，競趨奇險，雅意中衰。下迄魏晋五七言，步驟古而多風韻，六朝加婉麗。論者詆爲卑弱。唐人興，專主氣格，近體作而古意荒矣〔一〕。夫性情之道，罔象則得，謀野則獲，如澤中之雉，不蘄畜之樊中。《詩》與《騷》，皆非有所規倣而作也。自唐人以詩招士，士以詩射〔二〕，擬以題目，律以對偶，限以聲韻，局局蹐蹐然，性情之旨離〔三〕矣。其放也叫號讙呶，否則凄楚悲怨〔四〕，雄心傲氣，馳逞飛揚，悉由近體生。故詩盛于唐而廢于唐，可與知者道耳。宋元小辭，柔情艷麗，靡曼斯極，至于今〔五〕，家稱作者，蹈襲雷同，而皆以任放爲大雅〔六〕，浮淫爲才情。同聲者許爲我輩，木訥者詆〔七〕

〔一〕「而古意荒矣」，《談經》作「而雅俗混淆矣」。
〔二〕「唐人以詩招士，士以詩射」，《談經》作「至唐人以詩課士」。
〔三〕「離」，《談經》作「乖」。
〔四〕「其放也叫號讙呶，否則凄楚悲怨」，《談經》作「故其放也叫號歡呼，其怨也淒苦愁慘」。
〔五〕「至于今」，《談經》作「風愈下矣。迄于今」。
〔六〕「大雅」，《談經》作「風雅」。
〔七〕「詆」，《談經》作「斥」。

爲俗人。侮世釣名，相詸以利，士風大敗，而世道隨之。雖有周公之才之美，使驕且吝，亦不足觀，而况雕蟲瑣瑣者與〔一〕？故古之明道在學《詩》。今之學《詩》，貴聞道也。

詩者，聲音之道。八方不同語，聖人作爲文字，以同天下之聲。字有定形，而聲多旁溢，拘文字難齊聲音。文字有限，而聲音轉注微茫，無字可用，或數音互换一字，或數字合切一音。學究之家，分别甚細，而方音人語，口齒喉舌，輕重疾徐，終于難齊。要在識聲音之志，與文字之理而已。明其理，文字可隨意變通；逆其志，聲音可以罔象求也。古人諧聲用字，自我作古，非如字書之拘拘然也〔二〕。讀《詩》不逆志，不通理，執點畫形象以求字，執四聲平仄以齊聲。夫點畫形象，既不能盡考古人之文，而四聲平仄未必盡合古人之韻。諧聲應律，存乎知音〔三〕，難爲典要也。如「參差荇菜，左右芼之。

〔一〕「雕蟲瑣瑣者與」，《談經》作「雕蟲者與」。

〔二〕「也」，《談經》作「爾」。

〔三〕「執點畫形象……存乎知音」，《談經》作「執點畫形象，既不能盡考古人之文，而四聲平仄，未必盡合古人之音。諧聲應律，存乎通方」。

窈窕淑女，鐘鼓樂之」，芼讀莫，樂讀洛叶；又〔一〕芼讀冒，樂讀鬧〔二〕叶，亦可。「桃之夭夭，灼灼其華」，華讀花，與家叶；又〔三〕華讀敷，家讀姑叶，亦可。「母也天只，不諒人只」，天讀汀，與人叶；又〔四〕人讀然，與天叶，亦可。「終風且霾，惠然肯來。莫往莫來，悠悠我思」，霾讀離，來讀釐，思讀西；又〔五〕霾讀埋，思讀鰓，與來叶，亦可。「擊鼓其鏜，踊躍用兵。土國城漕，我獨南行」，鏜讀湯，兵讀邦，行讀杭；又〔六〕鏜讀撑，兵、行各如字叶，亦可。「無田甫田，維莠桀桀。無思遠人，勞心怛怛」，怛讀迭，與桀叶；又桀讀甲，與怛叶，亦可。「民亦勞止」第四章，愒讀器，泄讀異，敗讀備，大讀第；又愒讀歇，泄讀洩，厲讀拉，敗讀北，大讀德，亦可。餘可類推〔七〕。古詩叶韻，但彷彿，不必切合。如「思樂泮水，薄采其藻」，一章四聲兼叶，藻上聲，蹻入聲，昭平聲，笑、教皆去聲。

〔一〕「洛叶；又」，《談經》作「洛，相叶；或」。
〔二〕「鬧」，《談經》作「傲」。
〔三〕「又」，《談經》作「或」。
〔四〕「又」，《談經》作「或」。
〔五〕「又」，《談經》作「或」。
〔六〕「又」，《談經》作「或」。
〔七〕「餘可類推」，《談經》作：「淑問如皋陶，在泮獻囚，陶讀由，叶囚；或讀樵，叶陶，亦可。他皆可推。」

《谷風》第五章「不我能慉」，德、鞫、育、覆、毒皆入聲，售去聲，讐平聲。《氓》第五章，勞、朝平聲，暴、笑、悼皆去聲。《猗嗟》末章，孌平聲，婉、選、反皆上聲，貫、亂皆去聲。《鴟鴞》首章，前三句入聲，後二句平聲之類。至于用韻之法，四句二韻隔句叶者爲多，如「嘒彼小星，三五在東。肅肅宵征，夙夜在公」，星與征叶，東與公叶之類。有一章五句，首尾四句隔叶，中一句不叶，如《卷阿》首章之類。有一章六句，二韻隔叶，如「瞻彼中林」之類。一章八句，二韻隔叶，如《桑柔》第三章「國步蔑資」之類。有全篇皆四句二韻隔叶，如《周頌・雝》之類。首尾叶，中二句自相叶，如「决拾既佽，弓矢既調。射夫既同，助我舉柴恣」，柴與佽叶，調與同叶。有首尾叶，中間三句自相叶，如《生民》末章「于豆于登」之類〔一〕。有一章八句六韻，第一句與第三句叶，第二句與第六句叶，第四句與八句叶。如「人有土田廷，女反有之。人有民人與田叶，女覆奪之。此宜無罪，女反收音守，與有叶之。彼宜有罪，女覆説音脱，與奪叶之。」有一章六句，第二句與五句叶，第三句、四句與六句叶，如《葛覃》首章之類。有全篇首二句分二韻，前半篇叶第一句，後半篇叶第二句，如《周頌・有瞽》「設業設虡」以下六句叶瞽，「喤喤厥聲」以下五句叶

〔一〕「首尾叶，中二句……之類」，《談經》作：「首尾叶，中二句自相叶，如《生民》末章『于豆于登』之类。」

庭。有句讀不叶，但中間數字頓挫相叶，如《生民》第三章「誕寘之隘巷，牛羊腓字之。誕寘之平林，會伐平林。誕寘之寒冰，鳥覆翼之」，但取寘之、字之，平林、寒冰數字相叶耳。有兩字連叶，如「遵彼汝墳，伐其條枚。未見君子，惄如調饑。魚網之設，鴻則離之。燕婉之求，得此戚施。皎皎白駒，賁然來思，條枚調饑」，離之、戚施、白駒、來思，皆二字連叶也。至于文字聲音，假借尤多。除一字四聲相通者不論，其餘以旁音借讀，如采讀取，友讀以，「左右采之，琴瑟友之」之類；服讀北，「寤寐思服，輾轉反側」之類；夜讀遇，「豈不夙夜，畏行多露」之類；老讀魯，「與子偕老，執子之手」之類；下讀虎，「宗室牖下，有齊季女」之類；南讀林，「凱風自南，吹彼棘心」之類；驅讀丘，「載馳載驅，歸唁衛侯」之類；哉讀賫，「已焉哉，天實爲之」之類；母讀米，「畏我父母，無折我樹杞」之類；兄讀香，「畏我諸兄，無折我樹桑」之類；馬讀母，「巷無服馬，洵美且武」之類；英讀央，「尚之以瓊英，充耳以黄」之類；夕讀削，「齊子發夕，簟茀朱鞹」之類；華讀敷，「顔如舜華，有女同車」之類；雙讀松，「冠緌雙止，曷又庸止」之類；干讀千，「出宿于干，飲餞于言」之類；逝讀晒，「歲聿其逝，日月其邁」之類；慆讀丢，「日月其慆，職思其憂」之類；繡讀肖，「素衣朱繡，白石浩浩」之類；者讀渚，「見此粲者，綢繆束楚」之類；好讀厚，「維子之好，羔裘豹褎」之類；風讀分，「鴥彼晨風，鬱彼北林」之類；野讀汝，「七月在野，八月在户」之類；稼讀故，「十月納禾稼，九月築場圃」之類；冲讀稱，「鑿冰冲冲，納于凌陰」之類；嘉讀戈，「其新孔嘉，其舊如之何」之類；年讀林，「于今三年，烝在栗薪」之類；儀讀俄，「樂且有儀，在彼中阿」之類；殆讀底，「式夷式已，勿小人殆」之類；翩讀彬，「緝緝翩翩，謀欲譖人」之類；丘讀欹，「猗于畝丘，作爲此詩」之類；艱讀勤，「其心孔艱，不入我門」之類；怨讀月，「忘我大德，思我小怨」之類；東讀當，空讀匡，「小東大東，杼柚其空」「可以履霜，行彼周行」之類；賢讀形，「我從事獨賢，大夫不均」之類；稺讀杵，「勿害我田稺，秉畀炎火」之類；殄讀帖，瑕讀紇，「肆戎疾不殄，烈假不瑕」之類；疚讀其，來讀離，「憂心孔疚，我行不來」之類；偕讀已，近讀豈，邇讀以，「卜筮偕止，會言近止，征夫邇止」之類；男讀林，「大姒嗣徽音，則百斯男」之類；國讀亦，「聊以行國，士也罔極」之類；牧讀力，「于彼牧矣，維其棘矣」之類；怠讀體，「勿俾大怠，不醉反恥」之類；又讀怡，「室人入又，以奏爾時」之類。此類甚夥，皆臨文變通，隨聲轉注，不爲典要。自《沈韻》出，近體興，而古意斬。然今之字書，大抵拘泥《沈韻》，牽强附會，未可全憑也。篇内音釋，聊舉其似，不求盡合。讀者變而通之，可也。

人皆以義求音，不知以音會義。音發無心，聲出義存。如一爲音，由噫生也，不費脣齒，氣出成響，手應心畫，是爲數始，轉聲即二，散則成三，施則成四，合則成五。文字隨聲音義理妙合，故三四五爲鈸曲，天然節奏。由此推之，凡聲音皆含義理，非離聲音別生義理也。先儒謂華人詳于義，梵人詳于音。離音求義，未爲知音。知音之義者，始可與識字，可與言《詩》矣。

《詩》有一字爲句者，《生民》首章之「歆」是也。有二字爲句者，《小雅·魚麗》之「鱨鯊」「鰋鯉」「魴鱧」，《周頌·維清》之「肇禋」是也。有三字爲句者，「摽有梅」「江有汜」之類是也。有五字爲句者，「誰謂女無家」之類是也。有六字爲句者，「政事一埤益我」之類是也。有七字爲句者，「父曰嗟予子行役」之類是也。有八字爲句者，「我不敢傚我友自逸」是也。有九字爲句者，「二后受之成王不敢康」是也。而皆以四言爲準，所以爲雅樂。

毛詩原解卷一

國風

風者，有聲無形，而能動物，故以名詩。《國風》，周列國詩。古之王者，采詩以觀民風，故家國之詩謂之風。風之爲體，飄姚和動；雅之爲體，詳允端慤；頌之爲體，湛静莊嚴。若夫《關雎》《麟趾》之類，則風、雅、頌之義備，雅、頌未有無風而能動者，故六義首風。然僅十五國，何也？周衰詩亡，删訂止此。以十五國槩方内風俗，大畧可覩矣。

周南

周，岐、豐也。岐，在今陝西鳳翔府岐山縣；豐，在西安府鄠縣。周家王業始造之地，故以首《風》。文王以聖德治岐、豐，而化行梁、荆。梁、荆在岐、豐東南，故曰南。不言北者，紂都在北。文王三分有二，正東南之間也。言周、召者，文王之世，周公治内，召公治外。畿内曰周，畿外曰召。言南者，指政教所及，皆周有天下後，追誦其事，令世世師文王也。然古序不言文王，言后妃，何也？化始宫幃，后妃皆文王也，如言四時百物，皆天也。朱子執此短《序》，誤矣。

001 關雎

關關雎雎鳩，在河之洲。窈杳窕迢，上聲淑女，君子好逑求。參初簪反差厠，平聲荇杏菜，左右流之。窈窕淑女，寤誤寐謎求之。求之不得，寤寐思服叶北。悠哉悠哉，輾轉反側。參差荇菜，左右采叶妻，上聲之。窈窕淑女，琴瑟友叶以之。參差荇菜，左右芼冒之。窈窕淑女，鐘鼓樂叶鬧之。

古序曰：《關雎》，后妃之德也。毛公曰：風之始也，所以風天下而正夫婦也，故用之鄉人焉，用之邦國焉。風，風也，教也。風以動之，教以化之。詩者，志之所之也。在心爲志，發言爲詩。情動於中而形於言，言之不足，故嗟歎之；嗟歎之不足，故永歌之；永歌之不足，不知手之舞之、足之蹈之也。情發於聲，聲成文，謂之音。治世之音，安以樂，其政和；亂世之音，怨以怒，其政乖；亡國之音，哀以思，其民困。故正得失，動天地，感鬼神，莫近於詩。先王以是經夫婦，成孝敬，厚人倫，美教化，移風俗。故詩有六義焉：一曰風，二曰賦，三曰比，四曰興，五曰雅，六曰頌。上以風化下，下以風刺上；主文而譎諫；言之者無罪，聞之者足以戒，故曰風。至於王道衰，禮義廢，政教失，國異政，家殊俗，而「變風」「變雅」作矣。國史明乎得失之迹，傷人倫之廢，哀刑政之苛何，吟詠情性以風其上，達於事變而懷其舊俗者也。故「變風」發乎情，止乎禮義。發乎情，民之性也；止乎禮義，先王之澤也。是以一國之事，繫一人之本，謂之風；言天下之事，形四方之風，謂之雅。雅者，正也，言王政之所由廢興也。政有小大，故有《小雅》焉，有《大雅》焉。頌者，美盛德之形容，以其成功告於神明者也。是謂四始，詩之至也。然則《關雎》《麟趾》之化，王者之風，故繫之周公。南，言化自北而南也。《鵲巢》《騶虞》之德，諸侯之風也，先王之所以教，故繫之召公。《周南》《召南》，正始之道，王化之基。是以《關雎》樂得淑女以配君子，憂在進賢，不淫其色。哀窈窕，思賢才，而無傷善之心焉，是《關雎》之義也。

愚按，鄭玄以《詩三百》本事爲《小序》，謂子夏與毛公合作。蓋首句本古序，不詳作者姓氏。相傳子夏受《詩》，遂疑爲子夏作，是未可知也。下爲毛公申説古序，則是矣。又謂自「風風也」以下，至「《關雎》之義」爲《大序》，亦子夏作，非也。毛公《序》説，多游演旁通，而《關雎》首《三百》，故於此總論全經大旨，末仍歸《關雎》。本屬一篇，而朱子割取「詩者志之所之」以下，至「詩之至也」，别爲《大序》。今依古本合之，皆毛公作，各篇古序，惟首一句耳。此篇云后妃之德，何也？女德無極，不妒爲本。妒生于淫，淫妒則衆惡皆歸。關雎好逑，言其不妒也；荇菜思服，言其内官備職。淑女同心，共承宗廟，仁孝和敬之至也。《禮》：王者一娶十二女，六宫之屬，百有二十人。《祭統》曰：官備則具備。蠶繅衣服，酒醴粢盛，薦豆和羹之事，皆后妃主之，而内官左右相之也。恒情女入宫見妒，惟賢妃能寤寐求賢，恐宗廟乏人，中饋闕事，君寵偏暱，而胤嗣不廣，所謂「憂在進賢，不淫其色，哀窈窕，思賢才，而無傷善之心」者，此也，故曰后妃之德。然《周南》爲文王之詩，而文王之妃，則大姒也。古序不言大姒，言后妃，何也？曰：《二南》之作，凡爲天子、諸侯、大夫、士、庶人，脩身齊家之法，以文王風之，非專爲美文王、大姒作也。其曰后妃之德者，言凡爲王后妃者當如是也。故《鵲巢》亦曰夫人之德，言凡爲君夫人者，當如是也。大抵《二南》皆作于王業成後，揚祖德，訓後嗣。而朱子謂：「此篇爲王季宫人，喜文王得大姒」，非也。果爾，宫人好德，與后妃何預？《三百篇》好德之詩不少。樂不淫，哀不傷，何獨一《關雎》也。《關雎》化行，文王三分有二矣。不應大姒初嫁來，便有《關雎》也。其詠雎鳩，何也？六義所謂比也。雎鳩，鳥名，即今布穀，狀似鷹。《月令》：「仲春鷹化爲鳩，季秋鳩化爲鷹。」《夏小正》云：「二月化鳩，五月化鷹。」《列禦寇》云：「鷂之爲鶌，鶌之爲布穀，布穀久復化爲鷂。」其目雎然，故名雎鳩；其鳴勸耕，故名布穀。布穀鳴，農務興。天子耕籍以供粢盛，王后蠶繅以爲衣服。《禮》：仲春，王后率内外命婦，始蠶于北郊；率六宫之人，生穜稑之種，獻于王，以勸王籍。凡宗廟祭祀，男女昏姻，皆于仲春，故以雎鳩比。然鳥類多矣，獨取雎鳩，何也？鳩之言聚也。鳥惟鳩多族，而雎鳩乘陽氣變化，與他鳩異，故以爲王后妃之比。在河洲，何也？幽鳥不集廛市。古國有公桑蠶室，近水爲之。卜三宫夫人世婦之吉者，使入蠶室，奉種浴于川。《二南》皆作于周公制禮之時。中都既建，大河當其北，即公桑之北郊蠶室也。雎鳩鳴，春冰泮，河水方生。德莫平于水，量莫廣于河。河洲平曠，羣鳥飛集，飲喙其中，所謂不争之地，不妒之喻也。次言荇菜，何也？荇，蘋藻之屬。宗廟之禮有釋菜，有豆菹，有和羹，皆用菜。荇，水草，明潔可薦。《春秋傳》云：「蘋蘩藴藻之菜，可羞于鬼神。」祭則后妃薦豆，故以荇菜比也。謂之比，何也？詩言微婉，託物爲比，陳辭爲賦，感動爲興，三義合而成詩。朱子斷以某詩爲賦，某詩爲興，某詩爲比，非也。詩有無比者，未有無賦與興者，興不離比，比、興不離賦。古註未達，而朱子以「興爲先言他物，興起所詠之事」，則與比何别？子云「詩可以興」，豈謂其可以先言他物與？舛誤難通。各章舊分賦、比、興，今盡削之，學者自以義求耳。

一章。仲春鷹化爲鳩，其鳴關關然，于北郊之河洲。河冰正泮，春水方生，蠶始可浴。正昏姻、祭祀之期也。窈窕然幽居之淑女，生于下國庶姓，皆可以相粢盛、助蠶繅。非河洲之雎鳩與？以待后妃君子，好合逑聚，而爲左右之善侣也。

二章。荇菜清潔，可以薦宗廟。生水之濱，參差不齊。左右乘流，可待取也。賢女育于庶姓，内官乏人，則寤寐不忘求之。求而未得，則寤寐思念。蠶繅無人，衣服不備。悠悠然輾轉反側，寢席不忘也。

三章。荇菜既得，隨在或左或右，多方采取。淑女既得，内事備官。禮行樂作，鼓琴瑟以共事矣。荇菜既采，或左或右。相助烹芼之淑女既得，率我好逑，行禮奏樂，鐘鼓娱樂之矣。

關關，雎鳩鳴。其聲如云開倉撒穀，聽之關關然也。一名鳲鳩。《月令》「季春，鳴鳩拂其羽，雌雄以羽相拂」，《本草》云「布穀，食之佩其骨，令夫妻相愛」，故以爲比。目怒視曰雎。布穀鷹化，目雎然如鷹，《世説新語》云：「陽春布德，鷹化爲鳩，識者猶惡其眼。」〔二〕《春秋傳》云：「雎鳩氏，司馬也；鳲鳩氏，司空也。」《爾雅注》誤以鳲鳩爲布穀。

〔二〕《世説新語箋疏方正第五》：蘇峻時，孔群在橫塘爲匡術所逼。王丞相保存術，因衆坐戲語，令術勸酒，以釋橫塘之憾。群答曰：「德非孔子，厄同匡人。雖陽和布氣，鷹化爲鳩，至於識者，猶憎其眼。」

愚按，布穀鷹化，故以名司馬，取鷹揚摯擊之義。鳲鳩即鸜鵒，首有花冠；又名戴勝，其鳴秸鞠；又名鴶鵴，不能爲巢而穴居，故以名司空。空與孔通，取穴居之義。楊雄、許慎、郭璞皆稱博物，遠引誤猜，好奇蔽之也。又按，雎，與雛通，蒼色，鳥有雛，《小雅》「翩翩者雛」，即雎鳩是也。馬亦有雛，《魯頌》「有駰有駓」是也；草亦有雛，《王風》「中谷有蓷」是也，皆蒼色。雎鳥鷹化，故其色蒼如鷹也。河洲，河上沙洲，平坦之地。窈窕，深閨幽潛之意。淑，善也。女，指嬪御未嫁、姪娣待年于國者，皆中閨之女，故曰窈窕。君子，指后妃，猶言小君、内子也。好，温惠也。逑，聚也。參差，不齊也。荇菜，水草，可爲菜也。左右，人衆徧取也，即淑女之爲好逑者，供事非一人，采取非一處也。服，祭服。思服，思蠶織爲王祭服也。輾轉反側，卧不安席也。友，同志共事也。菜和羹曰芼。琴瑟、鐘鼓，皆祭祀行禮之樂。

《關雎》三章，一章四句，二章章八句。○愚按：《詩》通《關雎》，《二南》思過半矣。本詠后妃之德，而渾然不露。託雎鳩、荇菜爲比，而内官蠶繅，粢盛籩豆，祭祀禮樂，無所不備。勤儉之節，温厚之性，仁孝誠敬之思，悠然可想。衽席易溺，能寤寐思賢，反側不安，不淫不妒，尤爲女德之先，風教之本。夫子贊其樂不淫、哀不傷，以此。朱子謂宫人哀樂，於后妃何預？雖然，不自后妃始也。王者有卜夢求賢之思，而後后妃有《關雎》之德；王者有卑服康功之志，而後后妃有《葛覃》之本。故曰：「身不行道，不能行於妻子。」觀后妃，而王道窺其深矣。此夫子定《二南》之意也。

002 葛覃

葛之覃兮，施異于中谷，維葉萋萋。黄鳥于飛，集于灌木與谷叶，其鳴喈喈叶雞。

葛之覃兮，施于中谷，維葉莫莫。是刈是濩叶忽，爲絺痴爲綌隙，服之無斁亦。

言告師氏叶詩，言告言歸叶雞。薄汙我私，薄澣緩我衣。害曷澣害否？歸寧父母叶某。

古序曰：《葛覃》，后妃之本也。毛公曰：后妃在父母家，則志在於女功之事，躬儉節用，服澣濯之衣，尊敬師傅，則可以歸安父母，化天下以婦道也。

朱子改爲「后妃治葛既成，而自賦其事」，非也。按，《關雎》母儀之事，《葛覃》處女之事。未嫁爲賢女，則既嫁爲賢婦，故《葛覃》爲本。《大明》云「文王嘉止，大邦有子，俔天之妹」，女少曰妹，此章所謂俔天之妹也。《關雎》兼言蠶事，此章專言績事。蠶絲以供禮服，葛麻以供常服。恒居無羅紈，不厭布縷。嫁時無靡麗，不棄澣濯。采葛刈濩，紡紝縫洗，不辭親執。言語服飾，必諮師保。歸事舅姑，無異父母。勤儉之節，恭順之性，仁孝之心備。有女如此，爲婦可以安舅姑，爲后可以母天下，教婦順。《序》說是也。朱子因無贊美之辭，遂謂爲后妃自作。夫《二南》皆先王所以垂訓，齊家治國之道，非爲贊頌作也。有贊謂之美，無贊謂之自作，朱子説《詩》如此。

一章。葛之始生也，覃然而長，蔓施于山谷之中，其葉萋萋然茂盛。黄鳥于飛，集于叢木之上，其鳴喈喈然遠聞，莫春谿山之景物也。崎嶇林莽之間，惕然有艱難之思乎。

二章。葛之繼長也，覃然而長，施于谷中。維葉莫莫，時可采矣。于是刈，于是煮，而績以爲布。精者爲絺，麤者爲綌。不敢暴棄也。製爲衣服，愛惜之，不敢厭薄也。

三章。女子德言功容，誨有師保。嘉禮既備，乃告師氏，言將歸矣。治我衣裳，私服禮服，無事新麗。或污或澣，或不必澣。將歸事君子，宜其家室，以安父母也。

葛，草名，蔓生，可緝以爲布。覃，長也。施，延也。黄鳥，鶯也。灌木，叢木也。喈喈，和聲遠聞也。莫莫，葉茂密貌。刈，斬也。濩，煮也。葛精曰絺，麤曰綌。斁，厭也。師氏，女師也。古者女必有師，以教婦德、婦言、婦容、婦工也。汙，煩撋輭，平聲之，以去其汙也。私，褻服也。褻服多垢，故言汙。澣，濯也。衣，禮服也。禮服垢少，故言澣。歸，嫁也。寧，安也。父母，夫之父母。相夫子，養舅姑，婦人之事也。男有室，女有家，父母之願也。

《葛覃》三章，章六句。○愚按，《詩》與傳記異，事不必據，語不必詳，而情景躍然，風人之致也。《葛覃》僅七十餘字，而賢女勤儉孝敬之性，悠然可想。朱子以爲文王后妃自叙，計《二南》成時，大姒老且薨矣。所稱中谷刈濩，黄鳥灌木，聞聲見色，一一覈實，豈非高叟之爲《詩》與！

003 卷耳

采采卷捲耳，不盈頃傾筐。嗟我懷人，寘至彼周行叶杭。

陟彼崔摧嵬危，我馬虺灰隤頽。我姑酌彼金罍，維以不永懷叶回。

陟彼高岡，我馬玄黄。我姑酌彼兕史觥叶光，維以不永傷。

陟彼砠疽矣，我馬瘏屠矣，我僕痡敷矣，云何吁矣。

古序曰：《卷耳》，后妃之志也。毛公曰：又當輔佐君子，求賢審官，知臣下之勤勞。内有進賢之志，而無險詖私謁之心，朝夕思念，至於憂勤也。

愚按，婦人以縫衣裳、羃酒漿爲事。葛覃，衣裳也；卷耳，酒漿也。卷耳之草，可爲麴糵。因酒漿而念及使臣，有進賢之志也。我馬、陟彼，皆使臣之事。后妃而酌使臣酒，何也？《禮》：王者獻賓，則后妃亞獻。《小雅》之《四牡》《皇華》《采薇》《杕杜》，遣勞使臣，皆王者所以饗諸臣于外廷也。《卷耳》，則后妃所以相王于中饋也。《卷耳》之志，是

《采薇》《杕杜》之治所由出也。志在箴規，義取卷耳，以諷其聽也。《陳風·東門之枌》曰「彼美淑姬，可與晤歌」，則莫如《卷耳》之歌矣。《小雅》「間關」[一]曰「辰彼碩女，令德來教」，若《卷耳》者，可謂德教矣。凡爲天子后妃者，志當如是，故曰后妃之志。朱子改爲后妃思念君子而作，謂婦人思念君子，爲貞静專一之至。非也。婦人不念其夫，而誰念乎？婦人念其夫者多矣，孰能爲《卷耳》者乎？升高望夫，馳馬登山，飲酒銷憂，幾乎蕩矣。縱謂託詠，亦何以異于鄭衛之聲乎？或者謂婦人勿預外事，然則《雞鳴》之解佩，十亂之邑姜，胥宇之太姜，非乎？婦稱内助，不此之助，而安所取助乎？不越酒食，不及爵賞，借中饋以效箴，故謂之志而已。豈婦無公事，休其蠶織之謂哉。

一章。采卷耳以爲麴糵，婦人酒漿之事，易得也。采之又采，竟不盈傾欹之筐，其艱且勞尚如此。我念諸臣經營四方，周道倭遲，勞苦而功高。外廷之上，得無棄置如遺乎。

二章。諸臣在外，升高歷險。馬且疲矣，何以勞之？我姑酌金罍之酒，以釋其永懷而已。

三章。諸臣在外，升高歷險。馬且病矣，何以勞之？我姑酌酒兕觥，慰其永傷而已。

[一]即《車舝》篇。

四章。諸臣在外，勞且久矣。升高歷險，豈但馬病，僕亦困矣。婦無公事，將若之何？唯有吁歎而已。

采采，非一采也。卷耳，一名蒼耳，中麴蘖之用。頃筐，筐形偏攲也。懷，憂憫也。人，指行役諸臣。周行，猶言長道。寘、置通，遺棄也。崔嵬，土山戴石也。砠，石山戴土也。虺隤，山高不能升也。今蜀道有名蛇倒退者，即此意。罍，酒尊，刻畫雲靁之紋，象天澤溥施也。玄黄，馬病色。兕，野牛。觥，巨爵，刻爲兕角之象，以戒觸，罰醉失禮者也。瘏，病也。痡，亦病也。

《卷耳》四章，章四句。○《關雎》備厚載之德，《葛覃》脩内政之本，《卷耳》懷進賢之志。后妃所以相君子者，至矣。詩人託興微婉，懿範徽音，千古如在。正使大姒自道，不能有加。而朱子據篇内「我」字，遂以爲大姒自叙，固矣。

004　樛木

南有樛(鳩)木，葛藟(壘)纍(雷)之。樂只(止)君子，福履綏(雖)之。

南有樛木，葛藟荒之。樂只君子，福履將之。

南有樛木，葛藟縈之。樂只君子，福履成之。

古序曰：《樛木》，后妃逮下也。毛公曰：言能逮下，而無嫉妒之心焉。此詩人詠歌之辭。朱子改爲衆妾稱願而作，非也。南有樛木，何也？南方陽明，故美多比南。北方幽暗，故刺多比北。木枝下垂曰樛。樛木下接，葛藟上附，象后妃逮下，衆妾親上。二語，賦、比、興三義具矣。朱子謂先言他物，興起所詠之事。然則樛木二語，先言他物，而所詠之事安在？他篇可類推。

一章。木莫盛于南十。南方之木，有樛然下曲者，葛與藟縈纍其上。后妃以仁逮下，衆妾以禮事上。恩誼聯屬，何以異此。可樂哉君子，和氣交鍾，福隨素履而綏安之矣。

二章。南方之木，曲垂于下，葛藟荒蒙其上。上下親睦，和氣致祥。樂只君子，福履將扶矣。

三章。南木曲垂于下，葛藟縈旋其上。尊卑綢繆，其旋元吉。樂只君子，福履成就矣。

南方卑濕，厥木惟喬，故稱南有。藟，葛屬。纍，繫也。只，語辭。君子，指后妃。福履，動而獲吉也。荒，奄覆也。將，扶助也。縈，旋繞也。成，完備也。

《樛木》三章，章四句。〇《關雎》以下三篇，曰德、曰志、曰本，皆言后妃之賢。此篇言其福履，下篇遂及其所生，漸被國人，致興王之瑞，達化之序也。

005 螽斯

螽終**斯羽，詵詵**辛**兮。宜爾子孫，振振**真**兮。**

螽斯羽，薨薨叶魂**兮。宜爾子孫，繩繩兮。**

螽斯羽，揖揖緝**兮。宜爾子孫，蟄蟄兮。**

古序曰：《螽斯》，后妃子孫衆多也。毛公曰：言若螽斯不妒忌，則子孫衆多也。

此亦詩人詠歌之辭。朱子以爲即衆妾自作，非也。其以螽斯比，何也？螽斯，蝗屬，生子最多。凡血氣之類，羣處則蕃息，不和則不能羣。善羣莫如螽斯，故族多亦莫如螽斯。后妃慈和以羣，衆妾而多子，故以螽斯比。然辭旨隱約。于螽斯，詠其羣，不言和而其和可知；于后妃，詠其子孫多，不言羣而其羣可知；不直稱君子，而借螽斯感歎。微婉深厚，悠然可想。朱子謂爲比，是也。然以螽斯比，即是以螽斯興。借物爲比，感物爲興。義雖有二，其致則一。

一章。凡物羣則妒。惟螽斯之爲羽，詵詵善羣，故種類蕃息。物理如此，人亦宜然。爾后妃子孫，振振衆盛，和氣所鍾，諒非偶矣。

二章。螽斯之羽，其飛也，薨薨然羣飛。后妃子孫，繩繩不絶，固所宜爾。

三章。螽斯之羽，其集也，揖揖然和輯。后妃子孫，蟄蟄類聚，固所宜爾。

螽斯，一名蚣作蜢猛，一名蚣松蝑婿。生子最多，信宿羣飛。因羽而見其多，故曰羽。詵詵，衆也。爾，指后妃。振振，盛貌。薨薨，羣飛聲。繩繩，不絶也。揖，作緝，和集也。蟄蟄，聚貌。

《螽斯》三章，章四句。○誦《螽斯》，而后妃之德，徵于所生矣。樛木逮下，進御者衆，故生子多。編《詩》者，以義相承也。

006 桃夭

桃之夭夭，灼灼其華花。之子于歸。宜其室家。

桃之夭夭，有蕡焚其實。之子于歸。宜其家室。

桃之夭夭，其葉蓁蓁。之子于歸。宜其家人。

古序曰：《桃夭》，后妃之所致也。毛公曰：不妒忌，則男女以正，婚姻以時，國無鰥民也。

后妃不妒忌之德，刑于下國。凡男女之有室家者，皆有《樛木》《螽斯》之風，故曰后妃所致。桃多子，其花有色，家園常植，故以比婦女。先王令民仲春，大會男女。是月也，桃始華，即時物爲比也。

一章。桃之始華，婚姻之時。夭夭之桃方少，灼灼之華甚美。之子年少美好，其歸以時，其會以禮，賢可知也。豈有賢女，而不宜室家者與？

二章。桃之夭夭，有華必有實。之子年少有德，宜其家室可知也。

三章。桃之夭夭，實繁則葉茂。之子德儀兼隆，宜其家人可知也。

古者，自秋至春，冰未泮以前，皆可婚姻，而仲春尤大會。凡男子二十至三十，女子十五至二十婚者，皆謂以正以時。夭夭，少好貌。灼灼，鮮明貌。之子，指女子。婦人内夫家，故嫁曰歸。于，往也。男以女爲室，女以男爲家。蕡，實繁貌。

《桃夭》三章，章四句。○誦《桃夭》而后妃之化，徵于國矣。雖庶民之家，未有閨範不淑，而能齊其家者。

007 兔罝

肅肅兔罝嗟，椓捉之丁丁争。赳赳武夫，公侯干城。

肅肅兔罝，施于中逵葵。赳赳武夫，公侯好仇叶其。

肅肅兔罝，施于中林。赳赳武夫，公侯腹心。

古序曰：《兔罝》，后妃之化也。毛公曰：《關雎》之化行，則莫不好德，賢人衆多也。

按，邦國多士，文王之作人也。然有后妃之助，則王教基始。故當其寤寐淑女，友樂不忘。賢賢易色之風，始于閨門，而達諸朝廷邦國。士類興起，以至深山窮谷，芻蕘雉兔之輩，皆懷才抱德，足以待明主寤寐之求。所謂存神過化，遷善不知，王民之皥皥也，而自宫幃始，故曰：「刑于寡妻，以御于家邦。」帷薄不脩，而能化家邦者，未之有，故曰后妃之化。

一章。肅肅然整飭之兔罝，椓杙弋以張之，其聲丁丁然。此張罝者，赳赳然草野之武夫耳。然其材智勇畧，可以折衝禦侮，殆公侯之干城與？

二章。肅肅然設此兔罝，當彼九逵之道。此赳赳之武夫，其行誼道德，足以配公侯爲之好仇也。

三章。肅肅然設此兔罝，在彼中林。此赳赳之武夫，其運籌畫策，克當公侯，足以爲之腹心也。

兔罝，捕兔之網。肅肅，網整飭貌。椓椓，杙也，椓杙所以張網。丁丁，椓杙聲。赳赳，武貌。武夫，猶言野人。干，盾也。所以禦石矢。城，所以衛内也。逵，九達之道。

中逵，逵中也。好仇，善匹也。

《兔罝》三章，章四句。○誦此詩者，想見當世山林草莽之士，皆有肅恭之德，而無播棄之憂。下能脩之，上能知之。四友十亂，奕世用之不盡者，皆《關雎》之達化也。後王豔妻煽處，羣小蔽賢，周宗以滅。聖人删《詩》，首《二南》，有以夫！

008 芣苢

采采芣浮苢以，薄言采叶取之。采采芣苢，薄言有叶以之。

采采芣苢，薄言掇奪之。采采芣苢，薄言捋勒之。

采采芣苢，薄言袺結之。采采芣苢，薄言襭挾之。

古序曰：《芣苢》，后妃之美也。毛公曰：和平，則婦人樂有子矣。

愚按，《兔罝》詠功，故曰化；《芣苢》詠俗，故曰美。女衆曰美。《國語》云：「女三爲粲。」粲者，美之物；美者，吉善之名。后妃不妒忌而宜子孫，婦人以和平而繼《螽斯》，室家驩慶，庶女胥悦，故曰美也。以芣苢比，何也？芣苢之實宜妊，婦人所需也。閭閻安樂，男服事乎罝羅，女服事乎蓄聚，室家無仳㒧之憂，而皆以生子爲願。詩人託詠芣苢，見王民皞皞，而古序惟以一「美」字括之，極精約。非毛説未易會也。事不必求徵，而太平景象悠然。《詩》可以興，其斯之類。《朱註》必以爲采芣苢婦人自作，則拘泥淺率甚矣。

一章。芣苢，婦人所需也。室家無事，庶女偕行。采此芣苢，非一人也。求而未得，薄言采之。采采既得，隨地行處，薄言有之。

二章。采采既有，所取在穗。拾其穗而薄言掇之。采采既掇，所用在實，取其實而薄言捋之。

三章。采采既捋，盛之以袺，薄言袺之。采采愈多，扱插其袵于帶間，薄言襭之。

采采，非一采也。芣苢，車前草，好生道上牛跡中，故名。《本草》云：「子宜妊，治產難。」薄言，聊且隨意之辭。袺，執衣袵也。裳下曰袵。襭，謂扱其袵于腰帶間也。

《芣苢》三章，章四句。〇此詩本詠王者化國之日。不言朝野士庶，而言婦人；不及織紝女工，而託詠采芣苢。終篇變換纔六字。一唱三歎，恍然如見庶女于原野之間，而聞其謳歌之聲者。《詩》所以善于言也。

009 漢廣

南有喬木，不可休息。漢有遊女，不可求思。漢之廣讀聳，與永叶矣，不可泳叶樣思。江之永叶勇矣，不可方叶放思。翹翹喬錯薪，言刈其楚。之子于歸，言秣末其馬叶母。漢之廣矣，不可泳思。江之永矣，不可方思。翹翹錯薪，言刈其蔞閭。之子于歸，言秣其駒。漢之廣矣，不可泳思。江之永矣，不可方思。

古序曰：《漢廣》，德廣所及也。毛公曰：文王之道被于南國，美化行乎江、漢之域，無思犯禮，求而不可得也。

按，諸詩自《關雎》以下，古序皆因首句爲目，此篇宜目爲《南有喬木》；如摘詩中語，宜目爲《江漢》。而云《漢廣》者，取「廣」字之義，以表德也。《六經》文字，惟《詩》可斷取，如《檜〔一〕風・匪風》《大雅・嘉樂》，《序》皆然。故毛公即「廣」字義釋之，始自宮壼，而遠及江漢，可不謂廣與？朱子詆其謬，過也。此序獨不言后妃者，廣及江漢，非内官之職，統諸王者焉。

一章。茂木可休，南方有木，上竦無枝，不可休也。游女可犯，漢上有女，貞潔自守，

〔一〕檜，原爲「曹」，據經文改。

不可求也。如水小可泳，漢之廣，其可泳乎？水近可方，江之長，其可方乎？

二章。薪之錯雜而生也，擇翹然高出之楚刈之。此之子，女中翹楚，行將以禮歸人，而自以粟秣其馬矣。豈刈楚之可飼邪？如彼江漢，斷乎不可犯已。

三章。薪錯雜而生，擇彼蔞蒿之最長者刈之。此之子，女中之蔞也，將以禮適人。自秣其駒矣，豈食吾之蔞乎？如漢如江，不可逾越已。

木上竦無枝曰喬。漢水，出今陝西漢中府，寧羌州，嶓冢山，東南流入于江。泳，潛行水底也。江水，出今四川成都府，茂州岷山，東流與漢水合，入于海。方，讀作放。漢牌，筏也。木曰潢，竹曰筏。又大者筏，小者桴。翹，特出貌。錯薪，雜薪也。楚，荆條。秣，穀飼馬也。蔞，白蒿也，高者丈餘。馬五尺以上爲駒。

《漢廣》三章，章八句。〇愚按，江、漢，楚地，其先鬻熊事文王，受封先諸姬，是爲聖教首善地，《漢廣》《汝墳》正當其時。《國風》不列楚，《二南》可以觀矣。夫子師文王，删《詩》録《漢廣》，有心哉！齊魯不競，徘徊陳蔡之間者數年，意在楚耳。昭王之不禄，天也。儒者論《春秋》夷楚，何居？

010 汝墳

遵彼汝墳，伐其條枚。未見君子，惄曆**如調飢。**

遵彼汝墳，伐其條肄異。**既見君子，不我遐棄。**

魴魚赬稱**尾，王室如燬。雖則如燬，父母孔邇。**

古序曰：《汝墳》，道化行也。毛公曰：文王之化，行乎汝墳之國，婦人能閔其君子，猶勉之以正也。

朱子[一]謂文王三分天下有二，率商之叛國事紂，故汝墳之人，猶以文王之命，供紂之役。其家人見其勤苦，作此詩勞之。註疏亦謂行役大夫之婦人作。或然，而亦不必然也。《詩》多託興，非必皆其人自作。或曰：若是，何以爲風？曰：因是事，爲是詩，以鼓舞是人，故謂之風。近世學士傳貞女節婦，亦曰以俟採風，豈盡貞女節婦自作邪？世儒言風，動稱里巷之歌，拘也。此篇首二章，勞苦飢困，不忘君子，見其勤而貞；後一章，閔其君子勞苦，勸以義，見其正而烈。行役者有此婦人，即其閑家可知，故曰文王之化也。

一章。汝水之墳，有木生焉，可以爲薪。君子久役于外，而使婦人躬採樵，力不任重，伐其小條與枝而已。當是時，君子未歸，惄焉憂戚，如調理飢病，形神困敝，强餐而未能也。

〔一〕朱子，早期印本作「《朱傳》」。

二章。遵彼汝墳，今年所伐之條，又是往年舊伐之肄。歲既改矣，君子始歸。生得相見，喜其不我遠棄也。

三章。魴魚本白，勞于網罟，尾變而赤矣。虐政如火，努力自效。誰無父母，食土之毛，能遠去乎？

汝，水名，出河南汝寧府上蔡縣，流入淮。墳，隄坊也。墓封亦謂之墳，《檀弓》曰「見若坊者」，言墳起如隄坊也。條枚，皆小枝。《周禮》有銜枚氏，注云「枚，狀如箸」，言小也。肄，餘也，斬而復生曰肄。惄、怒通，憂思貌。調，養也。飢，病不能食也。魴，鯿也。頳，赤色，魚勞則尾赤。燬，火也。父母，從役者之父母。孔邇，言桑梓丘隴在，無所逃也。《小雅》云「莫肯念亂，誰無父母」，孝婦之言也。

《汝墳》三章，章四句。

011 麟之趾

麟之趾，振振真公子，于吁嗟麟兮。

麟之定丁，振振公姓生，于嗟麟兮。

麟之角叶六，振振公族，于嗟麟兮。

古序曰：《麟之趾》，《關雎》之應也。毛公曰：《關雎》之化行，則天下無犯非禮，雖衰世之公子，皆信厚如麟趾之時也。

按，《周南》以《關雎》始，以《麟趾》終；《召南》以《鵲巢》始，以《騶虞》終。編《詩》者取德脩瑞應之義，著王道之成也。道化至此，太平有象，與古四靈畢至之世無異，故曰如麟趾之時。無犯非禮，何也？禮，風教之本，無禮則近于禽獸。麒麟之異于走獸者，以其行中規矩，音中鐘吕，遊必擇地，詳而後處。不履生蟲，不踐生草，不羣居，不侣行，不入陷穽，故曰聖瑞。服虔曰：「視明禮脩，則麒麟至。」故麟者，禮之應。商紂之末，俗奢壞禮。《關雎》化行，若《桃夭》之子，《兔罝》野人，《芣苢》《漢廣》《汝墳》之士女，皆知守禮。其貴家世族子姓，少而愿謹，步武頭角，振振有端厚之風。故詩人託麟趾，表聖瑞，見文王脩齊之化成，而周道大興也。《朱註》以公子爲文王后妃之子孫，以麟比文王后妃，趾比公子，於義牽强。《周南》十一篇，皆以次自近及遠，江漢、汝墳之後，及家庭，編次亦垂矣，《序》説不可改也。

一章。聖王作，麒麟至。麟之趾，步趨中度，不妄踐履。貴族公子，不驕不奢，忠信仁厚，振振如也。國家將興，必有禎祥。吁嗟公子，其即麟乎。

二章。麟之額，端正不觝。公孫守禮，振振愿慤，其真麟乎。

三章。麟之角，周正不觸。公族守禮，振振醇厚，其真麟乎。

麟，瑞獸，麕君身，牛尾，馬蹄，色黄，一角。牡曰麒，牝曰麟。凡獸有蹄者，踶·；有額者，牴·；有角者，觸，惟麟不然。定，額也。公姓，猶公孫。子生曰姓。公族，共太祖也。

《麟之趾》三章，章三句。○世禄之家，鮮克由禮。其子弟飛揚跋扈，蛇冠而虎翼，由來漸矣。此詠公子之賢，歸于振振，命之曰麟。稱其趾、其定、其角，歸然端莊。令儀令色，瞻之在前。辭約而旨遠，妙于形容矣。

毛詩原解〔一〕卷一終

〔一〕原無「毛詩原解」四字，據《湖北叢書》本加。

毛詩原解卷二

召南

召，岐周地名，召公奭之采邑。風名《召南》，而詩非召詩，皆王教也。《周南》首善岐、豐，王者之風。《召南》教行南國，諸侯之風也。《周南》亦有南國詩，如《江漢》《汝墳》，化由周達；《召南》無周詩，專言化之及遠也。《周南》醇懿粹美，覺宇内雍熙；《召南》轉移變動，氣運方新，皆始于閨門，而達于邦國也。

012 鵲巢

維鵲有巢，維鳩居叶据之。之子于歸，百兩亮御之。
維鵲有巢，維鳩方之。之子于歸，百兩將之。
維鵲有巢，維鳩盈之。之子于歸，百兩成之。

古序曰：《鵲巢》，夫人之德也。毛公曰：國君積行累功，以致爵位，夫人起家而居有之，德如鳲鳩，乃可以配焉。

朱子改爲：「南國諸侯被文王之化，詩人美其嫁娶而作」，非也。《序》但言夫人之德，不言爲某諸侯夫人，則凡爲諸侯夫人者，皆當有是德也。德何如？王后妃之德，厚載以承天，故《關雎》思賢；君夫人之德，静專以守成，故《鵲巢》無爲。然則何以首《召南》？《召南》者，諸侯之風。諸侯教國，先教家。《召南》先夫人之德，猶《周南》先后妃之德也。然則非文王之事與？曰：是也。而不必當文王時果有君夫人如此者。文王教之，則皆欲其如此也。若《朱傳》云「南國諸侯，能正心脩身以齊家，其女子有專静純一之德」，則是紂時有二文王、兩大姒也。豈其然乎？故毛公謂國君積功累行，意以文王當之，而亦不專指文王。又云夫人起家居而有之，意以大姒當之，而亦不專指大姒。見詩人所以詠歌，聖人所以編次《二南》，皆風後世人主齊家治國之道，非按事指據也。然則謂爲文王之化，何也？文王爲天子教天下，則后妃之德，《關雎》也；文王爲諸侯教國人，則夫人之德，《鵲巢》也。蓋教于王畿，必始《關雎》；教于列國，必始《鵲巢》。其比鵲巢，何也？春鳥巢居，正婚姻之時。鵲爲巢木杪，最高大，不取墮枝，有尊貴之義；自冬至春始成，有積功累行之義；户牖背歲向太陰，有下女之義。鳩，鳲鳩，一名鸐鵅，南方之鳥，不自爲巢，遇鵲巢則託之，鵲亦安之。他鳥未有若是者，故爲受成之比。鳥唯鳩多族，天子諸侯之配，皆以鳩比。而雎鳩變化，以比王后。鳲鳩守成，以比君夫人。君夫人比鳲鳩，何也？王者開創，諸侯襲亨封國。故周公作《梓材》曰：「以厥庶民，暨厥臣，達大家。以厥臣達王，惟邦君。」邦君無爲受成，而其夫人可知矣。《大雅》曰「哲夫成城，哲婦傾城」，《小雅》曰「無非無儀，無父母貽罹」，君夫人而欲有爲，毁巢之道也。故曰：《鵲巢》，夫人之德。

一章。鵲之有巢，積累勤矣。鳩以專一之性，不勞而來居之。我公侯奄掩有國家，得之子之賢以居中治内。百兩親迎，豈曰不宜。

二章。鵲之有巢，鳩來方之。之子來歸，宗廟有主。百兩相送，不亦宜乎。

三章。鵲之有巢，鳩來盈之。之子來歸，内官充牣。百兩成禮，不亦宜乎。

鳲鳩，南方之鳥，故《召南》首以爲比。《考工記》云「鸜鵒不逾濟」，濟，北地水名。《春秋》書「鸜鵒來巢」，以魯地先無鸜鵒而來巢，尤反常。鸜鵒不自巢也。之子，指夫人。百兩，車百乘也。一車兩輪，故謂之兩。御，古迓通，迎也。方，所也。將，送也。盈，滿也，言生子衆也。成，成禮也。

《鵲巢》三章，章四句。

013 采蘩

于以采蘩，于沼于沚。于以用之，公侯之事。

于以采蘩，于澗之中。于以用之，公侯之宫。

被之僮僮同，夙夜在公。被之祁祁，薄言還旋歸。

古序曰：《采蘩》，夫人不失職也。毛公曰：夫人可以奉祭祀，則不失職矣。

朱子改爲：「南國諸侯夫人被文王之化，家人叙其事以美之」，非也。夫人，猶前《鵲巢》夫人，不必定求其人，而詩皆文王所以脩身齊家，教南國者也。《序》謂不失職，何也？諸侯冕而親迎，以重宗廟。故脩籩豆，奉祭祀，君夫人之職也。然必有《鵲巢》之德，有親操之勤，有齊莊之容，然後可以奉祭祀。若《采蘩》夫人，斯可矣。惟文王大姒足以當之，苟南國諸侯夫人有若此者，亦大姒之教、文王之化。而詩非必實有其人也，朱子謂美其君夫人而作，固矣。

一章。《禮》：公侯祭祀，則夫人薦豆。蘩可實豆也，采于沼沚之濱。欲何用之？以供公侯祭祀之事也。

二章。蘩生于水，采之必于山澗之中。祭行于廟，用之必于公侯之宫。

三章。將祭之夙夜，夫人在廟，視其首飾，僮僮然竦立而敬也。既祭而退，視其首飾，祁祁然舒遲而歸也。

蘩，白蒿。春月始生，香美可爲菹。及秋爲蒿。青蒿高。白蒿蘩，葉粗于青蒿，俗謂之蓬蒿。沼，池也。小洲曰渚。小渚曰沚。事，祭祀之事。宮，宗廟也。山夾水曰澗。被，首飾也。取刑人或賤者之髮，被婦人之紒計，而爲首飾，其制有副、編、次三等，詳見《周禮》。其服則翟衣也。夙夜，昧爽之交也。僮僮，竦敬也。祁祁，舒遲也。將去不遽去，敬未忘也。敬不可見，觀首飾之容可知也。

《采蘩》三章，章四句。

014 草蟲

喓喓夭草蟲，趯剔趯阜甫螽。未見君子，憂心忡忡充。亦既見止，亦既覯止，我心則降叶烘。

陟彼南山，言采其蕨決。未見君子，憂心惙惙拙。亦既見止，亦既覯止，我心則説悦。

陟彼南山，言采其薇。未見君子，我心傷悲。亦既見止，亦既覯止，我心則夷宜。

古序曰：《草蟲》，大夫妻能以禮自防也。

朱子改爲：「大夫行役在外，其妻獨居，感時思夫而作」，非也。《毛傳》謂：「大夫妻初嫁來，能以禮自防」，是矣。稱妻者，自嫁後既覯君子而言。草蟲、阜螽，皆螽斯之屬，性善羣，故以爲比。蕨，一名鼈脚，可以茹；薇，細豆苗，可以和，皆中饋之事。草蟲躍，蕨薇生，仲春之會也。蕨之言別也，女子遠父母之喻。薇之言微也，女子寡小自謙之喻。知爲大夫妻者，據編《詩》，首《鵲巢》，君夫人初嫁也；次《采蘩》，即君夫人之職；此章，大夫妻初嫁也；次《采蘋》，即大夫妻之職。女子之嫁，父母命之曰：「往之汝家，必敬必戒。」新婦入門，良人未習，私懷憂慮，不以新昏爲喜。一則曰憂心忡忡，再則曰憂心惙惙，三則曰我心傷悲。未見君子，憂不釋。既見不覯，憂猶不釋。必其既見既覯，憂心始平。如此自防，可不謂知禮者乎？然詩亦非必其新婦自作。蓋詩人詠王化所從來，見文王所以教南國，莫非以禮齊家之事也。

一章。草蟲、阜螽，兩物而其類同。草蟲鳴，則阜螽躍，倡隨之義也。昔者之來，君子未親。懼無德與汝，或忝厥配，憂心忡忡不寧也。未見君子，此憂不降。見而未覯，憂猶不降。及今既見既覯，心乃降耳。

二章。視彼登山者，所求在蕨。昔者之來，恐違夫子，憂心惙惙。既見既覯，然後心悦耳。

三章。彼登山者，所需在薇。昔者之來，遠我父母，憂心傷悲。既覯君子，心始平耳。

草蟲、阜螽，皆蝗屬，同類而異種。喓喓，鳴也。趯趯，躍也。見，相視也，謂同牢以前。覯，相親也，謂成昏以後，見踈而覯密也。忡忡，猶衝衝。降，下也。蕨，山菜，名鼈脚者，初生無葉似之。薇，亦山菜，即今野豌剜豆苗，可爲羹芼。夷，平也。

《草蟲》三章，章七句。○愚按，是詩謂初嫁之女自防，則爲守禮；謂獨居之妻思夫，則爲鍾情。《小雅》以勞歸士，體其情也；《召南》以詠賢妻，貴其禮也。是故《序》確而正。

015 采蘋

于以采蘋平，南澗之濱。于以采藻早，于彼行潦老。
于以盛成之，維筐及筥舉。于以湘之，維錡以及釜府。
于以奠之，宗室牖有下虎。誰其尸之。有齊齋季女。

古序曰：《采蘋》，大夫妻能循法度也。毛公曰：能循法度，則可以承先祖，共祭祀矣。

《序》于諸侯妻奉祭，言不失職；于大夫妻奉祭，言能循法度，何也？君脩法度，臣奉法度者也。故君不祭爲失職，臣不祭爲廢法度。凡祭，備物行禮，主婦職中饋薦豆，採取烹芼，器皿奠獻，莫不各有法度。大夫三廟，宗子繼嫡，世爲大夫，其廟爲宗室。非宗子而爲大夫，其廟亦建于宗子之家。祭則夫婦往宗子家親之。此皆所謂法度也。詩詠季女，大夫妻也。主人非宗，故其妻稱季，猶言少婦，以别于宗婦也。《箋》因季女之文謂大夫妻之未嫁者，教于宗室三月，告成于祖之祭。然《序》既言妻，非未嫁之女。女未嫁而出采蘋藻，非法度也；未嫁而親主祭于宗室，尤非法度也。《箋》説附會詩辭，與《序》不合。朱子改爲：「南國大夫妻被文王之化，家人叙事美之」，尤拘也。所謂大夫妻者，言凡爲大夫妻皆當如是。言妻而大夫可知，亦猶諸侯妻之有《采蘩》云爾。

一章。蘋，可薦也。于何采之？生彼澗濱。藻可薦也，于何采之？生彼行潦。

二章。何器以盛之？筐與筥也。何器以亨之？錡與釜也。

三章。奠之何處？太宗廟室之牖下也。何人主之？齊莊之少婦也。

蘋，萍之大者，荇屬，浮生水面；藻，聚生水底，皆可爲菹爲羹芼也。南，南山也。山夾水曰澗。水邊曰濱。行，路也。潦，積水也。古者井田，路在井上，其傍溝洫積水。古人五祀祭井，亦謂之祭行也。盛之，盛蘋藻也。湘，亨也。錡，釜屬。有足曰錡，無足曰釜。奠，置于地也。宗室，宗子家廟也。世嫡謂之宗。堂後謂之室。大夫祭于室，無堂事也。牖下，室之西南牖下。齊，莊敬也。季女，庶子爲大夫者之妻，猶言娣婦、庶婦也。

《采蘋》三章，章四句。

016 甘棠

蔽芾廢**甘棠，勿翦勿伐，召**邵**伯所茇**跋。

蔽芾甘棠，勿翦勿敗叶備**，召伯所憩**器。

蔽芾甘棠，勿翦勿拜叶備**，召伯所説**税。

古序曰：《甘棠》，美召伯也。毛公曰：召伯之教，明於南國。

甘棠，常棣也，其實甘曰棠，仁者之澤似之，故以爲比。召公爲西伯大夫，敷教南國，嘗舍止棠下。後人思之，託樹以致遺愛焉。棠，梨屬，梨言離也，去思之比。夫召伯之教，皆文王之教也。人服召伯之教，愛召伯，而不知教所自來，此謂民日遷善而不知爲之者。觀民思召伯而文王之化可知也。按，召公當文王時未稱伯，亦足以徵《二南》之詩，不作于文王之世明矣。

一章。蔽芾然茂盛之甘棠，凡我南人，勿翦伐之。昔者召伯，嘗于此草舍焉。

二章。蔽芾甘棠，勿翦壞之。昔者召伯，于此憩息焉。

三章。蔽芾甘棠，勿翦折之。昔者召伯，于此説止焉。

蔽芾，蔭翳盛貌。甘者曰棠，澀者曰杜，皆梨屬。草舍曰茇。憩，息也。拜，屈其枝至地，如人拜也。説，作稅，舍也。

《甘棠》三章，章三句。○是詩語緩而情切，辭約而旨深。不言召伯之仁，有言所不能盡者。千古去思，此爲首唱。

017 行露

厭業浥邑行露，豈不夙夜叶遇，謂行多露。

誰謂雀無角叶六，何以穿我屋。誰謂女無家叶谷，何以速我獄。雖速我獄，室家不足。

誰謂鼠無牙，何以穿我墉。誰謂女無家與牙叶，何以速我訟叶松。雖速我訟，亦不女從。

古序曰：《行露》，召伯聽訟也。毛公曰：衰亂之俗微，貞信之教興，彊暴之男，不能侵陵貞女也。

霜化爲露，仲春之會也。女子幽貞，爲强暴所搆，而辱在泥塗，自視不勝沾濡，故以厭浥行露爲比。雀鼠比小人，角牙比争辯。雀有角，鼠有牙，比無情，皆詩人賦貞女之辭。貞女守禮，男子强求，故訟。守禮者，文王之教，而訟則紂之餘風也。朱子改爲「貞女自述己志」，豈以聖人使民無訟，《序》言聽訟非邪？虞芮質成，亦訟也。羑里之獄，文王身不得免焉。孔子無訟之説，爲不知本者言耳，非謂聖人有訟弗聽也。舜爲天子，皋陶爲士，非夫聽訟者邪？

一章。春草方生，霜化爲露，正嘉禮之期。厭浥然道上之露方降矣。儻通媒妁，備六禮，旭旦奠鴈，昏夜親迎，我豈不往？今無禮而亂以相干，則厭浥之道，成泥中矣。吾豈肯行乎？

二章。汝謂雀有角，故穿我屋。屋則穿矣，雀實無角。汝未嘗有室家之禮，而乃致我于獄。獄雖成矣，禮實不足。使我往汝，則雀生角矣。

三章。汝謂鼠有牙，故能穿墉。墉則穿矣，鼠實無牙。汝未嘗有室家之禮，而致我于訟。訟即搆矣，我終不從。欲我從汝，則鼠生牙矣。

厭浥，濕貌。行，路也。牙，大齒。墉，墻也。速，猶召也。家，謂女受男聘，以男爲家也。此訟者之辭。

《行露》三章，一章三句，二章章六句。○誦此詩者，想見貞淑之氣，如疾風勁草，挺然孤秀。女有壯節，非婉嫕柔質而已者。召伯聽斷明允，使幽貞之情，得伸雪于濁世。文王之教遠矣。詩人亦善于占誦矣。

018 羔羊

羔羊之皮叶婆，**素絲五紽**拖。**退食自公，委**威**蛇**駝**委蛇。**

羔羊之革叶亟，**素絲五緎**叶亦。**委蛇委蛇，自公退食**叶室。

羔羊之縫，素絲五總叶匆。**委蛇委蛇，退食自公。**

古序曰：《羔羊》，《鵲巢》之功致也。毛公曰：召南之國，化文王之政，在位皆節儉正直，德如羔羊也。

《羔羊》云《鵲巢》之功，猶《兔罝》云后妃之化也。始于宫幃，達于朝廷。宫幃有專静均一之德，故朝廷有節儉正直之風。節儉，故衣服有常；正直，故進退有度。羔裘者，大夫之法服。羊性柔順能羣，逆牽之則不進，故《易》象牽羊，以比正直。裘皮界方，有正直之象，而聯之以絲。羔小裘美，用皮多，紽之以絲亦多。羊大皮少，絲止用五，色又素，故曰節儉。其儀度安重，難進易退，故曰德如羔羊也。

一章。大夫朝服以羔裘，紽之以組，色惟素，而數止五。退朝而食，出自公門，禮度雍容，委蛇如也。

二章。羔裘之革，素絲飾緎，其數惟五。彼服此者，氣象委蛇。自公所而退食也。

三章。羔羊之縫，素絲飾總，其數惟五。彼服此者，氣象委蛇。退食自公所也。

羊小曰羔。諸侯大夫皆羔裘，而緣飾異耳。紽、拖通，猶加也。以組拖其皮界，聯合之也。緎、域通。縫、總，皆聯合之名。合皮成裘，其界非一。織素絲爲組，揜其縫際曰紽。組，絛也。綅，類今世綅，如繩不可以紽；古綅織絲，如今鷥帶然，《尚書·顧命》席用紛純〔一〕是也。退食，退朝食于家也。自公，自公門出也。委蛇，與《君子偕老》之「委佗」同；或讀作威儀，韻不叶，意相通。

《羔羊》三章，章四句。

019 殷其靁

殷隱其靁，在南山之陽。何斯違斯，莫敢或遑。振振真君子，歸哉歸哉叶泲。

殷其靁，在南山之側。何斯違斯，莫敢遑息。振振君子，歸哉歸哉。

殷其靁，在南山之下叶虎。何斯違斯，莫或遑處上聲。振振君子，歸哉歸哉。

古序曰：《殷其靁》，勸以義也。毛公曰：召南之大夫遠行從政，不遑寧處。其室家能閔其勤勞，勸以義也。

〔一〕《尚書正義·顧命》：「牖間南嚮，敷重篾席，黼純，華玉仍几。西序東嚮，敷重厎席，綴純，文貝仍几。東序西嚮，敷重豐席，畫純，雕玉仍几。西夾南嚮，敷重筍席，玄紛純，漆仍几。」正義曰：「《周禮·司几筵》云『凡大朝覲、大饗射，凡封國命諸侯，王位設黼扆。扆前南向，設莞筵紛純，加繅席畫純，加次席黼純，左右玉几。』彼所設者即此坐也。」

此詩猶《周南》之有《汝墳》。大夫有此妻，是《鵲巢》之化行，而大夫克家亦可知已。其託詠殷靁，亦猶《汝墳》之「王室如燬」也。西伯率南國大夫以服事殷，故婦人以天威比王命。殷，靁聲，比殷商也。南國至朝歌，千有餘里，而紂虐遠及，故曰靁在南山之陽。何斯違斯，儆之以思也。莫敢或遑，勉之以勤也。振振，美之也。歸哉，憂之也。哀而不傷，怨而不怒，親愛而不忘公義。如此婦人，豈非《鵲巢》之流亞與？然詩亦不必即其婦人自作。朱子改爲婦人思夫，則降而爲「變風」亦可，何貴爲《二南》？

一章。殷其靁乎，在彼南山之陽，天威無弗屆也。人孰無家，何此君子，獨去此而不敢少暇，得非分無所逃邪。振振君子，久勞于外，尚其歸哉。

二章。殷其靁乎，在南山之側，天威不測也。君子去此不遑，豈非義不敢息乎。振振君子，尚其圖歸可也。

三章。殷其靁乎，在南山之下，天怒且及矣。君子去此不遑，豈非義不敢安處乎。振振君子，尚及生還可矣。

靁，與雷同。山南曰陽。大夫以西伯之命，供紂之役，不敢質言，故曰何斯。斯指君子。違斯，去家也。振振，猶真真，仁厚貌。君子，指其夫行役者。蓋諸侯之大夫，西伯率以事紂者。

《殷其靁》三章，章六句。

020 摽有梅

摽

摽殍有梅，其實七兮。求我庶士，迨其吉兮。

摽有梅，其實三叶生兮。求我庶士，迨其今兮。

摽有梅，頃筐塈叶係之。求我庶士，迨其謂之。

古序曰：《摽有梅》，男女及時也。毛公曰：召南之國，被文王之化，男女得以及時也。

朱子改爲：「女子以貞信自守，懼其嫁不及時，而有强暴之汙」，非也。爲詩辭嫌于女求男，故周旋其説。愚謂男女居室，人情耳。《葛覃》之告歸，非后妃自告邪？商紂之季，王室如燬，男女失時，文王化行，而閭閻安樂，故女子感時思歸，猶《豳風》采桑之女，殆及公子同歸，王民皞皞之象。王道本人情。《摽梅》，人情之至也。顧其詩，非必即出其女之口，而當世民情有家之願宛然。情雖切而不苟且遷就，往必待求，求必以時，文王之教也。託詠于摽梅，何也？梅之言媒也。孟春梅始華，華落則實，實漸多則華漸少。仲春至，婚姻之期矣。而詩託詠不于男于女，何也？詠于女子，而後見性情之至。《二南》之化，皆自中閨始也。

一章。梅花落而成實，在樹者十之七耳，春將半矣。衆士以禮求我，其及此吉日乎，過此非其時矣。

二章。梅花落爲實，存者十之三耳，時漸迫矣。求我庶士，其及今日可乎。

三章。梅花落而盡矣。未幾實熟，而傾筐且至矣。求我庶士，其惟及今日通媒妁之言乎。

摽，落也。梅，梅花。實，梅子。七三，以十爲率，皆言花也。實三則花七，實七則花三。求，徵聘也。迨，及也。吉，吉日也。傾，攲也，筐形偏攲。塈、曁通，言將及也。實熟摘之，盛以筐也。謂，通辭也。

《摽有梅》三章，章四句。

021 小星

嘒慧彼小星，三五在東。肅肅宵征，夙夜在公。寔命不同。

嘒彼小星，維參森與昴叶留。肅肅宵征，抱衾與裯儔。寔命不猶。

古序曰：《小星》，惠及下也。毛公曰：夫人無妒忌之行，惠及賤妾，進御於君，知其命有貴賤，能盡其心矣。

《小星》夫人，猶《鵲巢》《采蘩》之夫人也。朱子謂能不妒忌以惠下，是也；謂南國夫人被文王之化，衆妾美之而作，則拘矣。詩人歌此，爲凡君夫人者，皆當如是。妒忌，女惡之大者；不妒忌，女德之大者。后妃之《關雎》，亦惟思窈窕，無傷善之心而已。君夫人而使其衆妾皆得進御，安其分而無怨言，則亦有《關雎》之風矣。其以小星比，何也？不敢自同于大明也，猶諺云「衆星不敵月」之意。衆妾進御，昏入晨出。昏入則星見于東，晨出則星見于西，即往來所見爲比。然詩亦非必其進御之妾自作也。

一章。嘒然小明之星，稀疎三五，在天之東，日入初昏時也。此時整齊宵行，適彼公所。雖云勤勞，貴者當逸，賤者當勞。所賦之命，寔與夫人不同，敢憚勞乎。

二章。嘒彼小星，維參與昴，將旦時也。肅肅宵行，抱持衾帳，自公所而退。往來雖勤，貴賤之命，寔不相猶耳。

嘒，小明也。三五，稀疎也。參與昴，西方二宿名。參，一名伐。昴，作柳。柳者，留也，物至西成而留也。柳與參，連體成六星，故旃綴于縿者爲旒，以像伐也。宵征，夜行也。晨昏、未明，皆謂之宵。寔，與實同。裯，與幬通，一作不猶，不相若也。

《小星》二章，章五句。

022 江有汜

江有汜史，之子歸，不我以。不我以，其後也悔毁。

江有渚處，之子歸，不我與。不我與，其後也處。

江有沱跎，之子歸，不我過戈。不我過，其嘯也歌。

古序曰：《江有汜》，美媵印也。毛公曰：勤而無怨，嫡能悔過也。文王之時，江沱之間，有嫡不以其媵備數，媵遇勞而無怨，嫡亦自悔也。

《禮》：諸侯一娶九女，二國媵之。夫人與媵，各有姪有娣，爲九。夫人進御君所，則媵從。嫡初歸，不以媵備進御之數。或至勞使之，媵亦不怨，嫡感而悔。詩人作此美媵，見媵之賢，而嫡所以能悔，皆《關雎》之化也。其以江有汜比，何也？物無情莫如水，而江以納衆流，故能大。物大則小者從，媵之從嫡亦猶是耳。支流分而復合，比媵始棄而終見收也。然何以明其不爲美嫡？詩代爲媵言，則爲美媵也。以汜自比，以江比嫡，賢女恭順之辭。《小星》自託，以日月之光比夫人；《江汜》自況，以洪流之量比正嫡。知命守分，所以爲賢女。而朱子改爲：「媵待年于國，嫡不與偕行。後嫡悔而迎之，媵作此詩。」非也。蓋惑于《鄭箋》「獨留不行」之語。彼所謂不行者，不同宫中進御之行，非謂在母家不同嫁也。如待年不行，豈得怨嫡，嫡亦何從而勞使之？

一章。江水大矣，支流小分，旋復會合。之子初歸，獨棄我不用，將謂終焉矣。何幸其後之能悔也。

二章。江有渚，尚相容。之子初歸，屏我不與，然亦暫耳。至于今，我得安處矣。

三章。江有沱，尚相隨。之子始歸，止我而不過，我是用嘯，今我暢然而歌矣。

水決出復入曰汜。以，用也。渚，小洲也。江之分流者爲沱。沱之言他也。過，猶往也。嘯，舒憤聲，與歗同，《王風》「條其歗矣」。

《江有汜》三章，章五句。

023 野有死麕

野有死麕君，與春叶，**白茅包**叶剖**之。有女懷春，吉士誘之。**

林有樸卜**樕**速，**野有死鹿。白茅純**豚**束，有女如玉。**

舒而脱脱兑**兮，無感我帨**税**兮，無使尨**旁**也吠**廢。

古序曰：《野有死麕》，惡無禮也。毛公曰：天下大亂，彊暴相陵，遂成淫風。被文王之化，雖當亂世，猶惡無禮也。

是詩，朱子改爲：「女子自守不爲彊暴所污，詩人因所見以美之」，近似。而古序必曰「惡無禮」，何也？蓋紂時淫昏成俗，而羞惡之心，人所自有。文王化行，皆知無禮之可惡。故詩不貴其貞潔，而貴其知恥。知恥，自不屑不潔。此導民之本，格心之化也。《序》言及此，非經聖裁，未易苟作。麕鹿，比奔也。死麕、死鹿，如惡惡臭，醜詆之辭也。末章述女子羞惡之情，言尨吠，則狗彘惡之矣。如朱説因所見，是必詩人真適野，見死麕、死鹿，士以茅包苴遺女，女罵于室，犬吠于門，因賦此詩。則何以異于説夢？凡朱子言《詩》類此。

一章。麕性淫而善奔。野有既死之麕，穢物也。以白茅之潔，包取之，浄垢失其倫矣。女子仲春，緬懷嘉禮，良士以禮徵聘，可也。何乃無禮而誘之乎。

二章。樸樕然小林之野，有死鹿焉。以白茅之潔裹之，汙斯茅矣。彼女清潔如玉，可以不潔累之乎。

三章。女拒之若曰：「爾勿恃其彊暴，尚舒然而脱脱，循理安詳，可也。男女有別，勿感動吾之巾帨。感帨則近吾身矣。彼此素無往來，勿使吾之犬吠。犬吠則近吾家矣。」其惡而遠之如此，可謂別嫌明微之至者矣。

麕，麞也，似鹿而小。白茅，茅華潔白。《周禮》「仲春，大會男女」，故求婚謂之懷春。

吉士，良士也。樸樕，小林也。純，與屯通。純束，包之也。舒，從容也。脱脱，舒貌。帨，拭物巾，女所佩也。尨，犬之多毛者。暴客至，則犬吠。

《野有死麕》三章，二章章四句，一章三句。

024 何彼襛矣

何彼襛與雝叶矣，唐棣弟之華花。曷不肅雝，王姬之車叉。何彼襛矣，華如桃李。平王之孫，齊侯之子。其釣維何，維絲伊緡民。齊侯之子，平王之孫。

古序曰：《何彼襛矣》，美王姬也。毛公曰：雖則王姬，亦下嫁於諸侯，車服不繫其夫，下王后一等，猶執婦道，以成肅雝之德也。

《召南》有此王姬，猶《周南》有公子，皆王教所漸也。王姬雖嫁諸侯，而其儀衛，較諸侯尤貴。能不以貴驕其夫，車馬僕從，謙恭和順，是以可美。朱子謂爲武王以後詩，是矣；疑平王爲東遷之宜臼，齊侯爲齊襄公諸兒，非也。《二南》皆追誦文王齊家、治國、平天下之化。所謂平王、齊侯云者，如《書·大誥》稱武王爲寧王，《酒誥》稱爲成王，《商頌》稱契爲玄王，《易》云康侯，《周禮》云寧侯，皆非定謚也。平，正也；齊，一也，如均平、蕩平，齊聖、狥齊云爾，皆美其祖父之德。見男女家教有本，即文王之孫，下嫁諸侯者也。若謂東遷以後之王詩，當入《王風》。宜臼、諸兒，名字何足辱簡策，而厠諸《二南》乎？比唐棣，何也？唐棣之華，併蒂攢簇，有類聚親睦之象，故以比兄弟昏姻。桃李多子，釣絲牽連，故比男女也。

一章。何彼襛然而盛者，乃唐棣之華。開而能合，猶二姓之好也。今此肅肅雝雝，氣象謙冲者，乃王姬之車，殊無驕貴之容也。

二章。何彼襛然而盛，桃與李之華，交相輝暎也。今者之婚，女以治平之王爲祖，男以脩齊之侯爲父。其賢其貴，皆相稱也。

三章。相彼釣者求魚，合絲以爲緡，乃可引也。齊侯之子求妻，而得平王之孫，得其所求矣。

襛，濃盛也。曷、何通。肅，敬也。雝，和也。車，往送之車。王姬車制下王后一等，即《周禮》所謂厭翟也。諸侯夫人則翟車耳。詳見《周禮·春官》巾車之職。緡，繩也，合絲爲之，釣以絲繩繫鉤，以餌魚也。

《何彼襛矣》三章，章四句。

025 騶虞

彼茁拙者葭加，壹發五豝巴。于吁嗟乎騶虞叶牙。

彼茁者蓬，壹發五豵宗。于嗟乎騶虞叶翁。

古序曰：《騶虞》，《鵲巢》之應也。毛公曰：《鵲巢》之化行，人倫既正，朝廷既治，天下純被文王之化，則庶類蕃殖，蒐田以時，仁如騶虞，則王道成也。

《周南》終《麟趾》，而國族張，故爲《關雎》之應；《召南》終《騶虞》，而品物遂，故爲《鵲巢》之應。蓋好德者，其子孫必賢；安静者，其發生必盛。化始宫幃，近乎遠應，非襲取也。《朱註》以爲文王之化，是矣；云美南國諸侯，非也。蓋《召南》雖諸侯之詩，非必諸侯能爲《召南》。言文王所以教南國者，仁及鳥獸草木，功贊化育，非聖人不能。而于《召南》言之者，以終之也。南方卑濕，多生蘆葦，野獸成羣，故以爲比。非謂《鵲巢》獨能致《騶虞》，《關雎》獨能致《麟趾》也。以麟應鳩，以騶應鵲，比類屬辭，非專主鳥獸也。毛云「仁如騶虞」，則是真以騶虞爲獸配麟。後儒因謂「騶虞，白虎黑文」，或謂「騶虞，尾長于軀」，引漢武帝獲異獸騶牙爲徵。蓋因虞叶作牙，而附會之，不足信也。騶、虞，本二官名。《月令》「田獵，命僕及七騶」，《春秋傳》晋悼公使程鄭爲御，六騶屬焉。蓋騶，乘御掌馬之官。《書》舜命益作虞，《周禮》有山澤之虞，掌禽獸之官。《射義》云「天子以騶虞爲節」，樂備官也。田獵備官，而所取不多，五豕而殺一，其仁也如此，故歎美之。不敢斥君而呼騶虞，騶虞之仁，君之仁也。

一章。我侯于田，彼茁然而長者，吾見諸葭焉，草木之蕃可知。一發矢而遇五豝焉，禽獸之多可知。前禽五而僅殺一，取之不盡。吁嗟仁乎，我公之騶虞也。

二章。彼茁然而長者，有蓬焉。一發矢而遇五豵，獸雖多而不殺。吁嗟仁乎，我公之騶虞也。

茁，出土貌。葭，蘆也。豕牡曰豝。蓬，草名，華如柳絮。豕一歲曰豵。

《騶虞》二章，章三句。〇誦《騶虞》而王者仁贊化育矣。始于閨門，施于朝廷邦國，達于天下，以至天地泰和，品物咸亨，脩齊之效，蔑以復加。故夫子謂伯魚曰：「人而不爲《周南》《召南》，其猶正牆面立。」蓋王道以誠意爲本，誠意以刑家爲先。夫婦至暱也，閨閾至隱也，倡隨至便也，其切近至不可離也。是故君子慎獨勿欺，必自此始。于此真能如見賓，如承祭，無惰行，無逸志，然後可以事父母，對兄弟家人，而無怍色；然後可以處朋友，事君使民，而無愧心；然後可以格鬼神，孚豚魚，之夷狄蠻貊可行。文王純一敬止，又得大姒之助，故其存神過化，風行草偃，民日遷善而不知，皆脩身齊家，刑于寡妻之積效也。士君子進德脩業，内有賢配，則事半功倍。苟不幸而帷薄不淑，則肺腑受恙，非若藩籬外，可以諉而棄之也。其事瑣于米鹽，其幾密于嚬笑，耳目心志錮其中，無適可離。必刻勵于衾影，以求厎于正，然後家可齊，國可治。未有道不行于妻子，而能放諸遠者矣。正牆面立，豈不信然！或曰：《二南》之詩，皆里巷之謡也。此拘説也。周有天下，追思當時流風善政，潤色歌詠，以詒式穀，皆周公之制作，而孔子删定于周衰之季，以教來學。苟文王時民謡有此，焉用周公、孔子爲？今誦《二南》，不必按事求徵，但據古序，繹作者之志，脩身齊家治國，規模具在，明辟王以洪化理，士君子以資進脩，洋洋美德乎！待文王而後興者，凡民也；豪傑之士，雖無文王猶興。周公曰「文王我師」，孔子曰「文王既没，文在兹」，此之謂也。

毛詩原解卷二終

毛詩原解卷三

邶佩

邶、鄘容、衛，皆商畿内之地，今河南衛輝府淇縣，即古朝昭歌，紂都也。武王滅紂，分朝歌以北爲邶，南爲鄘，東爲衛。邶、鄘不詳所封，衛以封康叔，其後邶、鄘皆併于衛。各因其地所得詩，分爲三國，其實皆衛詩也。以首「變風」，何也？《二南》成而周王，朝歌侈而殷墟區。《關雎》基治，《緑衣》兆亡：紂覆于前，衛滅于後，所以明戒也。

026 柏舟

汎泛彼柏舟，亦汎其流。耿耿不寐，如有隱憂。微我無酒，以敖以遊。

我心匪鑒，不可以茹孺。亦有兄弟，不可以據。薄言往愬，逢彼之怒。

我心匪石，不可轉也。我心匪席，不可卷捲也。威儀棣第棣，不可選也。

憂心悄悄愀，慍于羣小。覯閔既多，受侮不少。静言思之，寤辟闢有摽殍。

日居月諸，胡迭㸦而微。心之憂矣，如匪澣緩衣。靜言思之，不能奮飛。

古序曰：《柏舟》，言仁而不遇也。毛公曰：衛頃公之時，仁人不遇，小人在側。朱子改爲：「婦人不得于其夫而作」，非也。蓋忠臣不得于君，與賢女不得于夫，情相似，故忠臣常託賢女自鳴。怨而不怒，不遇而不忍去，《序》所以目爲仁人。而以辭害志，則似婦人語耳。舟以比濟世。柏木芳香後彫，以比君子。柏舟泛流，比仁人不遇也。

一章。以柏爲舟，而無維楫，泛然中流。國無仁賢，亦猶此矣。我心耿耿不寐，如有隱痛。是憂也，非飲酒遨遊，可以解也。

二章。鑒能明而不能擇，妍媸并納，我則不能矣。賢否原不相謀，好惡出于天性，如之何并茹之。共事兄弟，不與我同心。聊往告愬，反以不能含容，爲我罪也。

三章。兄弟雖怒，我心堅如石，平如席，不可變也。威儀自盛，豈能選擇以隨人乎。

四章。悄悄然心懷隱憂，思我見怒于羣小，遭其病，受其侮，亦已多矣。靜思無聊，忽忽驚寤，闃然如有所失落也。

五章。日乎月乎，何迭相虧也。君乎臣乎，何其并昏也。處此昏亂之朝，如垢衣被體，思遁去，而義無所逃耳。

汎、泛同。柏舟，柏木爲舟，猶言楊舟、松舟也。隱憂，沈痛而憂也。鑒，鏡也。茹，受也。鏡之受影，不擇美惡。兄弟，僚友也。愬，與訴通。棣，美盛也。棠棣之華最盛。選，與算通，擇也。辟，闢通，開也。摽，落也，如有遺落也，恍惚驚悸之狀。居、諸，助語辭。迭，更也。微，虧缺不明也，月有微，日無微也。

○《柏舟》五章，章六句。

027 緑衣

緑兮衣兮，緑衣黄裏。心之憂矣，曷維其已。

緑兮衣兮，緑衣黄裳。心之憂矣，曷維其亡。

緑兮絲兮，女汝**所治**平聲**兮。我思古人，俾無訧**叶移**兮。**

絺兮綌兮，淒妻**其以風**叶分。**我思古人，實獲我心。**

古序曰：《緑衣》，衛莊姜傷己也。毛公曰：妾上僭，夫人失位，而作是詩也。

衛莊公惑于嬖妾，夫人莊姜賢而失位，故作此詩。其以緑衣比，何也？婦人，衣夫者也。夫人位中宫。黄者，中央土之正色。雜以青，則爲緑。青，木氣也。木克土，中宫所以見逼于旁孽也。衣爲上，裳爲下；表爲貴，裏爲賤，比嫡妾失所也。此詩莊姜自作，故《序》云傷己。與《載馳》《竹竿》之類，凡婦人自作者，《序》各分曉。《朱傳》于他詩，一切謂爲自作，非也。

一章。緑間色而以爲衣，黄正色而以爲裏。妾之蔽嫡，亦猶是也。多憂方來，何時已邪？

二章。緑爲衣而居上，黄爲裳而反下。妾之上僭，亦猶是也。憂繫于心，何能去之？

三章。緑本絲耳，惟汝治以爲緑，愛而衣之。古人制禮，使貴賤得所，豈若今人之過乎？

四章。絺綌宜暑，涼風凄然，則捐棄宜也。今我見棄，將若何思。古人遭此，有善處之道。先得我心，可以自慰矣。

亡，去也。凄，涼也。其，語辭。以風，用當風也。訧，過也。

《緑衣》四章，章四句。○按，「正風雅」而後，爲閨怨者多矣。《緑衣》之怨，婉喻而不直其事。憂嫡妾失所，而不及私情。渾厚端莊，不激不怒，所謂可以怨者矣。

028 燕燕

燕燕于飛，差次，平聲池其羽。之子于歸，遠送于野叶汝。瞻望弗及，泣涕如雨。

燕燕于飛，頡絜之頏杭之。之子于歸，遠于將之。瞻望弗及，佇立以泣。

燕燕于飛，下去聲上上聲其音。之子于歸，遠送于南叶林。瞻望弗及，實勞我心。

仲氏任只止，其心塞淵叶因。終温且惠，淑慎其身。先君之思，以勗旭寡人。

古序曰：《燕燕》，衛莊姜送歸妾也。

莊姜無子，以陳女戴嬀規之子完爲己子。莊公卒，完即位，嬖人之子州吁弑之。故戴嬀大歸于陳，莊姜送之，而作此詩。其以燕燕比，何也？燕雀春來秋去，以比别離。燕雀依人，爲乎子也，故玄鳥爲祈子之祥。莊姜於嬀，以子相依，子亡相失，故用爲比。不言夫死子弑，國破人亡，而託興燕燕，關山寥落，隻影孤飛，淒然有流離之感。至曲終奏雅，未亡人之志，有如皦日。千古離情，此爲絶唱。

一章。人世聚散，何異燕雀。吾與子如燕燕相依，差池其羽。子今歸矣，後會不再，能無遠送。望而不見，泣涕如雨。

二章。燕燕于飛，上下追隨。子今歸矣，予遠送之。望而不見，獨立揮泣。

三章。燕燕于飛，同聲相應。子行南還，予遠送之。望而不見，實勞我心。

四章。維爾仲氏，與人以任。存心以實，秉性和順。行己端淑，每以先君偕老之誼勉我。孰有愛人以德，如仲氏者乎。

燕燕，二燕也。差池，不齊貌。無聲出涕曰泣。涕，淚也。飛而上曰頡，飛而下曰頏。將，送也。南，衛在河北，陳在河南也。仲氏，戴嬀字。以恩相信曰任。只，語辭。塞，實也。淵，深也。先君，莊公也。勗，勉也。寡人，莊姜自謂。無夫曰寡，亦謂未亡人也。

《燕燕》四章，章六句。

029 日月

日居月諸，照臨下土。乃如之人兮，逝不古處上聲。胡能有定？寧不我顧叶古。

日居月諸，下土是冒。乃如之人兮，逝不相好上聲。胡能有定？寧不我報。

日居月諸，出自東方。乃如之人兮，德音無良。胡能有定？俾也可忘。

日居月諸，東方自出。父兮母兮，畜我不卒。胡能有定？報我不述。

古序曰：《日月》，衛莊姜傷己也。毛公曰：遭州吁之難，傷己不見答於先君，以至困窮之詩也。

朱子改爲：「莊姜不見答於莊公，呼日月而訴之」，非也。州吁之禍，莊公卒矣。夫人傷國難之不定，非不見答也。呼日月者，詩之情境，爲夫婦之比，非專爲告訴日月也。

一章。日乎月乎，并照下國。夫婦相須，古之大倫也。乃如之人，往昔不以古道相處，今禍貽宗社，何自能定乎？死者而有知，寧不我顧也。

二章。日居月諸，共冒下土。夫婦同心，亦猶是也。乃如之人，往時不與我相好，今禍延國家，何自能定乎？死者有知，寧不我報也。

三章。日居月諸，出自東方，常相偕也。乃如之人，惡聲相加，曾無好音。今日之禍，其何能定？是則可憂也。若夫無良之音，使我可忘矣。

四章。日居月諸，東方自出。始相偕，而終相失也。父母養我不終，遺此禍亂，其何能定乎？至于報我之薄，可無述矣。

居、諸，皆語辭。乃如之人，猶云乃有如此之人，指莊公也。逝，往日也。古處，古道相處也。寧，願辭。定，安定也。謂州吁之亂，國不安定也。顧，念也。德音，謂言語。無良，暴厲也。俾也可忘，使我忘之，不忍怨也。述，稱也，言昔之所以待我者，無用稱述也。

《日月》四章，章六句。

030 終風

終風且暴，顧我則笑。謔香，入聲**浪笑敖**傲**，中心是悼**導。

終風且霾埋，惠然肯來。莫往莫來，悠悠我思叶題。

終風且曀叶翳，不日有又曀叶意。寤言不寐，願言則嚏帝。

曀曀其陰，虺虺毁其靁。寤言不寐，願言則懷。

古序曰：《終風》，衛莊姜傷己也。毛公曰：遭州吁之暴，見侮慢而〔一〕不能正也。

終風且暴，比賊子飛揚跋扈，所以爲州吁作也。朱子改爲：「莊姜傷莊公而作」，非也。誦《緑衣》《日月》，而莊姜蓋温惠婦人，無恚忿過甚之辭可知。此詩謂母憂子，則爲賢母。謂婦怨夫，則傷于忿矣。毛説是也。

一章。狂風終日不休，子之狂暴，亦猶此矣。有時見我，則嬉笑傲慢，無人子禮。將若之何？中心自悼傷而已。

二章。終日風霾不開，子之昏惑，亦猶是也。有時來見，有時絶跡不往來，使我悠長而思慮也。

三章。終風陰曀，不旋日又陰曀。此子何時開寤乎？憂不成寐，惟願彼自嚏而已。

〔一〕而，原缺，據《毛詩正義》補。

四章。陰曀曀而不開，靁虺虺而不止。此子何時改圖乎？憂不能寐，惟願彼自懷思而已。

終風，終日風也。謔浪，狂蕩貌，州吁在母前無禮之狀。霾，風揚塵也。陰而風曰曀。有、又通。嚏，噴嚏，俗云「人道我，則噴嚏」。虺虺，靁聲。懷，悔思也。

《終風》四章，章四句。

031 擊鼓

擊鼓其鏜湯，踴躍用兵叶邦。土國城漕叶倉，我獨南行叶杭。

從孫子仲，平陳與宋。不我以歸，憂心有忡充。

爰居爰處，爰喪其馬。于以求之，于林之下上聲。

死生契挈闊，與子成説。執子之手，與子偕老叶魯。

于吁嗟闊兮，不我活兮。于嗟洵兮，不我信叶心兮。

古序曰：《擊鼓》，怨州吁也。毛公曰：衛州吁用兵暴亂，使公孫文仲將而平陳與宋，國人怨其勇而無禮也。

擊鼓、踴躍，輕佻之狀。輕佻者無謀。《易·師》之《象》曰：「師，貞，丈人吉」，以兵爲戲，未有不亡者，州吁所以死也。故曰《詩》可以觀。謂興爲無義，則所失多矣。

一章。鼓以進兵，伐鼓鏜然有聲，踴躍矜喜，以凶器爲樂事也。今國有土工，漕有城工，非不勞矣。我獨從軍南行，苦尤甚焉。

二章。今者之役，非不得已。從孫子仲，結好陳、宋，與之伐鄭，無故犯難。生還未卜，憂心忡忡然也。

三章。是行也，隨其所往。於居則居，於處則處。兵敗陣亡，必喪其馬。家人索我馬，於林之下耳。

四章。昔許室家，死生隔别，不相忘棄，成此誓説。執子之手，期與同老，是疇昔之願也。

五章。事至今日，吁嗟隔别，不得生活矣。吁嗟信誓，不得伸遂矣。

鏜，鼓聲。土國，興土工于國也。城，築城也。漕，衛邑，在河南。南行，伐鄭也，事見《春秋傳》。孫子仲，此時軍帥也。爰，於也。喪馬，人死馬亡也，唐人詩云：「可憐馬上郎，意氣今誰見」〔一〕本此。林下，曠野之處，所謂尸膏草野也。契闊，猶言分别也。成

〔一〕杜甫《白馬》詩：「白馬東北來，控鞍貫雙箭。可憐馬上郎，意氣今誰見。近時主將戮，中夜商於戰。喪亂死多門，嗚呼淚如霰。」

說，踐言也。洵，信也，即偕老之信也。信，與伸同，遂也。

《擊鼓》五章，章四句。

032 凱風

凱愷風自南叶林，吹彼棘心。棘心夭夭，母氏劬瞿勞叶聊。

凱風自南叶林，吹彼棘薪。母氏聖善，我無令人。

爰有寒泉，在浚峻之下叶户。有子七人，母氏勞苦。

睍顯睆婉黄鳥，載好其音。有子七人，莫慰母心。

古序曰：《凱風》，美孝子也。毛公曰：衛之淫風流行，雖有七子之母，猶不能安其室，故美七子能盡其孝道，以慰其母心，而成其志爾〔一〕。

朱子改爲：「七子自作」，非也。凡詩人美刺，代爲其人之言，非盡出其人之口。然則謂之道性情，何也？聲音之道，自與性情通。詠其事而可興可觀，即是性情之理。非以其人之詩，觀其人性情之謂也。此詩以凱風、棘心比，何也？美其子之孝，則不忍斥其

〔一〕爾，原爲「耳」，據《毛詩序説》《毛詩止義》改。

母之惡。故若爲幾諫，以達孝子和氣之衷。凱風，以比和氣。棘，小棗叢生，以比七子也。爲孝子言，則凱風似母，棘心似子；爲詩人言，則凱風、棘心，皆諷其母之微辭也。凱，樂也。物通淫曰風。棘之言急也。心，花蘂，俗云「棗花多心」，婦不貞之比。棘性晚發，夏始生心。東風吹桃李，則男女及時。炎風至，桃李實落，而棘生心，非桃夭之時矣。母生七子，猶有淫行。詩人不忍言母老，而但言子晚成，勞凱風之吹，善諷諭也。棘雖非大材，叢生爲籬，中赤而外多刺，比七子衛護一母也。二章比薪，三章比水。子雖無用，亦足供薪水，豈其悦母，不如黄鳥乎？黄鳥應節，又爲審時之比也。

一章。凱和之風，夏自南來，時已晚矣。而棘始生心，吹而養之，夭夭如也。母生七子，幼而鞠育。其劬病勞苦，當何如乎。

二章。凱風吹棘，長而無用，猶可以薪。七子雖壯，無令善之嗣，辜負聖善之母矣。

三章。泉水寒涼，在浚邑之卑地。灌溉無用，猶可供邑人之汲。今以七男事一母，不能供涓滴，而使母勞苦，曾寒泉不如矣。

四章。黄鳥之羽，睍睆可觀。載好其音，猶能悦人。以七男奉一母，不能婉容愉色，以悦母心，曾禽鳥不如矣。

凱、愷通，樂也。南風温和，故曰凱。棘，小棗也。難長而心又初生，稚弱未成，薪則成矣，而無用直可薪耳。聖，通明也。善，賢淑也。浚，衛邑。下，卑地。凡泉高，則利灌溉，下則無用。睍睆，羽好貌，猶熠耀也，《大東》云「睆彼牽牛」，《檀弓》云「華而睆」，皆明也。字從目，朱謂鳥聲，誤。

《凱風》四章，章四句。

033 雄雉

雄雉于飛，泄泄異其羽。我之懷矣，自詒貽伊阻。

雄雉于飛，下去聲上上聲其音。展矣君子，實勞我心。

瞻彼日月，悠悠我思。道之云遠，曷云能來叶離。

百爾君子，不知德行叶杭。不忮至不求，何用不臧。

古序曰：《雄雉》，刺衛宣公也。毛公曰：淫亂不恤國事，軍旅數起，大夫久役，男女怨曠，國人患之而作是詩。

朱子改爲：「婦人以夫從役于外，思念而作」，非也。詩人託閨怨以刺宣公，意不主閨怨也。後世詩多擬閨怨者，何必盡婦人自作？篇名《雄雉》，猶《齊風》之《雄狐》也。雄雉善雊，《小弁》云「雉之朝雊，尚求其雌。」泄泄其羽，狎雌之狀。雉之言恥也，若以爲婦人思夫，意象不類。

一章。雄雉于飛，泄泄然鼓翼，日求其雌。君不恤國事，惟婦人是好，猶雄雉也。嗟我懷人，始不能見幾引去。今日之行，自詒阻隔耳。

二章。雄雉之飛，下上追鳴，以媚其雌。人之好内，亦猶是也。國事至此，誠哉可憂。言念君子，實勞我心也。

三章。日往月來，時序屢更。悠悠然我之所思，道路長遠，何能致其來乎。

四章。凡爾君子，雖我婦人，焉知德行。竊意人處世，無所忮害，無所貪求，何往不善。今之征役，爲忮求耳，其何能善乎。

泄泄，鼓翅舒散貌，雄雉見雌而振羽也。我之懷，指其夫。自詒阻，言不能引去也。展，誠也。君子，告愬之辭，指宣公也。勞心，憂國事也。悠悠我思，思夫也。云，語辭。百爾君子，呼在位者，以儆君也。忮，害也。求，貪也。

《雄雉》四章，章四句。

034　匏有苦葉

匏(袍)有苦葉，濟有深涉。深則厲(叶列)，淺則揭。

有瀰米濟盈，有鷕杳雉鳴。濟盈不濡軌叶九，雉鳴求其牡。

雝雝鳴鴈，旭日始旦。士如歸妻，迨冰未泮。

招招舟子叶沸，人涉卬昂否叶鄙。人涉卬否，卬須我友叶以。

古序曰：《匏有苦葉》，刺衛宣公也。毛公曰：公與夫人並爲淫亂。

朱子謂是詩未見其爲刺宣公夫人也。然亦何知其不爲刺宣公夫人乎？《序》有所受之。以匏比者，匏剖爲瓢，有配合義，昏禮合巹，匏也，故以比男女之合。匏未剖，可佩以渡水。匏之渡水，潛行者用之，非利涉之正禮，故以比男女之私。匏尚有葉，無作合之具。水深，比防閑之嚴。雉雊善淫，鴈飛有序，匏以行險，舟以利涉，各有取義也。

一章。匏可涉水，今尚有苦葉，未可用也。濟涉之處，其水方深。欲濟者，深則有厲，淺則褰裳。量度而行，斯爲知禮矣。

二章。濟之水，瀰其盈矣。雉之雊，鷕其音矣。水盈必濡其軌，今曰不濡。雉鳴雄求其雌，今反求牡。人之背禮如此。

三章。古者婚姻，禮因時舉。贄用和鳴之鴈，貴從陽也。行禮以旭日始旦，貴正始也。妻歸及霜降之後，冰泮之前。陽往則陰來也，非禮非時，豈容苟合邪。

四章。水盈而匏難用，我其招舟子而後濟乎。人皆徒涉，我獨不敢。須同心之友，乘舟以共濟耳。

匏，瓠之苦者。長頸曰瓠，大腹曰匏。濟，過渡處。厲，列石水中，履以渡也。厲，與列通。《周禮》「厲禁」謂遮列爲禁也。或曰：水没膝下爲涉，過心上爲厲。以衣涉曰厲，褰衣涉曰揭。瀰，水滿貌。鷕，雉聲。軌，車輪。牡，雄雉，猶雞言牝，狐言雄也。鴈隨陽氣南北，用鴈，取隨陽義。六禮惟納徵用幣，納采、納吉、問名、請期、親迎皆用鴈。惟親迎用昏，餘禮皆用旦。手曰招，口曰召去聲。卬，我也。須，待也。

《匏有苦葉》四章，章四句。

《毛詩原解》卷三終

毛詩原解卷四

035 谷風

習習谷風叶分，以陰以雨。黽勉同心，不宜有怒叶呂。采葑采菲，無以下體。德音莫違，及爾同死。

行道遲遲，中心有違。不遠伊邇，薄送我畿祈。誰謂荼徒苦，其甘如薺叶泚。宴爾新昏，如兄如弟上聲。

涇以渭濁，湜湜殖其沚。宴爾新昏，不我屑薛以。毋逝我梁，毋發我笱苟。我躬不閱，遑恤我後上聲。

就其深矣，方之舟之。就其淺矣，泳之游之。何有何亡，黽勉求之。凡民有喪，匍蒲匐迫救之。

不我能慉畜，反以我爲讎。既阻我德叶篤，賈古用不售叶酬。昔育恐育鞫，及爾顛覆。既生既育，比予於毒。

我有旨蓄，亦以御語冬。宴爾新昏，以我御語窮。有洸光有潰，既詒我肄。不念昔者，伊余來塈戲。

古序曰：《谷風》，刺夫婦失道也。毛公曰：衛人化其上，淫于新昏，而棄其舊室，夫婦離絶，國俗傷敗焉。

谷風，東風也。東爲君方，帝出乎震，故曰君子之德風。習習，不斷也。谷之言俗也，俗成于習。谷風習而成陰雨，君德習而成民俗，故以爲比。朱子謂詩中不見化其上之意，改爲棄婦自作，非也。風人美刺，鮮有直陳者。設身處其人之地，代爲其人之言，心曲隱微，皆肖其人，所以爲妙，于性情而可風。若謂棄婦自作，則微婉之致，全失矣。

一章。東皇布令，而谷風生。習習不斷，則陰雨降矣。民風所從來，人情變態，亦猶是也。凡夫婦相與，小有參差，當勉强含容，不宜暴怒。譬彼葑菲，采其葉，且留其根。若倡隨之間，言語和悦，莫相違背，則可以偕老矣，奚至變態如風雨乎？

二章。相彼行路之人，遲遲不進，心必有違。况我與爾，夫婦之親，咫尺决絶，門内相送，遂成路人。如荼雖稱苦，其實味甘如薺。蓋舊婦既爲路人，則新婦樂如兄弟。豈非我之所謂荼者，彼之所謂薺乎？

三章。涇濁渭清，其辨甚明。今涇反謂渭濁，渭實非濁也。試觀其沚，其清見底。惟樂彼新昏，故不屑我耳。身雖見棄，心豈遽絶？後人勿往我之梁，發我取魚之笱。雖然，我身已不見容，何暇恤去後之事乎？

四章。思我昔治家，如濟水者，深則方舟，淺則泳游。不論有無，勉强圖濟。雖鄉鄰有喪，無不周救，况于夫婦之間，敢處其薄乎？

五章。爾今不我養，反以我爲讐。惟其有心阻我，雖善不録。如賈百貨具陳，終不見售矣。思昔與爾治生，惟恐生理窮鞫，同至顛覆。今既遂生矣，乃比我于毒而棄之邪？

六章。昔我蓄聚美菜，以備冬月乏時之需。亦猶爾宴樂新昏，以我備窮窘之時耳。故今洸然其武，潰然其怒，無復温惠之容。貽我以事，肄習勞苦，曾不念昔者我之初至矣。

習習，風吹不斷貌。黽勉，容忍也。葑，即蔓菁。菲，似葍，一名土瓜，根葉皆可食。下體，根也。葉根并採，則立盡矣。俗語云「凡事留不盡」，即無以下體之意。德音，好言也。畿，門内也。荼，苦菜，似苦苣而葉細，花如葦苕，故謂之荼。薺，甘菜。宴，樂也。湜湜，水清見底也。沚，小渚也。梁，以石障水，而空其下如梁，非橋梁也。笱，竹器，承梁之空，取魚者也。梁、笱，皆閨政之喻，如四章所言是也。閲，容也。方，筏也，所以渡水。潛行曰泳，浮水曰游。匍，以手行也。匐，伏地也。慉，與畜同，養也。賈，商賈。

售，賣出也。育，養也。鞫，窮也。旨蓄，美菜也。御、禦通，當也。洸，武貌。潰，怒色。肄，習也，勤勞之意。塈，至也。

《谷風》六章，章八句。

036 式微

式微式微，胡不歸。微君之故，胡爲乎中露。

式微式微，胡不歸。微君之躬，胡爲乎泥中。

古序曰：《式微》，黎侯寓於衛，其臣勸以歸也。

朱子疑詩中無黎侯字，以爲鑿空〔一〕。愚謂，有黎侯字，則不成詩矣。

一章。衰微乎，衰微乎，何久依人不歸乎。君之變故，亦大矣。彼衛人視之，若無有耳。君胡爲久暴此露中乎。

二章。衰微乎，衰微乎，何久不歸乎。君之親來，亦迫矣。彼衛人視君之躬，甚微渺耳。君胡爲自辱此泥塗乎。

〔一〕原無「以爲鑿空」，據《毛詩序説》補。

式，發語聲。微，輕忽意。中露，言不見芘也。泥中，言不見拯也。

《式微》二章，章四句。

037 旄丘

旄毛丘之葛兮，何誕但之節兮。叔兮伯讀剥，叶葛兮，何多日叶熱也。

何其處上聲也，必有與也。何其久叶已也，必有以也。

狐裘蒙戎，匪車不東。叔兮伯兮，靡米所與同。

瑣兮尾叶以兮，流離之子。叔兮伯兮，褎又如充耳。

古序曰：《旄丘》，責衛伯也。毛公曰：狄人迫逐黎侯，黎侯寓於衛。衛不能脩方伯連率之職，黎之臣子，以責於衛也。

朱子謂《序》見詩有「伯兮」二字，遂以爲責衛伯，詆其誤，非也。蓋衛之先，本牧伯。武王封康叔，《誥》曰：「外事汝陳時臬司，師兹殷罰有倫。」此衛爲伯之始也。司馬遷作《世家》，衛自頃侯以前，七世皆稱伯。黎侯以狄難來告，正望其脩先業。故詩曰與、曰同，皆連率之事。以旄丘葛比，何也？前高後下曰旄丘。丘之不斷截者，葛亦不斷之物，俗稱狐疑爲葛藤，毛遂云：「從之利害，兩言而決。日出而言，日中不決」，即此意也。

《朱傳》謂久寓于衛，時物變，而登丘見葛起興，豈其然乎？

一章。相彼旄丘，葛之生者，其節何誕然而長。所處平夷，故其生延蔓。以我遭此危急，望叔伯諸臣，救患恤鄰，可一言決耳，今何其多日而不定也。

二章。何其安處不動乎，意必約與國而後發乎。何其遲久不決乎，意必有他故相羈絆乎。

三章。今我久客，狐裘且敝矣。豈我不以車東來控告，而叔伯諸臣，不能約與國，同興連率之師。我雖來告，亦徒然耳。

四章。我國家零替，瑣然細矣，尾然末矣。微命殘喘，不絶如綫，漂流離散之子也。爾衛叔伯，端拱坐視，褎然峩冠不動，充耳無聞，豈有人心者哉。

誕，疏闊也。節，葛生節也。叔伯，指衛諸臣，不敢斥其君也。蒙戎，裘敝也。褎，盛服貌。充耳，冠下兩旁懸填，所以塞聽。褎如充耳，土木偶人之狀。

《旄丘》四章，章四句。〇《旄丘》之怨，從容不迫。雖當流離之秋，觖望之至，而其言委蛇有序。篇終乃曰「褎如充耳」，諷刺微婉，氣象雍容。《詩》所以善言也。

038 簡兮

簡兮簡兮，方將萬舞。日之方中，在前上處叶上聲。碩人俣俣語，公庭萬舞。

有力如虎，執轡如組祖。左手執籥樂，右手秉翟叶畧。赫如渥赭叶卓，公言錫爵。山有榛，隰夕有苓。云誰之思，西方美人。彼美人兮，西方之人兮。

古序曰：《簡兮》，刺不用賢也。毛公曰：衛之賢者，仕於伶靈官，皆可以承事王者也。

朱子改爲：「賢者不得志而仕于伶官，有輕世肆志之心，若自譽而實自嘲。」愚謂，輕世肆志，豈風人之度？譽而自嘲，則詼諧矣，《六經》無此體。蓋求其人不得，遂以爲賢者自作。又疑碩人、美人自誇，遂以美人爲君，以碩人爲自譽自嘲，其實非也。《序》云「刺不用賢」，蓋當時有賢人不用，而仕爲伶官者，詩人刺不能用者耳。

一章。伶人賤役中，有高賢厠于其間。簡擇之，簡擇之。今者舞萬當日中，居前列之上。其人形貌魁梧，舞于公庭，而人莫之知也。

二章。是碩人，材勇有力如虎，技藝御馬如組。今執籥秉羽，顏色赫然沃丹。君獻工而賚之以酒者，是也。

三章。山有榛，隰有苓，各生有所。士生不逢辰，寄思甚遠。昔西周盛時，有美人者，明良一堂。遐想高風，西方之人乎？今不得而見之矣。

萬者，舞之總名。日中、上處，言甚明顯易見也。俣俣，大貌。組，絛屬。轡，馬韁也。執轡如組，言御馬調和也。籥，如笛，長三尺，六孔，或曰三孔。舞者所執，且吹且舞。翟，雉羽，亦執以舞也。渥，沃通，厚也。赭，赤貌，言顔色充盛也。錫爵，《燕禮》樂工，主人有獻爵。榛，實似栗而小，宜山。苓，木耳，菌屬，宜濕。西方，西周也。《簡兮》三章，章六句。○古本三章，《朱傳》分「碩人俣俣」以下四句爲一章，共四章。今從舊。

039 泉水

毖秘彼泉水，亦流于淇。有懷于衛，靡日不思。孌彼諸姬，聊與之謀叶媒。

出宿于泲濟，上聲，飲餞于禰你。女子有行，遠父母兄弟上聲。問我諸姑，遂及伯姊。

出宿于干叶千，飲餞于言。載脂載舝叶懈，還車言邁。遄船臻于衛，不瑕有害。

我思肥泉，兹之永歎叶團。思須與漕叶愁，我心悠悠。駕言出遊，以寫我憂。

古序曰：《泉水》，衛女思歸也。毛公曰：嫁於諸侯，父母終，思歸寧而不得，故作是詩以自見也。

毖泉，泉水幽閟不出也。衛女懷歸不遂，故以爲比。百泉、淇水，皆衛地，比故國也。一章。泉，衛水也。淇，衛地也。水無情，而自衛出者還歸于衛。我爲衛女，寧忘衛國？孌然美好之姪娣，昔與我俱來。今欲歸衛，暑與爾謀之。可乎。

二章。我若歸衛，出宿則于近郊之泲。禮有飲餞，則于近泲之禰，成行易矣。但念女子既嫁，遠離父母兄弟。今父母終，兄弟無歸寧。我有諸姑伯姊在，歸而問之，亦可乎。

三章。我若歸衛，干亦可宿，言亦可餞。載塗其脂，以設其舝。旋車邁往，速至于衛，誠不難矣。但是行也，于禮無瑕玷乎？恐有害也。

四章。肥泉，故鄉之水，思此長歎。須漕，故鄉之邑，思之悠長。歸既有害，思將奈何。惟乘車出遊近郊，以寫除我憂而已。

毖，幽閉也。泉，百泉，在今衛輝府輝縣蘇門山中。淇，亦衛水，出今彰德府林縣。孌，好貌。諸姬同姓之女，即姪娣也。《禮》：遠行，夕出宿近郊，設祖祭。送者共飲曰餞。泲、禰、干、言，皆往衛所經歷之地，今北京順德府唐山縣有干言山，相傳即衛女出宿飲餞處。順德府有邢臺縣。衛女，疑即《碩人》所謂邢侯之姨者與？父之姊妹曰姑。伯姊，女兄之長者。舝，車軸頭鐵，一謂之釱大，行則設之，止則脱之。脂以塗舝，使滑利也。遄，速也。泉同出異歸曰肥泉。須、漕，衛之二邑。出遊，遊本國近郊也。寫，傾出也。

《泉水》四章，章六句。

040 北門

出自北門，憂心殷殷。終窶叶舉且貧，莫知我艱叶勤。已焉哉叶賫，天實爲之，謂之何哉。

王事適我，政事一埤叶琵益我。我入自外，室人交徧讁責我。已焉哉，天實爲之，謂之何哉。

王事敦叶堆我，政事一埤遺叶偎我。我入自外，室人交徧摧我。已焉哉，天實爲之，謂之何哉。

古序曰：《北門》，刺仕不得志也。毛公曰：言衛之忠臣，不得其志爾。

朱子改爲：「賢者不得其志，因出北門而賦以自比」。詩謂出自北門者，如「陟彼北山」「出其東門」之類，以爲實然，則固矣。詩人託爲仕者之怨以刺時，非必仕者自言也。

北門背陽，比昏主。刺多比北，美多比南。

一章。人情向明則喜，投暗則悲。我行出自北門，憂心殷殷然。念我窶陋，家又貧乏。世無知己，吾其已矣。生不逢辰，天實爲之，夫復何言。

二章。王國有事，既來適我。本國政事，又一切厚積加我。我從外歸，室人飢困，交徧責我。已矣哉，天命如此，復何言哉。

三章。王事既敦迫我，政事又一切厚遺我。我從外歸，室人無聊，交徧摧挫我。已矣哉，天命已定，云如何哉。

殷殷，盛也。貧而無以爲禮曰窶，無財曰貧。適，之也。政事，本國之政事。一，專也。埤，厚也。讁，責也。敦，篤也，守治之意，《孟子》「使虞敦匠事」。

《北門》三章，章七句。

041 北風

北風其涼，雨豫**雪其雱**旁。**惠而好我，攜手同行**叶杭。**其虚**舒**其邪**徐**，既亟只**止**且**疽。

北風其喈叶雞**，雨雪其霏**非。**惠而好我，攜手同歸。其虚其邪，既亟只且。**

莫赤匪狐，莫黑匪烏。惠而好我，攜手同車。其虚其邪，既亟只且。

古序曰：《北風》，刺虐也。毛公曰：衛國並爲威虐，百姓不親，莫不相攜持而去焉。

朱子謂衛以淫亂亡國，未聞有威虐者。夫亡國之政，誰無威虐？即州吁弑君，宣公殺子，孰有如其威虐者？而謂未聞，非也。

一章。北風寒涼，雨雪雱雱，陰氣盛而肅殺慘也。吾與惠而好我者，攜手同行，遠害全身，不俟終日。其可舒乎，其可徐乎，事勢甚亟矣。

二章。北風喈喈然，聲之疾也。雨雪霏霏然，落之盛也。惠而好我者，相與攜手同歸。其可舒徐乎，時事已亟矣。

三章。狐，妖獸也；烏，惡烏也。今所見赤者，莫非狐；所見黑者，莫非烏。耳聞目擊，孰匪凶類。好我者與之攜手同車而去，不可舒徐，事甚亟矣。

自上而下曰雨。雱，雪盛貌。惠，以恩相與也。虚、邪，通作舒徐。寬，緩也。亟，急也。且者，甚之之辭。喈，風疾也。霏，雪布散貌。

《北風》三章，章六句。

042　静女

静女其姝樞，俟我于城隅。愛而不見，搔騷首踟弛躕。

静女其孌，貽我彤同管。彤管有煒偉，説悦懌女汝美。

自牧歸荑啼，洵美且異。匪女汝之爲美，美人之貽。

古序曰：《静女》，刺時也。毛公曰：衛君無道，夫人無德。

愚按，君無道，故外無防閑；夫人無德，故内多醜行。詩人不欲直斥，因借淫者期會贈貽，而諷之以正，賢賢易色之意也。静女，謂貞静之女。首章刺其君壞防，故以城隅比。城四隅有敵臺，最高峻。《大雅》曰：「哲夫成城，哲婦傾城。」城者，内外之閑，以比禮義也。國君以禮厚防，誰敢踰之？所以爲搔首踟躕也。二章刺其夫人無恥。古后妃夫人有女史載彤管記過，故動無非禮。彼醉不臧，不醉反恥。」詩人所以悦古人之有彤管也。三章詩人自比，猶《小雅》曰：「既立之監，或佐之史。」郊外曰牧。茅秀曰荑，賤而潔白，比編氓之婦守禮，人皆美之，况爲人上者乎？《鄭風》之言「縞衣綦巾」也。諷刺微婉緼藉，所謂主文而譎諫、言之者無罪也。朱子改爲淫奔之詩，意索然矣。

一章。吾之所期者，貞静之女。姝然美好，俟我于城隅。居高而防峻，雖其愛之，末由致之。惟有搔首踟躕而已。

二章。静女孌然美好，動則女史自隨，彤管記過。假以貽我，其煒然令德之光，有過則告。吾悦汝管之爲美也，豈徒以其贈貽而已邪？

三章。郊外爲牧，非宫禁窈窕之地也。有茅荑生焉，美人持以歸我。雖質謝繁華，而柔潔可美，自與衆卉異。豈荑之爲美？以贈荑之人，清潔如荑也。美不擇賤，存乎人耳。

静，幽貞也。姝，美色也。踟躕，猶躑躅，不進貌。孌，好貌。彤，赤色。管，筆管。古后妃夫人，有女史佩管記過。其色赤，取赤心正人也。《禮·内則》：「男女皆佩管。」

女、汝通。女美，指彤管。匪女，指荑。

《静女》三章，章四句。

043 新臺

新臺有泚此，河水瀰瀰米。燕婉之求，籧渠篨除不鮮叶洗。

新臺有洒叶選，河水浼浼叶免。燕婉之求，籧篨不殄。

魚網之設，鴻則離叶歷之。燕婉之求，得此戚施。

古序曰：《新臺》，刺衛宣公也。毛公曰：納伋之妻，作新臺于河上而要之。國人惡之，而作是詩也。

一章。人情羞媿汗泚，則滌之以水。此新臺甚有泚也，而近河水之瀰滿。挹彼洪流，烏能滌此汗顔乎？齊女之來，求安好之匹，乃得此籧篨不潔之人也。

二章。物不潔則洗，新臺有洗，累此河水，浼浼然流湨濯之汙。齊女燕婉是求，乃得籧篨不絶之人乎！

三章。魚網求魚，鴻反麗之。齊女求燕婉，反得戚施，亦可醜也。

泚，汗下清流之狀，《孟子》云「其顙有泚」。燕婉，安好，指伋也。籧篨，以葦席爲人形，即喪禮所設重，以像死者臃腫之狀。舊解籧篨，粗葦蓆，其用可仰而不可俯，故以名不能俯者之疾。鮮，善也，潔也。洒，與洗通。浼浼，濁流貌。不殄，痼疾不瘳也。離，與麗同，著也。戚施，不能仰之疾，作顣頊痀僂之狀。古它、乭字通，其形顣駝然也，皆以比宣公。

《新臺》三章，章四句。

044 二子乘舟

二子乘舟，汎汎泛**其景**叶講。**願言思子，中心養養。**

二子乘舟，汎汎其逝叶晒。**願言思子，不瑕有害。**

古序曰：《二子乘舟》，思伋、壽也。毛公曰：衛宣公之二子争相爲死，國人傷而思之，作是詩也。

宣公納伋之妻，是爲宣姜，生壽及朔。朔與宣姜譖伋于公，公使伋之齊，令賊先待于隘而殺之。壽知之，以告伋。伋曰：「君命也，不可以逃。」壽竊其節而先往，賊殺之。伋至，曰：「君命殺我，壽有何罪。」賊又殺之。國人爲賦此詩。

一章。二子自河適齊，乘舟飄泊，汎汎然其影。是行也，以義忘身，禍機不測。使我甘心思子，中心瀁瀁然不定也。

二章。二子乘舟，孤帆遠去，汎汎往矣。願言思子，使我心疑，能無瑕乎，其有害也。景、影同。願言者，冀其無害之辭。養養，猶瀁瀁，不定貌。

《二子乘舟》二章，章四句。○誦《衛風》，至《新臺》《二子乘舟》，天理民彝，斬然盡矣。狄人乘之，國遂以亡。而其禍皆始于幃薄之間。《詩》首《二南》，繼以《邶》，勸戒豈不章哉。

毛诗原解卷四終

毛詩原解卷五

鄘容

045 柏舟

汎彼柏舟，在彼中河。髧坦彼兩髦毛，實維我儀叶俄。之死矢靡它拖。母也天只叶廳，不諒人只。

汎彼柏舟，在彼河側。髧彼兩髦，實維我特。之死矢靡慝。母也天只，不諒人只。

古序曰：《柏舟》，共姜自誓也。毛公曰：衛世子共恭伯蚤死，其妻守義，父母欲奪而嫁之，誓而弗許，故作是詩以絶之。

按，共姜未嫁，而共伯先死矣。男子冠而後娶，女子笄而後嫁。詩稱兩髦，則共伯尚未冠，而共姜尚未笄也。髦、毛同，髮也。散之曰髮，束之曰髦。古者幼學稱髦士，猶今之垂髫也。兩髦，丱也。分髮作雙髻曰丱，字取象形。俗云丫髻，童子之飾，《齊風·甫田》「總角丱兮」是也。共伯以總角亡，故《序》曰蚤死。父母，共姜之父母。共姜在室，父母欲以别嫁，亦人情也。蓋女子既嫁，夫死守節，常禮。未嫁誓死，人所難。故《鄘風》首録之。漢儒解兩髦爲翦髮夾囟，子事父母之飾。按，《禮》言髦多矣，其皆翦髮夾囟者邪？《禮經》具在，未聞子事父母而翦髮者。詩獨言母，女子之嫁，母命之也。

一章。汎彼柏舟，在河之中，無所依泊。我生無歸，亦猶是也。髧然總角之兩髦，六禮雖未終，而盟言已定。即實我匹，生死同歸，誓不他適矣。人生有母，覆蓋如天，獨不諒人乎。

二章。汎彼柏舟，在彼河側，適得我所。我與兩髦成約爲特，誓死不敢復爲邪慝矣。母也如天，不諒人乎。

中河，河中也。髧，髮垂貌。儀，匹也。矢，誓也。特，亦匹也，不再之辭。慝，邪也。

《柏舟》二章，章七句。

046 牆有茨

牆有茨慈，不可埽藪也。中冓姤之言，不可道叶斗也。所可道也，言之醜也。

牆有茨，不可襄也。中冓之言，不可詳也。所可詳也，言之長也。

牆有茨，不可束也。中冓之言，不可讀也。所可讀也，言之辱也。

古序曰：《牆有茨》，衛人刺其上也。毛公曰：公子頑通乎君母，國人疾，之而不可道也。按，公子頑，宣公之長庶伯昭，伋之兄也。宣公卒，惠公朔立而幼。伯昭烝于朔母宣姜，故詩人以牆茨爲比。茅蓋牆曰茨。牆以蔽内，覆之以茨，揜蓋之比。惡之深而思爲揜蓋，忠厚之至也。

一章。設牆以蔽内，加茨以蔽牆。惟恐牆壞，人窺其中也。厚茨猶恐不密，況可埽而去之。中冓之事，淫惡不可言。言則揚國醜，有隱諱耳，可終隱乎。

二章。牆有茨，不可襄而除也。中冓之言，欲詳之，不勝其長也。

三章。牆有茨，不可束而去也。中冓之言，讀之不勝其辱也。

茨，茅茨也，《小雅》云「福禄如茨」，又云「如茨如梁」，《周禮・圉師職》云「茨牆則翦闔」，《史記》「茅茨不翦」。或以爲蒺藜，非比義矣。冓、構通，結架爲構，室中隱處。

《牆有茨》三章，章六句。

047 君子偕老

君子偕老，副笄雞六珈加。委委威佗佗駝，如山如河，象服是宜叶俄。子之不淑，云如之何。

玼泚兮玼兮，其之翟叶第也。鬒軫髮如雲，不屑髢替也。玉之瑱佃也，象之揥替也，揚且疽之皙叶制也。胡然而天也，胡然而帝也。

瑳上聲兮瑳兮，其之展叶禪也。蒙彼縐皺絺癡，是紲屑袢叶煩也。子之清揚，揚且之顔也。展如之人兮，邦之媛叶爰也。

古序曰：《君子偕老》，刺衛夫人也。毛公曰：夫人淫亂，失事君子之道，故陳人君之德，服飾之盛，宜與君子偕老也。

此詩本刺，而但亟稱其服飾容貌，所以寓誨淫之意。首言「君子偕老」，諷以義也。姜之不能偕老，甚矣。次章云玼兮，言泚也，猶「新臺有泚」之泚，汗顔之比。三章云瑳兮，笑而見齒曰瑳，《竹竿》云「巧笑之瑳」，言可笑也，皆諷刺之微辭。

一章。邦君之妻，與君偕老，從一而終。故其服飾，在首有副，副上衡笄，加以六玉。其容貌委委舒徐，佗佗安重。佗佗如山，委委如河。服此象服，乃像耳。今子不善，如此象服何？

二章。玼然潤澤者，其禮服之翟衣也。髮鬒黑而多如雲，不用假髮之髢也。笄下懸瑱，以玉爲之。搔首有揥，以象爲之。額廣而揚，又白而皙。如此容飾，世所驚覩。胡然自天降，胡然帝神出乎。

三章。瑳然潔白者，其禮服之展衣也。外加素紗，以示斂飭也。其目清明，其額揚起。誠有如此之人，是乃國色之女也。

君子，婦人謂其夫也。副，首飾，編髮爲之。笄，簪也。横插于副上曰衡笄。六珈，以六玉加于笄上爲飾也。象，像也。服以像德，無德則不像。翟，雉也。公侯夫人禮衣，畫翟雉于上。鬒，髮黑如雲，多也。髢，假髮。瑱，塞耳也。揥，搔首，即今釵也。揚，眉上揚起也。晳，白也。胡然，驚意。天帝，天神上帝也。瑳，白也。展，作襢，禮衣，白色縐絺，即《周禮》六服之素紗，加于衣上者，所謂尚絅也。古婦人盛服，以薄綃蒙于外。縐絺，絺之蹙蹙然者。凡繒薄細者皆稱絺，即今方目紗之類，不獨葛也。紲袢，收斂也。清目，清明也。顔，額也。媛，美女也。

《君子偕老》三章，一章七句，一章九句，一章八句。

048 桑中

爰采唐矣，沬妹之鄉矣。云誰之思，美孟姜矣。期我乎桑中，要平聲我乎上宫，送我乎淇之上矣。

爰采麥矣，沬之北矣。云誰之思，美孟弋亦矣。期我乎桑中，要我乎上宫，送我乎淇之上矣。

爰采葑矣，沬之東矣。云誰之思，美孟庸矣。期我乎桑中，要我乎上宫，送我乎淇之上矣。

古序曰：《桑中》，刺奔也。毛公曰：衛之公室淫亂，男女相奔，至於世族在位，相竊妻妾，期於幽遠，政散民流而不可止。

朱子改爲淫者自作，非也。淫者犯禮法，竊人妻妾，惟恐人知。詩人表暴其事，指其所竊之女，與其期會迎送之地。事雖幽遠，而踪跡昭彰，所謂如見肺肝也。沬鄉，衛朝歌故地，紂所都也。周公作《酒誥》云妹邦，又云妹土。變沬言妹者，妹，少女，淫昏之稱。《易·歸妹》曰「天地不交，萬物不興」「君子以永終知敝」，妹之象也。唐，菟絲，無根而附于物，苟合之象。唐，宕也，荒淫曰宕。麥秋不收，冬不藏，三時在外，謂之宿麥，有奔之象。百物未長而先秋，有淫之象。葑，蔓菁也。義取下體，賤其褻也。葑，言風也，馬牛通淫曰風；孟姜，指淫婦；弋，言引也；庸，言賤也，皆微辭以爲刺。

一章。唐蒙不擇物而附，生于沬土之鄉，今行采之。所思云誰？美色之孟姜。不惟其配，惟其美也。相期于桑林之中，相要于上宫之館。其别也，相送于淇水之上。此采唐之行也。

二章。麥宿于外，于以采麥，于彼沬北。云誰之思？色美而年茂者，則弋取之矣。桑中相期，上宫相要，淇上相送，是采麥之行也。

三章。葑有下體，于以采葑，于彼沬東。云誰之思？其人美而稱孟者，易與也。桑中爲期，上宫爲約，淇上爲别，是采葑之行也。

上宫，公館也。世族相要，故稱官舍。孟子之滕，館于上宫，亦官舍也。

《桑中》三章，章七句。

049 鶉之奔奔

鶉純之奔奔叶邦，鵲之彊彊姜。人之無良，我以爲兄叶香。

鵲之彊彊，鶉之奔奔叶兵。人之無良，我以爲君。

古序曰：《鶉之奔奔》，刺衛宣姜也。毛公曰：衛人以爲宣姜鶉鵲之不若也。

一章。鶉無定居，惡亂其匹，常奔奔然鬬。鵲傳枝受卵，不淫其匹，彊彊然剛也。物尚如此，頑之不善，不如二鳥。吾君乃以爲兄乎。

二章。鵲猶彊彊，鶉猶奔奔，姜之不善，國人乃以爲小君乎。

鶉，鴾鶉，好鬬，無常居，而有常匹，《莊子》曰「聖人鶉居」。鵲性不淫，傳枝受卵，故曰乾鵲，《莊子》曰「烏鵲孺」，以少欲也。《鶉之奔奔》二章，章四句。○《衛風》至此，人道盡矣。不再造，不可以國，故繼以《定之方中》。

050 定之方中

定之方中，作于楚宫。揆上聲之以日，作于楚室。樹之榛栗，椅依桐梓漆，爰伐琴瑟。升彼虚叶許矣，以望楚矣。望楚與堂，景山與京叶姜。降觀于桑，卜云其吉，終焉允臧。靈雨既零，命彼倌官人。星言夙駕，説税于桑田叶廷。匪直也人，秉心塞淵叶因，騋來牝三千叶青。

古序曰：《定之方中》，美衛文公也。毛公曰：衛爲狄所滅，東徙渡河，野處漕邑。齊桓公攘戎狄而封之。文公徙居楚丘，始建城市而營宫室，得其時制，百姓説之，國家殷富焉。

一章。仰觀室星，十月之昏，見于南中。是時農畢，可以興作矣。乃揆度日影，以正方向，而新作楚丘之宫室。創造之初，即爲久遠之計。樹之榛栗，以備籩實。及椅桐梓漆，以待伐取爲琴瑟器用也。

二章。升彼故城，以望楚丘。及傍邑之堂，與景大之山，高丘之京，以察其勝。降于平地，觀桑以驗其土宜。乃灼龜而卜，其繇紂曰吉，終果獲善也。三章。當春靈星見而雨降，正農蠶之時也。命主駕之倌人，戴星早駕，出舍桑田，勸民耕織。所以操心爲民人計者，篤實淵深已。匪但于民然耳，驗之物産，七尺以上之牝馬，亦多至三千。非秉心塞淵，能致此乎。

定，北方水宿，室星也。《春秋傳》云「水昏正而栽」，植幹以築曰栽。楚宫、楚室，楚丘之宫室也。椅，梓屬，即楸也。桐三種：實小可食者，曰梧桐；實大可壓油者，曰罔梧；最大者可爲棺，曰白桐。漆樹有液，可以飾器。榛實似栗而小。虚，故城。楚丘，舊本邑也。堂，楚丘旁邑。景山，大山，《殷武》「陟彼景山」。以人力築者謂之京，非人力自成者謂之丘。靈，靈星，蒼龍之宿，主田蠶，三月見于東方。靈雨，靈星見而雨也。倌人，主駕者。匪直，不但也。塞，實也。淵，深也。馬七尺以上曰騋。

《定之方中》三章，章七句。

051 蝃蝀

蝃帝蝀凍在東，莫之敢指。女子有行，遠去聲父母兄弟悌。

朝隮賫于西，崇朝其雨。女子有行，遠兄弟父母。

乃如之人也，懷昏姻也。大無信也，不知命也。

古序曰：《蝃蝀》，止奔也。毛公曰：衛文公能以道化其民，淫奔之恥，國人不齒也。

此詩朱子以爲刺，《序》以爲止奔。女子有行，不知命，皆止之辭。

一章。二氣相干，雨暘交而虹生，則夕見于東方。男女不正相奔，亦猶此也。有羞惡之心者，若將浼已，其敢指乎？夫女子生而願有家，父母兄弟之心，人皆有之。守正待聘，則于歸有日，豈父母兄弟所能留乎？何亟欲若此也。

二章。蝃蝀朝升于西，升則雨終朝止矣。女子爲苟合之行，安能久乎？但能待聘以行遠，其父母兄弟，終身有歸，顧不善與。

三章。乃有如此之人，徒懷昏姻之欲，大無貞信之守。豈知天作有合，賦分已定，雖私奔何爲。

蝃，與蝃同。蝃蝀，虹也。朝，旦也。隮，升也。崇朝，終朝也。

《蝃蝀》三章，章四句。

052 相鼠

相去聲鼠有皮叶婆，人而無儀叶俄。人而無儀，不死何爲叶譌。

相鼠有齒，人而無止。人而無止，不死何俟叶史。

相鼠有體，人而無禮。人而無禮，胡不遄傳死。

古序曰：《相鼠》，刺無禮也。毛公曰：衛文公能正其羣臣，而刺在位承先君之化，無禮儀也。

刺羣臣無禮，而託詠于相鼠，何也？喻相人也。鼠之附人不可除，而貪盜爲人所共棄。故生而無爲于世者，惟鼠；人欲其速死，無所復俟者，亦惟鼠，故以爲戒。相鼠，相視死鼠也。鼠以皮爲儀，以鬗爲止，以四肢爲履，借以爲比。

一章。物以汙賤取死者，無如鼠。視彼亦有皮，但有皮而不恤其儀，所以死耳。人無威儀，亦猶鼠也。衣冠掃地，不死何爲乎。

二章。鼠至汙賤，亦復有齒。但有齒而好鬗，不惜容止。人無容止，亦猶鼠也，不死何待乎。

三章。鼠至微賤，亦有四體。但有四體而無禮，人苟無禮，亦猶鼠也，宜其速死矣。

《相鼠》三章，章四句。

053 干旄

子孑結干旄，在浚之郊叶高。素絲紕遵之，良馬四之。彼姝樞者子，何以畀之。

孑孑干旟于，在浚之都。素絲組之，良馬五之。彼姝者子，何以予上聲之。

孑孑干旌，在浚之城。素絲祝之，良馬六之。彼姝者子，何以告谷之。

古序曰：《干旄》，美好善也。毛公曰：衛文公臣子多好善，賢者樂告以善道也。

按，詩美好善，而但言車旗，何也？衛自中衰，國運萎矣。諸大夫艱難再造，改圖脩省，以志于善，是以文物一新。大國非善之難，而無好善人之患，《書》所以貴于一个臣也。十室之邑，必有忠信，浚邑豈乏姝子？而干旄在郊，則自此大夫始。詩人不貴有姝子，而貴有此大夫。故盛稱其車旗，所謂見羽旄之美，聞車馬之音，欣欣有喜色者也。篇末更屬望姝子，則大夫益增重矣。詩所以善占頌也。

一章。孑孑然建干設旄，大夫之等威也。今在浚邑之郊，旗上縿旒，以素絲紕而縫之。四馬駕車以載之，此爲見賢而來也。彼美賢士，何以畀之，答其來意乎。

二章。孑然之干，建鳥隼之旟，在浚之都。以素絲爲組，而來者又非一車，良馬五之矣。彼美賢士，何以予之乎。

三章。孑然之干，注羽爲旌，在浚之城。屬以素絲，而來者非一輩，良馬六矣。諸大夫接踵而至，彼美賢士，何以告之乎。

孑孑，特出貌。干，旗竿。凡旗竿首，飾以旄牛尾曰旄，以鳥羽曰旌。旌下有帛曰縿衫，綴于縿下者曰旒，以絲聯之曰紕。浚，衛邑，賢者所居。四馬駕一車，五六馬不止一車矣，言諸大夫來見者衆。《序》謂臣子多好善，此也。祝，作屬，亦聯也。旄、旟、旌，總之一旟，而分言耳。姝，美也。者，與這同。

《干旄》三章，章六句。

054 載馳

載馳載驅叶丘，歸唁彦衛侯。驅馬悠悠，言至于漕叶愁。大夫跋潑涉，我心則憂。既不我嘉，不能旋反。視爾不臧，我思不遠。既不我嘉，不能旋濟。視爾不臧，我思不閟秘。

陟彼阿丘，言采其蝱叶芒。女子善懷，亦各有行叶杭。許人尤之，衆穉且狂。我行其野，芃芃蓬其麥叶密。控空，去聲于大邦，誰因誰極。大夫君子，無我有尤叶疑。百爾所思，不如我所之。

古序曰：《載馳》，許穆夫人作也。毛公曰：閔其宗國顛覆，自傷不能救也。衛懿公爲狄人所滅，國人分散，露於漕邑。許穆夫人閔衛之亡，傷許之小，力不能救，思歸唁其兄，又義不得，故賦是詩也。

朱子改謂：「許穆夫人將歸衛，而許大夫有來止之者，夫人憂之，作此詩。」蓋據首章之言爲實事，非也。若使夫人果啓行，許大夫果跋涉來追，則詩中登山采蝱，行野踏麥，一一皆實事矣。豈比興之義？然則云大夫跋涉，何也？《禮》：諸侯夫人，父母終無歸寧，惟使大夫問于兄弟。所謂跋涉之大夫，據禮託言，非真有既行追留之事。蓋衛之亡也，許以昏姻，力不能救，亦當爲請于大國。而許人坐視，無一介之遣，夫人所以爲憂也。三章言采蝱。蝱，貝母，爲女子遠父母之喻。四章言麥。麥宿于外，爲女子適他邦之喻。諷許君而但斥大夫與國人。云不如我所之，隱然恨許國衆人，無一男子耳。慷慨有士風，故《序》曰許穆夫人作，貴之也。

一章。宗國破滅，我將馳驅歸而唁之。兄侯越在漕邑，驅馬悠悠，親至于漕，其本願也。今徒使一大夫跋涉往，何濟于事。是以我心則憂也。

二章。凡爾許人，既以我婦人遠行爲不嘉，則我不能旋反矣。以我視爾，違人之願，實爲不善，我思終何能遠也。爾既以我歸爲不嘉，則我不能旋濟矣。以我視爾，拂人之情，實爲不善，我思終不可閟也。

三章。蝱生于阿丘，陟而采之。女子背母，寧忘故丘。我之所思，未爲不善，蓋亦各有其道。而許人以我爲過，殆狂少不諳事者耳。

四章。我行曠野，麥生芃芃。今我歸衛，行以亡國之苦，持告于大邦。誰爲我因，誰爲我至？故不得已而親行耳。爾大夫君子，無徒以我行爲過。雖爾尋思百方，不如我一女子所往耳。

走馬謂之馳，策馬謂之驅。弔死曰弔，弔生曰唁。草行曰跋，水行曰涉。旋濟，旋衛渡水也。閟，秘通，止也。丘之邊高者曰阿丘。蝱，藥草，一名貝母。芃芃，盛貌。控，持而告也。因，因人先容也。極，至也，至大國也。

《載馳》四章，一章章六句，二章章八句。○按舊本五章，一章六句，二章、三章各四句，四章六句，五章八句。朱子合二、三章爲一章，以《春秋傳》魯叔孫豹賦《載馳》之四章「取控于大邦，誰因誰極」之意，故改爲四章，今從朱。

毛詩原解卷五終

毛詩原解卷六

衛

055 淇奥

瞻彼淇奥郁，緑竹猗猗叶阿。有匪君子，如切如磋搓，如琢如磨。瑟兮僴閑，上聲兮，赫兮咺喧，上聲兮。有匪君子，終不可諼叶鉉兮。瞻彼淇奥，緑竹青青。有匪君子，充耳琇瑩，會檜弁如星。瑟兮僴兮，赫兮咺兮。有匪君子，終不可諼兮。瞻彼淇奥，緑竹如簀叶積。有匪君子，如金如錫，如圭如璧。寬兮綽兮，猗倚重平聲較角兮，善戲謔香，入聲兮，不爲虐兮。

古序曰：《淇奥》，美武公之德也。毛公曰：有文章，又能聽其規諫，以禮自防，故能入相于周，美而作是詩也。

緑竹，菉草也，《禮記·大學篇》引此詩作「菉竹」，《小雅》云「終朝采緑」，草似竹而澀礪，一名木賊。可以攬洗垢膩，磨盪器具，故比切磋琢磨也。朱子謂淇水多竹，漢世猶然，所謂淇園之竹。愚按，《漢志》：「武帝塞瓠子決河，薪柴少，下淇園之竹爲揵虡。」又《寇恂傳》：「伐淇園之竹，爲矢百餘萬。」此皆誤于《緑竹》之文，附會過耳。竹性宜濕，産南土。北地高燥，衛在河北豫州境。《禹貢》：「竹材矢笴，皆取諸荆揚，揚州貢篠簜，荆州貢箘簵」，皆竹也。豫州貢無竹材。世稱渭水淇園，以希貴見稱，非其産也。漢去衛武公時，垂八百年，苟淇竹如彼其盛，不應地氣變，今盡化爲烏有也。傳註訛久即真，多此類。難與耳食士争。朱子于《竹竿》之詩，亦以竹爲衛物，恐未然耳。

一章。淇水之曲，緑竹生焉，可爲磨礪之用。猗猗然柔弱，得水茂也。斐然文章之君子，其學問工夫，如治骨者切，治象者磋，治玉者琢，治石者磨，其精也如此。故其德瑟然嚴密，僴然武毅，赫然光輝，喧然聲聞。有斐之君子，人心愛慕，終不可忘矣。

二章。淇水之曲，緑竹青青，得潤深也。斐然君子，冠之充耳，用琇石而色瑩。弁之會縫，飾玉石而如星。其德瑟僴，其望赫咺。有斐君子，民終不可忘也。

三章。淇水之曲，緑竹密如織席，培植久也。有斐君子，學問精純，如金與錫。涵養温潤，如圭與璧。在輿則寛舒豁綽，倚立軾上之較，而莊嚴自得。與人則温良樂易，善戲謔以偕，而不至過差也。

奥，水曲也。匪、斐同，文貌。咺、喧同，頌聲也。諼，忘也。青青，竹色。琇，美石。瑩，光潔也。琇瑩，猶言瓊瑩。會，縫也。弁，皮弁。天子飾弁，縫以采玉十二，謂之琪。公侯伯以次降，而雜用石。簀，席也，縝密之意。猗、倚同。車上扶手，横木曰較。古者立乘，以手憑較。較下重横一木曰式。有所敬，則手下式而俯。較在式上，故曰重較。

《淇奥》三章，章九句。

056 考槃

考槃在澗叶肩，碩人之寬。獨寐寤言，永矢弗諼萱。

考槃在阿，碩人之薖科。獨寐寤歌，永矢弗過戈。

考槃在陸，碩人之軸。獨寐寤宿，永矢弗告谷。

古序曰：《考槃》，刺莊公也。毛公曰：不能繼先公之業，使賢者退而窮處。

此詩但道賢者巖居岑寂，而莊公不能用賢之失自見。朱子改爲：「美賢者隱處澗谷」，非也。賢者隱處澗谷，至于獨寐獨寤獨言，寂寞無語，是誰之咎？詩所以諷刺也。

一章。考擊食器之槃，在于澗谷之中。其碩德之人，心思寬廣。雖深山荒僻，無與爲侣，而當獨寢覺寤之時，心口自言，永誓不忘此樂也。

二章。考其槃于曲陵之阿，碩人薖然自得。雖寂寥獨寐，而惺寤之時，常適意詠歌，永誓不敢過望矣。

三章。考其槃于高平之陸，碩人不得見用，則軸卷而藏之。雖寂寥獨寢，寤宿之時，永誓不以此告人求知也。

考槃，猶扣盆擊缶之類，所以節歌，貧而樂也。山夾水曰澗。薖，寬大貌。軸如機軸之軸，卷藏之意。

《考槃》三章，章四句。

057 碩人

碩人其頎祈，衣去聲錦褧景衣。齊侯之子，衛侯之妻，東宮之妹，邢侯之姨，譚公維私。

手如柔荑啼，膚如凝脂，領如蝤囚蠐齊，齒如瓠互犀棲。螓秦首蛾眉，巧笑倩茜兮，美目盼音攀，去聲兮。

碩人敖敖，説稅于農郊。四牡有驕，朱幩墳鑣鑣標，翟茀以朝。大夫夙退，無使君勞。

河水洋洋，北流活活。施罛孤濊濊豁，鱣蟬鮪委發發叶撥，葭菼坦揭揭孑。庶姜孽孽，庶士有朅挈。

古序曰：《碩人》，閔莊姜也。毛公曰：莊公惑於嬖妾，使驕上僭。莊姜賢而不答，終以無子，國人閔而憂之。

按，此詩本爲閔莊姜作，無一語道其憂閔之情，與莊公不答之事，但極稱夫人族類之貴，容貌之美，來嫁之儀，及齊國之富。就恒情易曉者開諭，而莊姜之賢，不足復爲昏主道矣。意婉辭厚，所以善于諷刺。首言自齊來嫁，三章乃抵衛。褧衣即景衣也。《士昏禮》：女登車，姆爲加景乃驅。《鄭》之《丰》亦曰「衣錦褧衣，駕予與行」，是也。

一章。有貴碩之人，頎然而長。始嫁衣錦升車，外加素紗爲景衣。是乃齊侯之女，將往嫁衛侯爲嫡妻。與齊太子同母，而碩人其妹。邢侯呼之爲姨，其呼譚公爲私。族類可不謂貴乎。

二章。其手如茅之荑，柔而白。其肌膚如脂之凝，白而膩。其項領如蝤蠐之蟲，白而長。其齒如瓠中之棲瓣，白而整。其額如螓，廣而方正。其眉如蛾，細而長曲。其笑容之巧，倩然口輔好也。其目瞳盼然，黑白分明也。容貌可不謂美乎。

三章。其來至衛也，敖然從容，止于國外之農郊。整飭其車服，四馬驕然强壯。馬之銜鐵兩旁，朱革幩然。四馬皆幩，鑣鑣然也。車上蔽茀，飾以翟羽。夫人之等威也，而乘之以入朝。是時大夫相約早退，勿使君勞，與碩人相親也。

四章。夫齊，本名都會也。大河洋洋當西北，其流活然。施魚罛于水，其聲濊然。魚有鱣鮪，其尾潑然。葭蘆與菼荻，其長揭然。從嫁之庶姜，其衆孽然。媵臣之庶士，其壯朅然。此孰非勝地之産，大國之儀從乎。

碩人，尊貴之人，指莊姜。頎，長貌。褧、景通，明也，以輕綃爲單衣也。古婦人盛服，必加景衣于外，即《周禮》六衣之素紗，《君子偕老》之蒙縐絺也。太子所居曰東宫。東震方，長男之居也。妻之姊妹曰姨。姊妹之夫曰私。邢侯、譚公，皆諸侯也。茅始華曰荑。凝脂，凍膏也。領，頸也。蝤蠐，木中蛀蟲。瓠犀，瓠中瓣含子也。犀，作棲。螓似蟬而小，其首方。倩，好口輔也。朱幩，朱韋爲飾也。鑣，馬銜外鐵也。鑣鑣，非一鑣也。翟茀，以雉羽飾車蔽也。活活，水流貌。罛，魚網。濊濊，網入水聲。鱣魚似鱘，即黄魚也。鮪似鱣而色青黑，即鱘也。潑潑，魚舉尾狀。葭，蘆也。菼，荻也，《夏小正》云「萑完未秀者爲菼，葦未秀者爲蘆菼」，一名薍玩，似葦而小。

《碩人》四章，章七句。

058 氓

氓萌之蚩蚩痴，抱布貿茂絲。匪來貿絲，來即我謀叶媒。送子涉淇，至于頓丘叶欵。匪我愆期，子無良媒。將子無怒，秋以爲期。乘彼垝鬼垣袁，以望復關叶䦨。不見復關，泣涕漣漣。既見復關，載笑載言。爾卜爾筮，體無咎言。以爾車來，以我賄悔遷。

桑之未落，其葉沃屋若。于吁嗟鳩兮，無食桑葚叶深。于嗟女兮，無與士耽叶沈。士之耽兮，猶可説也。女之耽兮，不可説也。

桑之落矣，其黄而隕叶雲。自我徂爾，三歲食貧。淇水湯湯，漸尖車帷裳。女也不爽叶霜，士貳其行叶杭。士也罔極，二三其德。

三歲爲婦，靡室勞矣。夙興夜寐，靡有朝矣。言既遂矣，至于暴矣。兄弟不知，咥戲其笑矣。静言思之，躬自悼導矣。

及爾偕老，老使我怨。淇則有岸，隰則有泮。總角之宴，言笑晏晏。信誓旦旦，不思其反叶飯。反是不思叶西，亦已焉哉叶賫。

古序曰：《氓》，刺時也。毛公曰：宣公之時，禮義消亡，淫風大行，男女無别，遂相奔誘。華落色衰，復相棄背。或乃困而自悔，喪其妃配耦，故序其事以風焉。美反正，刺淫泆也。

朱子改爲：「淫婦爲人所棄，自序而作」，非也。風人美刺微婉，而刺尤鮮有直者。

惟雅端慤，有之：若民間謳歌，較臣子忠諫之情自寬。如必直指某人某事善而後爲美，某人某事惡而後爲刺，亦不達于風人之志矣。此篇本刺，而無一語譏訕，但代棄婦自言，而風旨棱然。不覺此詩之爲刺者，無羞惡之心者矣。故毛公曰：「美反正，刺淫泆。」今以爲棄婦自作，豈肯詳道其醜如此？即使自道，有何風旨而聖人録之？氓蚩貿絲，覺悟之辭。無知曰氓。蚩蚩，無知貌。男本狡猾，貌爲忠實，以欺婦人耳。昏姻之道，男下女。布絲皆女功，布賤絲貴，以絲易布，女子自賤之比。三四章言桑，喪也，失節之比。因首章貿絲及之，至是始覺男子之狡。此婦先合後奔，而終見棄者也。

一章。昔有氓蚩蚩然若忠實者，持布買絲。非真爲絲也，來就我謀，邀我爲室家耳。我送之涉淇至頓丘，約曰：匪我失期，子不早通良媒，倉卒何及。請子勿怒，期以秋耳。

二章。秋期既至，登彼頽垣，以望爾來。來必由復關。不見而悲，既見而喜。則告我曰：問之卜，問之筮。兆卦之體，皆無咎言。當時爾車來，我盡攜貲從爾矣。

三章。桑葉易隕，方其未落，其葉潤澤。與子初狎，何以異此。如鳩食桑葚，食多則醉。于嗟爾鳩，勿食桑葚乎。女貪士愛，必有後悔。于嗟女兮，勿與士耽乎。士之耽兮，彼有百行，可自彌縫。女之耽兮，一就籠絡，不復自持矣。

四章。桑既落矣，葉黄而墜。色衰見棄，亦猶是也。自我往爾，三年受貧。今又涉淇以歸，淇水湯湯，濕我車帷。昔由此往，今由此還。我爲婦人，既有信矣。爾男子行事難測，二三無常也。

五章。三年爲爾婦，不辭居室之勞。早起夜卧，無日不然。始而相約，惟恐不遂。今既遂矣，乃以暴怒加我。兄弟不知，知則咥然見笑矣。静言思之，惟自悼傷耳。

六章。我初從爾，思與偕老。豈求偕老，而反得怨乎。淇水尚有岸，下濕尚有畔。人心罔極，何岸畔之有。我以總角之年，與爾相好。言笑歡樂，設誓天日。不思爾心，反復至此。始既不思，今將奈何，亦已而已矣。

氓，愚民也。蚩蚩，愚貌，蓋被棄而惡之之辭。布，幣也。貿，買也。土高曰丘，《爾雅》「一成曰頓丘」，《漢書》「河決頓丘」，蓋衛地也。垝垣，壞墻也。乘，升也。復關，關名，男子往來所經之地。龜曰卜，蓍曰筮。體，兆與卦，吉凶之體。賄，貲財也。沃若，潤澤貌。葚，桑實。鳩，鳲鳩，鶻鵃也，性喜食桑葚，多則醉。食貧，受貧苦也。湯湯，水盛貌。爽，差也。漸，浸漬也。車帷，在上曰幄，在旁曰帷裳。罔極，猶言不測。二三，反覆也。咥，笑貌。泮，與畔同。總角，垂髻也。晏晏，樂也。旦旦，明也。反，復也。

《氓》六章，章十句。

059 竹竿

籊籊笛竹竿，以釣于淇。豈不爾思，遠莫致之。

泉源在左，淇水在右叶以。女子有行，遠父母兄弟叶體。

淇水在右，泉源在左。巧笑之瑳磋，上聲，佩玉之儺叶那，上聲。

淇水滺滺由，檜鱠楫松舟。駕言出遊，以寫我憂。

古序曰：《竹竿》，衛女思歸也。毛公曰：適異國而不見答，思而能以禮者也。

朱子謂是詩未見不見答之意，改爲思歸寧不得而作。非也。使直言不見答，則怨矣。不見答而憂，憂而不直，所以爲厚。女子不得其夫，其情良苦，而其言紓緩，不激不露，但末繫一憂字。而所憂之情，室家相違之意，皆寓于比。釣用絲，比夫婦相屬也。身在他國，遠思釣淇。淇雖有魚，釣豈能及，比夫婦不相維繫也。泉源淇水，本同一地，或左或右，比室家相違也。獨笑獨行，無儔侶也。滺滺之水，與盈彫者異；檜松之木，與早彫者異，比人不如物也。其義微婉，三復可知。豈必悲傷泣涕，然後信其爲不見答乎。

一章。籊籊然竹竿，非不長也。以釣于衛之淇，垂綸得魚。豈曰不思，顧地隔一方，竿之雖長，遠不相及矣。

二章。泉源與淇，同衛水也。泉水在左，則淇水在右，不與泉源相得也。水本無情，人豈宜爾。女子從人，各有所合，已離其父母兄弟矣。

三章。淇水在右，則泉源在左，又不與淇水同處也。水流何心，人亦復爾。巧笑瑳然而獨樂，佩玉儺然而獨行。顧影無儔，自適其適耳。

四章。淇水滺滺，其流不息。檜楫松舟，其木後彫。物猶有常，人何不然。我心之憂，惟駕言出遊，以自舒寫耳。

籊籊，猶裊裊，長貌。瑳，白色，笑而見齒也。儺，緩行貌。檜，似柏而松身。楫，橈也。寫，除也。

《竹竿》四章，章四句。

060 芄蘭

芄丸**蘭之支，童子佩觿**奚。**雖則佩觿，能不我知。容兮遂兮，垂帶悸**叶具**兮。**

芄蘭之葉，童子佩韘設。**雖則佩韘，能不我甲**叶挈。**容兮遂兮，垂帶悸兮。**

古序曰：《芄蘭》，刺惠公也。毛公曰：驕而無禮，大夫刺之。

按，《春秋傳》云：惠公之即位也少。芄蘭草柔，以比童稚。《禮》：國君年十二以上，治事成人，與庶人童子異。然有成人之度，乃稱成人之服。若驕蹇放肆，猶之童子而已。朱子謂此詩不可考，當闕。夫衛惠公之爲童子，非不可考也，而謂當闕，則《三百篇》之著姓名者無之。

一章。芄蘭之草，其枝柔脆。童稚之子，亦猶此也。今佩成人解結之觿，國君佩成人之觿非過。然其材能未足知于我，而乃雍容焉，直遂焉。垂帶此觿，能無愧心而驚悸乎。

二章。芄蘭之葉，蔓生不能自立。如童子佩成人習射之韘，其材能未必長于我。乃容與直遂，垂帶此韘，能無驚愧乎。

芄蘭，一名蘿摩，蔓生，可食。觿，以象骨爲之，末鋭以解結，成人之佩也。容遂，驕肆之狀。悸，慙愧而驚悸也。韘之言沓也，亦謂之㨖。既夕禮設依㨖，以韋爲之，彄沓右手中三指，以放弦也。甲，長也。《禮》：童子不垂帶，走則擁之，有事則收之。

《芄蘭》二章，章六句。

061 河廣

誰謂河廣，一葦偉杭之。誰謂宋遠，跂氣予望叶亡之。

誰謂河廣，曾不容刀。誰謂宋遠，曾不崇朝。

古序曰：《河廣》，宋襄公母歸於衛，思而不止，故作是詩也。

按，此詩作于衛未遷國之先，宋襄公爲世子時也。衛都朝歌，在河北；宋都睢陽，在河南。至戴公遭狄難渡河，文公營楚丘，則衛、宋皆在河南，而襄公始爲諸侯耳。按此詩，慈母念子，不爲不切，而不可則止之義，隱然言外。詩之婉而不盡類此。彼説《詩》者，必欲直言而後信，何與？

一章。誰謂河水廣乎，以我欲往之情，即一葦可航而渡也。誰謂宋國遠乎，以我睠念之切，即一翹足望之可見也。

二章。誰謂河廣乎，我視之曾不容小舟之刀。誰謂宋遠乎，我視之曾不過終朝之程。其所以易往而不往者，出母無返也。

杭，作航，渡也。跂，舉踵也。小船曰刀，與舠通。

《河廣》二章，章四句。

062 伯兮

伯兮朅挈兮，邦之桀兮。伯也執殳殊，爲王前驅。

自伯之東，首如飛蓬。豈無膏沐，誰適的爲容。

其雨其雨，杲杲藁出日。願言思伯，甘心首疾。

焉得諼草，言樹之背。願言思伯，使我心痗妹。

古序曰：《伯兮》，刺時也。毛公曰：言君子行役，爲王前驅，過時而不反焉。

朱子改爲：「婦人以夫久從征役而作」，非也。詩人託閨怨以刺時，猶《擊鼓》《雄雉》之類，非必婦人自作也。首章謂以國士執殳，其刺曉然。

一章。伯兮朅然武壯，乃邦國之英傑也。今以伯執殳，爲王師前驅，與衆卒爲伍，亦枉其材矣。

二章。自伯東行，吾首如亂飛之蓬。豈無膏與沐，伯既不在，誰爲主，而我爲容飾乎。

三章。其雨矣，其雨矣，又復杲杲然出日。伯歸矣，伯歸矣，又復不歸。我願思之，至于頭痛，不以爲恨耳。

四章。聞草有令人善忘者，安得樹于堂北，以忘我憂乎？然我于伯，願言思之，雖至心病，終不欲忘也。

殳，五兵之一，長丈二而無刃。蓬，草名，花如柳絮。蓬，蓬然也。膏，油澤髮也。

沐，米汁，一名潘，以滌垢也。適，主也。女子以色事人，所事者爲主。其雨，望雨也。杲，日出貌。背，與北通，今人多于堂北牆下作花塢是也。痗，病也。

《伯兮》四章，章四句。

063 有狐

有狐綏綏雖，在彼淇梁。心之憂矣，之子無裳。

有狐綏綏，在彼淇厲。心之憂矣，之子無帶叶帝。

有狐綏綏，在彼淇側。心之憂矣，之子無服叶迫。

古序曰：《有狐》，刺時也。毛公曰：衛之男女失時，喪其妃配耦焉。古者國有凶荒，則殺禮而多昏，會男女之無夫家者，所以育人民也。

朱子改爲：「寡婦見鰥夫欲嫁之而作。」真以此詩爲二人偶語，非也。當世或有所指，亦不必遂爲寡婦自作。未有心欲嫁其人，又訾以爲狐者。狐，妖物以比，明是刺語。

一章。有狐綏綏然，垂尾緩行，在彼淇水之梁。若有所求也，欲涉則褰裳。我心憂子，其未有裳乎，爲求縫裳者耳。

二章。有狐綏綏，在彼淇水之厲。振衣欲渡，則必用帶。心之憂矣，子其爲無帶乎。

三章。有狐綏綏然，在彼淇水之側。既渡升岸，可以服矣。心之憂矣，子其爲無服乎。

綏綏，曳尾遲行貌。狐性媚而多疑，善渡水。厲，列石水中，踐以渡也。《周禮》有厲禁，亦遮迾意。

《有狐》三章，章四句。

064 木瓜

投我以木瓜叶沽，**報之以瓊琚**居。**匪報也，永以爲好**叶去聲**也。**

投我以木桃，報之以瓊瑶。匪報也，永以爲好也。

投我以木李，報之以瓊玖叶已。**匪報也，永以爲好也。**

古序曰：《木瓜》，美齊桓公也。毛公曰：衛國有狄人之敗，出處於漕，齊桓公救而封之，遺之車馬器服焉。衛人思之，欲厚報之，而作是詩也。

此詩蓋作于齊桓公既死之後，衛文公忘齊人再造之恩，乘五子之亂而伐其喪，故詩人追思桓公，以諷衛人之背德也。夫子作《春秋》，諸侯未有書名者。衛文公滅邢書名，删《詩》存《木瓜》，惡其不仁也。桓公率諸侯城衛，遺之車服六畜，繫馬三百，所投良厚。

詩言瓜李者，見往來之禮，薄施猶厚報，況如齊者。衛無以報，而奈何身死遂伐之。事辭甚明。朱子改爲男女贈答之辭，此愚所謂好成古人之惡者也。儻謂《序》説無據，男女贈答，又何據乎？

一章。人情處困，雖木瓜之賜，重于鼎吕，當致瓊琚之報。非以瓊琚報一瓜也，感激情深，託玉示信，以明不忘耳。況所投不止瓜，而敢忘乎？

二章。木桃雖微，投我于患難之時，即瓊瑶不足言報。豈以瓊瑶報一桃，唯託此以致永好耳。況不止木桃也。

三章。木李雖微，投我于危急之秋，即瓊玖不足言報。豈以瓊玖報一李，唯永以爲好耳，況不止木李也。

木瓜，似瓜而小。木桃、木李，因木瓜變言疊詠，非又有木桃如桃，木李如李者也。瓊，赤玉。琚，佩玉名。瑶、玖，皆玉類。

《木瓜》三章，章四句。

毛詩原解卷六終

毛詩原解卷七

王

王，王城，周之東都，今河南府是也。初，文、武都豐、鎬，爲西周。成王東營洛邑，奠九鼎，以時朝會，而王仍居西京。至幽王嬖褒姒，黜申后，逐太子，宜臼奔申，申侯率犬戎弒幽王，西京遂亡。晋文侯、鄭武公共立宜臼于東都，是爲平王。號令不行，地方僅六百里，無以異于諸侯。故東都之詩，謂之《王風》。其以次《衛》，何也？衛與東都，皆故殷墟也。紂亡于前，幽、厲踵于後。故以東周繼衛。

065 黍離

彼黍離離，彼稷之苗。行邁靡靡與離叶米，平聲，中心搖搖。知我者，謂我心憂。不知我者，謂我何求。悠悠蒼天叶庭，此何人哉。

彼黍離離，彼稷之穗歲。行邁靡靡，中心如醉。知我者，謂我心憂。不知我者，謂我何求。悠悠蒼天，此何人哉。

彼黍離離，彼稷之實。行邁靡靡，中心如噎叶一。**知我者，謂我心憂。不知我者，謂我何求。悠悠蒼天，此何人哉。**

古序曰：《黍離》，閔宗周也。毛公曰：周大夫行役，至于宗周，過故宗廟，宫室盡爲禾黍。閔周室之顛覆，彷徨不忍去，而作是詩也。

宗周，謂鎬京。平王東遷，豐、鎬丘墟，大夫過而傷之。以黍稷比，即其所見也。

一章。彼離離然垂者，其黍邪？彼方生而爲苗者，其稷邪？此地昔爲廟朝，今爲畎畝。使我足靡靡而難前，中摇摇而不定。道路之間，誰知我心。謂我徘徊不去，若有所求。而感慨之懷，誰知之？蒼天乎？誰人使至此乎？

二章。彼黍離離，彼稷成穗。足靡靡不前，心昏然如醉。行道之人，誰知我心。悠悠蒼天，何人顛覆至此乎？

三章。彼黍離離，彼稷成實。行靡靡而不進，心結然其如噎。道路之間，誰知我心。彼蒼者天，何人敗壞至此乎？

黍，穀名，春種暑收，故名黍。離離，實垂貌。稷，粟也，一名穄。

《黍離》三章，章十句。

066 君子于役

君子于役，不知其期，曷至哉叶賫。雞棲西于塒時，日之夕矣，羊牛下來叶泥。君子于役，如之何勿思。

君子于役，不日不月，曷其有佸括。雞棲于桀，日之夕矣，羊牛下括。君子于役，苟無飢渴。

古序曰：《君子于役》，刺平王也。毛公曰：君子行役無期度，大夫思其危難以風焉。

按，詩稱畜産，即「匪兕匪虎」之意，刺平王不以人道使人也。朱子改爲：「行役大夫之室家，思念而作」，非也。思夫而詠及牛羊雞棲，尋常耕牧之家，不似大夫妻。若泥君子之稱，僚友相呼亦然，豈獨婦人得稱其夫乎？詩人託諷，非必其婦人自作也。

一章。君子往役，不知還期，今何至哉。雞之放也，晚必歸棲。羊牛之牧也，日夕下來。畜産且然，況使其臣乎。君子于役，永無休息，如之何不思也。

二章。君子久役，不計日月，何時可以來會。羊牛在外，尚知收恤，況臣子久役，曾不念其苦乎。君子于役，苟得免于飢渴否邪。

曷至，言遠不知所去也。鑿牆而棲曰塒。佸，會也。桀，橛也。雞喜宿高處。括，至也。

《君子于役》二章，章八句。

067 君子陽陽

君子陽陽，左執簧，右招我由房。其樂只且疽。

君子陶陶，左執翿桃，右招我由敖翱。其樂只且。

古序曰：《君子陽陽》，閔周也。毛公曰：君子遭亂，相招爲禄仕，全身遠害而已。

此詩猶《衛風》之《簡兮》，士不得大用，并求爲抱關擊柝而亦不可得。溷跡優人，而且陽陽自以爲樂。豈非世亂時艱，居高位者爲難免乎？故《序》曰全身遠害，而周室之衰頹可知。王者詔爵禄，馭富貴，士生王國而厄窮若此，詩人所以閔之。朱子改爲婦人美其夫，則辭旨淺陋甚矣；又謂即前篇君子之婦，尤爲迂闊。王國行役，未必止前篇君子，而婦人思夫，未必止前篇君子之妻。且何據而知此兩篇併出一手也？如此言詩，乃爲鑿空。

一章。君子生不逢辰，與伶人爲伍。視爾意氣，陽陽自得也。作樂于房中，左手執笙，右手招我由房。道雖不達，全身遠害，其樂甚矣。

二章。君子陶陶然，左手執羽旄之翿，右手招我由房之奥。道雖不行，韜光晦迹，不已樂乎。

簧，笙中金葉。房，人君小寢之房。房中作樂，蓋俳優雜劇。《周禮·大宗伯》「旄人」，所謂燕樂是也。燕閒之樂，非廟朝之雅，故曰房中。鄭康成謂天子用《周南》，諸侯用《召南》。按，《二南》既與《鹿鳴》諸篇，合作于堂上，何得又以爲房中之樂？《燕禮》附之篇末，其非正歌可知。且者，甚之之辭。翿，與纛通，羽旄之屬，舞者所執。敖，與奥通，房中深處也。

《君子陽陽》二章，章四句。

068 揚之水

揚之水，不流束薪。彼其記之子，不與我戍庶申。懷哉懷哉，曷月予還旋歸哉。

揚之水，不流束楚。彼其之子，不與我戍甫。懷哉懷哉，曷月予還歸哉。

揚之水，不流束蒲叶普。彼其之子，不與我戍許。懷哉懷哉，曷月予還歸哉。

古序曰：《揚之水》，刺平王也。毛公曰：不撫其民，而遠屯戍于母家，周人怨思焉。

按，王室有難，諸侯之師戍之；侯國有難，方伯連率救之。天子者，制命者耳，未有徹畿内之兵，下戍侯國者也。申侯召犬戎弑幽王，滅宗周，窮凶極惡，法所必討。申有楚難，平王反遣畿内民爲戍，忘殺父之怨，而懷立己之恩，民彝泯矣。詩人不忍直斥，託揚之水以比其衰微。蓋是時，周室播遷，非有餘勇可賈，特以受人施者畏人，欲不爲之役，不可得耳。寄生之天子，既不能令于諸侯；六百里之甸卒，又無人可爲踐更。故行者有不均之歎。然必責六師同行，雖盡發洛邑之老稚，亦不足矣。力本寡弱，而使人又不以道，人所以怨之。苟師出有名，討賊興復，如夏少康，一成一旅，人誰敢謂爲揚之水哉？夫子删《詩》存此篇，《書》録文侯之命，其作《春秋》始平王，垂戒遠矣。薪，辛也。楚，愁也。蒲，逋也。民辛苦愁思，則有逋逃，故以爲比。

一章。水壯則其流勇，悠揚之水，力不能流一束之薪。周室寡弱，亦猶是也。我以二三弱卒遠戍，瓜期已過。在國之衆，不與我相代戍申。久役懷思，何月始得代，而予乃還歸也。

二章。悠揚之水，力不能流束楚。在國之衆，不與我更戍甫。思歸甚亟，何月乃代予使還也。

三章。悠揚之水，雖蒲亦不能流。彼在國衆人，不與我戍許。思歸甚切，何月始得代，而予乃還也。

《揚之水》三章，章六句。

069 中谷有蓷

中谷有蓷退，平聲，暵罕其乾干矣。有女仳丕離，嘅慨，去聲其嘆灘矣。嘅其嘆矣，遇人之艱難矣。

中谷有蓷，暵其脩叶宿矣。有女仳離，條其歗笑，叶肅矣。條其歗矣，遇人之不淑矣。

中谷有蓷，暵其濕矣。有女仳離，啜拙其泣矣。啜其泣矣，何嗟及矣。

古序曰：《中谷有蓷》，閔周也。毛公曰：夫婦日以衰薄，凶年饑饉，室家相棄爾。朱子改爲：「婦人自述其悲怨之辭」，非也。凶年饑歲，夫婦不相保，婦見棄而不忍去，詩人傷之。故其辭曰有女仳離，安在其爲婦人自作也。中谷，溝中也。蓷之言推也，推而納之溝中，寓言夫棄婦也。蓷草耐旱，一名充蔚，一名益母。充裕益母，寓言富歲多賴，今歲凶多暴也。

一章。山谷之中，有蓷草焉，至易生也。恒暘亢暵，蓷亦乾矣。有女見棄，別離其夫，唧然而嘆。唧嘆伊何？天災流行，遇其夫之艱難也。

二章。中谷有蓷，暵氣酷烈，亦脩殺矣。有女别離，條然長歗。長歗伊何？遭其夫之不幸也。

三章。中谷本濕，暵甚，則濕亦燥矣。有女别離，啜然歔泣。歔泣奈何？事已至此，雖嗟嘆無及矣。

蓷，通作萑，鵻也。茺，亦名鵻，色皆蒼青也。暵，燥也。仳，别也。脩，與翛通，《豳風》「予羽翛翛」，消殺之貌。條，長也。蹙口舒氣曰歗，與嘯同。不淑，年凶荒也。啜泣，吞聲也。無聲出涕曰泣。

《中谷有蓷》三章，章六句。

070 兔爰

有兔爰爰，雉離于羅。我生之初，尚無爲叶俄。我生之後，逢此百罹叶羅。尚寐無吪俄。

有兔爰爰，雉離于罦孚，叶孝。我生之初，尚無造。我生之後，逢此百憂叶要。尚寐無覺叶教。

有兔爰爰，雉離于罿充。我生之初，尚無庸。我生之後，逢此百凶。尚寐無聰。

古序曰：《兔爰》，閔周也。毛公曰：桓王失信，諸侯背叛，構怨連禍，王師傷敗，君子不樂其生焉。

鄭莊公爲桓王卿士，王奪之政。鄭伯不朝，王伐之。鄭伯敗王師，射王中肩，天下遂以輕周，故詩人閔之。朱子改謂：「君子泛然憂亂而作」，非也。兔走雉飛，上下之比。走者自得，飛者被羅，比王師敗績于鄭也。兔言毒也，雉言癡也。鄭伯，寤生也。反復詠嘆我生，寐而無寤，寓鄭伯倡亂，五霸作而王綱墜。詩人之志，與《春秋》之義同也。

一章。兔走舒緩自得，雉能飛而反麗網羅。鄭人驕恣，王師敗績，猶是也。我生之初，天下尚無事。我生之後，逢此百憂。將如何？唯有昏睡不動，付世事不知，尚可耳。

二章。有兔爰爰，雉麗于覆車。世事倒置如此，我生當其時將如何？庶幾寐寢，付之罔覺而已。

三章。有兔爰爰，雉麗于罿。世道如此，生逢斯時將如何？唯有寐寢，付之罔聞而已。

百罹，百憂也。吪，動也。罦，今之翻車，施罥以捕鳥者。罿即罦也。

《兔爰》三章，章七句。○按，《春秋傳》鄭莊公敗王師于繻葛，此霸者無王之始也。自是以後，桓、文迭興，諸侯相攻，而天下大亂。王霸升降之際，故曰：「我生之後，尚無爲」「我生之後，逢此百憂」。王跡熄于五霸，《春秋》始于《詩》亡，以此。後儒言《春秋》

獎霸，失《兔爰》之意矣。

071 葛藟

緜緜葛藟壘，在河之滸虎。終遠兄弟，謂他人父甫。謂他人父，亦莫我顧叶古。

緜緜葛藟，在河之涘叶矣。終遠兄弟，謂他人母叶米。謂他人母，亦莫我有叶以。

緜緜葛藟，在河之漘純。終遠兄弟，謂他人昆。謂他人昆，亦莫我聞。

古序曰：《葛藟》，王族刺平王也。毛公曰：周室道衰，棄其九族焉。朱子改爲：「民去鄉里家族，而流離失所者自作」，蓋誤解「謂他人父」爲「稱他人爲父」，非也。詩以葛藟比兄弟綢繆。葛藟生于山，不生于河。水在河，不在于山，以比兄弟望潤澤而不得也。兄弟相親，以父母同耳。不顧兄弟，是不顧父母，而謂他人爲父母矣。不直斥其薄，而諷之以二本，怨而不怒也。如朱説流民適異國，呼他人爲父母，則其文義鹵莽，亦甚矣。

一章。緜緜然葛藟延蔓，猶同氣之相親也。安得在河之涯，沾彼洪潤乎？今王終疎遠兄弟，不思與我同父，是彼自謂他人爲父矣。不與我同父，何怪其不我顧邪？

二章。緜緜葛藟，在河之涘。思沾一滴之潤，不相及也。兄弟同母，所以相親。爾謂他人爲母，故視我如無有耳。

三章。緜緜葛藟，在河之漘。今終遠兄弟，而恩波不及。爾惟謂他人爲兄，故與我漠然不相聞耳。

岸上曰滸。涘，水涯也。漘，岸邊也。昆，兄也。

《葛藟》三章，章六句。

072 采葛

彼采葛叶結兮，一日不見，如三月兮。

彼采蕭叶脩兮，一日不見，如三秋兮。

彼采艾兮，一日不見，如三歲叶賽兮。

古序曰：《采葛》，懼讒也。

朱子改爲：「淫奔者託以行，指其人而思念之」，非也。以一日三秋爲閨思，是委巷之言耳。讒口傷人，乘其間隔，韓愈氏謂「日隔之疎，加以忌者」之説。哲人憂讒，每在去後，故曰「一日不朝，其間容刀。」君臣相與，近則親，而遠則疎。君子日在君側，精誠可以直通，羣邪有所畏而不敢。小人譖君子，必伺其間隔。蓋君子易退難進。孟軻致主，憂十寒于退後;趙高竊秦,使二世深居,人不得見,而後馬鹿之計行;霍光出沐,而後上官之譖入。自古小人排君子,權奸欺庸君,未有不始于離間,而終于陷害者。詩人憂一日不見,其慮深矣。《詩》可以觀,殆是類與。如以爲淫奔之辭,失之千里。

一章。人情疑生于不見,故讒言每起于去後。葛之爲物,可以織也,彼方采之。讒言蔓引,何以異葛。一日不在,恐乘間羅織。不知其幾,如三月之久矣。

二章。蕭之爲物,可以爇[一],彼將采之。讒言熏灼,何以異蕭。一日不在,乘間蔽明。不知其幾,殆如三秋矣。

三章。艾可以灸,彼將采之。讒言爍膚,何以異艾。一日不在,乘間銷骨。不知其幾,殆如三歲矣。

《采葛》三章,章三句。

073 大車

大車檻檻銜,上聲,毳吹,去聲衣如菼毯。豈不爾思,畏子不敢。

[一] 原爲爇,即爇。

大車哼哼吞，毳衣如璊門。豈不爾思，畏子不奔。

穀則異室，死則同穴叶入。謂予不信，有如皦皎日。

古序曰：《大車》，刺周大夫也。毛公曰：禮義陵遲，男女淫奔，故陳古以刺，今大夫不能聽男女之訟焉。

朱子改謂：「周衰大夫，有能以刑政治其私邑者，故淫奔者畏而歌之」，非也。當時若實有此大夫，則此詩之作，爲無謂矣。謂爲刺之，而非惡也；謂爲美之，而非賢也，奚取而歌焉？子云：「聲色之於以化民，末也。」「聽訟吾猶人也，必也使無訟乎。」聞車聲而恐，見服色而懼。古之大夫猶能聽訟，今之大夫聽訟之未能也，是以爲刺。

一章。古大夫乘其大車，檻檻然有聲。繡毳于衣，色青如菼。其等威物色，人所嚴憚。故男女相戒曰：「豈不爾思，畏乘車衣毳者，不敢耳。」

二章。大車哼哼然，其行遲重。毳衣色赤，如玉之璊。淫者相戒曰：「豈不爾思，畏乘車衣毳者，不敢奔耳。」

三章。彼一時也，男女有禮。生則異居，不敢相瀆。死則同穴，不敢有二志。且曰：「謂予不信，有如白日。」其自誓守正如此。

菼，荻也，亦謂之騅。毳，柔毛也。繡毛獸于衣，子男之服。天子之大夫四命，服視子男也。穀，生也，《老子》曰「谷神不死」，穀與谷同。

《大車》三章，章四句。

074 丘中有麻

丘中有麻，彼留子嗟。彼留子嗟，將鏘其來施施叶賖。

丘中有麥，彼留子國。彼留子國叶亦，將其來食。

丘中有李，彼留之子。彼留之子，貽我佩玖叶已。

古序曰：《丘中有麻》，思賢也。毛公曰：莊王不明，賢人放逐，國人思之，而作是詩也。

朱子改爲：「婦人望其所與私者，不來而疑之。」據詩中留字解，非也。按，留，人姓。古者因土錫姓。中州有陳留，漢有留侯，通作劉。晉士會奔秦反，而其子有留秦者，爲劉氏。《國策》云：「處者爲劉。」《春秋》周大夫有劉子，即其族也。今加作者以穢汙之名，傷聖人刪定之旨。謂《序》説無據，朱又何據也？謂國人思賢，望其來，則悠然可風；謂婦人思男子，疑有留之者，則醜惡而不可道矣。

一章。畝丘之地，有麻可績。野人之居也，屏處側陋。彼留氏子，嗟乎，其肯施施然間行而來乎？

二章。丘中有麥，野人之食也。彼留氏子國，鬱鬱處此，將肯來就我而食乎？

三章。丘中有李，園林之居也。彼留之子，若其肯來，貽我善道，如佩玖矣。

留，周大夫劉氏。古劉與留通，《大雅・桑柔篇》云：「捋采其劉」，亦謂殘葉存留者也。古人不欲盡物，故殺曰劉，如遏劉、虔劉之類。子國，其字也。嗟，嘆辭。施施，旁行逶迤貌，《孟子》云「施施從外來」。佩玖，猶言金玉，喻善道也。

《丘中有麻》三章，章四句。

毛詩原解卷七終

毛詩原解卷八

鄭

鄭本西周畿内之邑，即今陝西西安府華州。宣王以封其弟友，爲鄭桓公。桓公爲幽王司徒，死于犬戎之難。其子掘突嗣爲武公，與晋文侯定平王于東都，亦爲司徒。遂併虢、鄶之地，施舊名于新邑，是爲新鄭，即今河南開封府新鄭縣，畿内之國也。周室東遷，鄭爲輔；諸侯無王，鄭爲先；五霸迭興，鄭爲首，故《鄭風》次《王》。

075 緇衣

緇衣之宜兮，敝予又改爲兮。適子之館叶上聲兮，還予授子之粲叶慘兮。

緇衣之好上聲兮，敝予又改造叶早兮。適子之館兮，還予授子之粲兮。

緇衣之蓆席兮，敝予又改作兮。適子之館兮，還予授子之粲兮。

古序曰：《緇衣》，美武公也。毛公曰：父子並爲周司徒，善於其職，國人宜之，故美其德，以明有國善善之功焉。

鄭武公以諸侯入爲天子大夫，繼父職，世濟其美，故曰善善，言以善繼善也。《禮》：大夫祭服爵弁絲衣，色纁；朝服皮弁布衣，色緇。故以緇衣比，蓋上之取于下也。有布縷爲衣服，有力役爲宫室，有粟米爲飲食。上仁而下樂輸，則三者皆民之愛也；下不樂而上誅求，則三者皆民之怨也。武公善其職，故詩託言衣、與館、與粲，見民力所自竭于上者惟此。而情誼不勝慇懃矣，故曰：好善莫如《緇衣》。

一章。子爲王卿士，服緇衣甚宜也。衣久則敝，我爲子改爲之。願常居此職，服此服也。子有館舍，吾適館以親近周旋。子退朝而食于館，吾還家取粲以授子。凡吾民力所能致者，無不樂爲之供也。

二章。子服緇衣，何其好乎，敝則爲子改造。適子之館以就子，還而取粲以授子也。

三章。子服緇衣，其蓆而安乎，敝則爲子改作。適子之館問子，還而取粲以授子也。

粲殘，去聲，米之精者，《爾雅》云「餐孫也」，通作飱，熟食也。

《緇衣》三章，章四句。

076 將仲子

將鏘仲子兮，無踰我里，無折我樹杞。豈敢愛之？畏我父母叶米。仲可懷也，父母之言，亦可畏也。

將仲子兮，無踰我牆，無折我樹桑。豈敢愛之？畏我諸兄。仲可懷也，諸兄叶香之言，亦可畏也。

將仲子兮，無踰我園，無折我樹檀叶團。豈敢愛之？畏人之多言。仲可懷也，人之多言，亦可畏也。

古序曰：《將仲子》，刺莊公也。毛公曰：不勝其母，以害其弟。弟叔失道而公弗制，祭仲諫而公弗聽，小不忍以致大亂焉。

朱子改爲淫奔之辭，非也。詩寓言莊公逆母殺弟之事，詳《春秋傳》。蓋莊公殺段之心，切于祭仲。仲欲早圖，而公欲養成。故詩人因祭仲之諫，託爲莊公拒仲之辭。仲子，即祭仲也。畏父母、諸兄、國人云者，借莊公之口以誅其心。辭若寬，而心甚險。千載讀之，如見肺肝，《詩》所以善于諷也。若朱子言《詩》，必睚眦怒罵而後謂之刺；少涉情致，即斥爲淫奔矣。杞木高，桑木韌，檀木堅，以比公室强，而段無能爲也。

一章。請仲子兮，勿遽然踰我之居，折我之杞。非愛杞也，逾里折杞，事跡顯著，恐父母有言。仲子雖可懷，父母之言，亦不得不畏，姑徐徐可也。

二章。請仲子兮，無踰牆折我桑。豈敢愛桑，踰牆折桑，事涉造次，恐諸兄有言，不得不畏，從容圖之可也。

三章。請仲子兮，無踰園折我檀。非敢愛檀，事涉急遽，恐國人多言。仲雖可懷，人言不得不畏，待時可也。

將，猶請也。里，居也。

《將仲子》三章，章八句。

077 叔于田

叔于田叶廷，巷無居人。豈無居人？不如叔也，洵美且仁。

叔于狩叶守，巷無飲酒。豈無飲酒？不如叔也，洵美且好叶吼。

叔適野叶汝，巷無服馬叶母。豈無服馬？不如叔也，洵美且武。

古序曰：《叔于田》，刺莊公也。毛公曰：叔處于京，繕甲治兵，以出于田，國人說而歸之。

毛説，正明古序所以刺莊公之故。朱子因謂國人愛段而作，非也。莊公縱弟遊蕩，比昵羣小，無賢父兄之教，以陷于大逆。《春秋傳》所謂鄭志也。詩若美段，而志在諷公。但極道其于田飲酒服馬，而公之棄其弟可知。如以爲國人美段，意索然矣。

一章。叔時出而往田，經行里巷。與巷之人比，而巷若無有居人。非無居人也，雖有人，不如叔之信美而且仁耳。

二章。叔出狩，與巷之人狎而飲酒，飲酒無有能過之者。非無善飲，不如叔之美而好耳。

三章。叔遊野外，與巷之人乘馬，乘馬無有能過之者。非無乘馬，不如叔之美且武耳。洵，信也。服，猶乘也。

《叔于田》三章，章五句。

078 大叔于田

叔于田，乘乘去聲馬叶母。執轡如組祖，兩驂如舞。叔在藪，火烈具舉。襢坦裼夕暴搏虎，獻于公所。將鏘叔無狃，戒其傷女汝。

叔于田，乘乘黄。兩服上襄，兩驂鴈行杭。叔在藪，火烈具揚。叔善射忌記，又良御叶夜忌。抑磬控空，去聲忌，抑縱送忌。

叔于田，乘乘鴇保，叶剖。兩服齊首，兩驂如手。叔在藪，火烈具阜府。叔馬慢叶上聲忌，叔發罕忌。抑釋掤冰忌，抑鬯暢弓叶裗忌。

古序曰：《大叔于田》，刺莊公也。毛公曰：叔多才而好勇，不義而得衆也。

朱子改爲：「鄭人愛段而作」，非也。《序》意與前章同，刺莊公無中才之教，陷其弟于惡也。夫温文恭儉，人主之美節。射獵馳騁，狎邪之遊行。叔段爲君母弟，夫人愛子而無師保學問，與羣小田獵飲酒，身親搏獸，控弦馳馬以爲事，何待鄢之役而知其有將崩之患矣？二詩亟道段材藝武勇，其繕甲治兵，不軌之志，隱然言外。莊公逆知其然，而有意養成之，所以不仁也。夫子删《詩》存此，戒人君父兄於子弟，愛之能勿勞乎。若謂鄭人美段而作，何足以風。

一章。叔之往田也，駕車有四馬。叔自執轡調和如組，兩驂馬在外，應手如舞。叔在澤藪，縱火焚林，四圍俱舉。袒其裼衣，赤手搏虎，獻于公所。而其徒曰：「請叔勿輕易，防其傷汝也。」

二章。叔于田，四馬皆黄。中兩服馬，乃上駕之良。外兩驂馬，稍後如鴈之行。叔既善射，又復善御。其御也，磬以騁馬，控以止馬。疾徐如意也。其射也，放弦而縱，矢往而送，開發有力也。

三章。叔于田，四馬皆驪白之鴇。兩服並首齊一，兩驂稍後如兩手。叔在藪，火烈阜盛。獵事將終，馬行慢矣，矢發罕矣。乃釋箭蓋，而納矢焉，乃弢其弓于韔中焉。

上襄、上駕，謂良馬也。一車四馬，中二爲服，外二爲驂。驂稍次服後，如飛鴈斜行，如人兩手也。磬，馭馬曲折如磬也。控，持馬使止也。鴇、駂通，驪白雜毛曰駂。阜，盛也。掤，矢箙蓋也。釋蓋，將以納矢也。鬯，弓囊也，與韔通。抑、忌，皆語辭。

《大叔于田》三章，章十句。○凡諷刺不在多言。前章言巷，則與市井羣小狎可知。此章言襢裼暴虎，則粗豪不檢可知。二篇皆名《叔于田》。此云大者，前短章，此大篇也。段稱京城大叔。

079 清人

清人在彭叶邦，駟介旁旁。二矛叀重平聲英叶央，河上乎翱翔。

清人在消，駟介麃麃標。二矛重喬，河上乎逍遥。

清人在軸，駟介陶陶。左旋右抽與軸叶，中軍作好叶毫。

古序曰：《清人》，刺文公也。毛公曰：高克好利而不顧其君，文公惡而欲遠之不能。使高克將兵而禦狄于竟，陳其師旅，翱翔河上。久而不召，衆散而歸，高克奔陳。公子素惡高克，進之不以禮；文公退之不以道，危國亡師之本，故作是詩也。

按，軍旅，國之大命。人臣有罪，不能伸法，而以三軍之命，羈勒一罪人。苟擁衆作亂，則危國；率衆出奔，則亡師。公子素所以惡而作是詩也。《春秋》書「鄭棄其師」，與《詩》録《清人》，義正同。清，河上邑。彭、消、軸，不必皆有是邑。彭、盤通，樂也；消，散也；軸，旋也，皆遊嬉之名。詩者，聲音之道，諧聲以爲比耳。

一章。清邑之兵，從其將于河上之彭。四馬被甲，旁旁然不息。車上建二矛，矛上有重英。武備雖設，無所事事，河上乎翱翔而已。

二章。清人在河上之消，駟介麃麃然武勇，二矛喬聳于車上。無所事事，河上乎逍遥而已。

三章。清人在河之軸，駟介陶陶然舒遂。車左執御者，旋車以爲戲。車右擊刺者，抽戈以爲樂。將軍居中，脩其容好而已。

矛，兵器。二矛，夷矛、酋矛也。酋矛，長二丈；夷矛，長二丈四尺。喬，高貌。

《清人》三章，章四句。

080　羔裘

羔裘如濡，洵直且侯。彼其記之子，舍赦命不渝叶由。

羔裘豹飾，孔武有力。彼其之子，邦之司直。

羔裘晏兮，三英粲參，去聲**兮。彼其之子，邦之彦**叶岸**兮。**

古序曰：《羔裘》，刺朝也。毛公曰：言古之君子，以風其朝焉。

此詩刺大夫立朝不稱其服，而朱子改爲美大夫，蓋誤以「彼其之子」爲美辭。按《詩》稱「彼其」者，皆刺之辭，《王風・揚之水》《衛風・汾沮洳》《唐風・椒聊》《曹風・候人》。而此則託古諷今，稱賢人刺不賢人也。言古賢者德稱服，彼其之子不能耳。

一章。古者爲臣立朝，服必求稱。此羔裘毛色潤澤，信乎順直而且美也。彼其之子，服此服，能安處天命，始終不變，乃爲有直侯之德，而無忝如濡之美，今其能然否邪。

二章。羔裘以豹皮飾袖，其服色甚武有力。彼其之子，服此服，能守正不阿，爲邦國主張直道，斯稱厥服矣。

三章。羔裘晏然鮮盛，飾以三英，粲然潔白。彼其之子，服此服，爲邦國美士，無媿于浚明之德，斯可矣。

羔羊之皮爲裘，冬月之朝服也。洵，信也。直，順也。侯，美也。彼其之子，指所刺之大夫。舍命，猶言安命。渝，變也。豹飾，以豹皮緣領袖也。孔，甚也。司直，主張直道也。三英，猶言五紽，以絲飾裘之名也。彦，美士也。各章末句，皆責望之辭。

《羔裘》三章，章四句。

081 遵大路

遵大路兮，摻三，上聲執子之袪區，叶去兮。無我惡去聲兮，不寁簪，上聲故也。

遵大路兮，摻執子之手兮。無我䰶丑兮，不寁好叶吼也。

古序曰：《遵大路》，思君子也。毛公曰：莊公失道，君子去之，國人思望〔一〕焉。

按，鄭莊公射王幽母，身蒙大惡。左右用事，惟祭仲、祝聃、高渠彌之徒，宜君子相率而去也。國人追思桓武之烈，援而止之，欲其不以今惡棄舊好，念先德而惠顧嗣君也。遵大路者，比率君子之道，願留受教也。其志本正，其語音好濫，朱子因改爲男女相悦之辭，蓋據《論語》「鄭聲淫」以槩《鄭風》諸詩，誤也。夫所謂淫者，鄭之聲耳。聲與詩有辨，詩志也，聲辭也。孟子云「説《詩》者，不以辭害志」，是詩志本思君子，而辭似婦人，豈可以辭，遂改爲淫詩乎？《朱傳》未當，然亦足以明鄭聲之爲淫。而初學諷誦，焉能無惑！故君子立言崇雅，聖人發無邪之旨，嚴放鄭之戒，有以也。顧其志本正，其辭闕理亂，烏容廢之，所以放鄭聲而不删《鄭詩》。存《鄭詩》而欲放鄭聲，惟學者勿以辭害志，可矣。

〔一〕「思望」，原爲「望思」，據《毛詩正義》改。

一章。遵彼大路，攬執子之衣袪而留之，子無惡我不留。故舊之情，未可倉卒寁然而去也。

二章。遵彼大路，攬執子之手，子無䰩我而不留。與爾舊好，不可一旦寁然相棄也。

摻，擥牽持也。子，指君子之欲去者。袪，袖口也。寁，速也。故好，指鄭先公之好賢者。我惡、我䰩，皆指莊公。䰩，醜陋也。

《遵大路》二章，章四句。

082 女曰雞鳴

女曰雞鳴，士曰昧旦。子興視夜，明星有爛。將翱將翔，弋鳧符與鴈。

弋言加叶戈之，與子宜叶俄之。宜言飲酒，與子偕老叶魯。琴瑟在御，莫不静好叶吼。

知子之來叶列之，雜佩以贈叶則之。知子之順之，雜佩以問之。知子之好去聲之，雜佩以報之。

古序曰：《女曰〔一〕雞鳴》，刺不説德也。毛公曰：陳古義以刺今不説德而好色也。

〔一〕原闕「女曰」，據《毛詩正義》補。

朱子改爲：「述賢夫婦相警戒之辭」，非也。首二章，自「士曰」以下，爲夫語婦。身勤職業，親賓客，保室家，不以宴安爲樂也。末一章爲婦答夫。相其夫，親賢取友，尤不以射弋飲酒爲樂也。士身行道，而後行于妻子。古之賢夫婦，交儆如此，今人不然，所以爲刺。然必先有賢夫，而後有賢婦。女曰雞鳴，不過告以寢興之常期。士曰昧旦，則憂其晚矣。故士之志，尤敏于女也。射獵在男子，中饋在婦人。士能勤業，故以中饋戒女。士不説色而好德，故女損服飾以相夫。有《卷耳》進賢之志，不獨中饋之脩耳。蓋惟有文王，而後有后妃；有昧旦之士，而後有《雞鳴》之女。故《序》曰刺不悦德，刺男子也。

一章。《禮》：雞初鳴，夫婦盥漱，適父母舅姑所。故其婦曰：「雞既鳴矣。」其夫曰：「昧旦，不止雞鳴矣。子起視夜如何乎？啓明之星，爛然出矣。事早則從容，我將翺翔以往，弋取鳧鴈。」勤生治業，男子之事也。

二章。射獵在男子，而中饋在婦人。「予往以弋加鳧鴈，歸而與子謫其豆品，與賓客所宜者與之飲酒。賴仁賢之助，以保室家，庶可與爾偕老矣。君子無故不徹琴瑟，室家安樂則琴瑟在御，亦安静和好。憂勤可以致福，豈以同夢爲樂乎。」

三章。婦答夫曰：「子有親賢之志，我何事于服飾之美。孰是子所延納而來者，我以雜佩贈送之。孰是子莫逆而順者，我以雜佩問遺之。孰是子同心相好者，我以雜佩報答之。豈徒中饋飲食，爲親賢之資而已邪。」

昧旦，猶昧爽，天色晦昧將旦也。翱翔，從容行貌。室家無事早起，故從容。往弋鳧鴈，一以習射，一以供賓豆也。弋，以絲繫矢，射飛鳥也。鳥暮集晨飛，故弋宜早。矢著飛鳥曰加。宜者，謫其可也。鳧鴈可實豆，豆品不一，賓貴擇人，故謀其所宜也。飲酒，與賓客飲也。與子偕老，爲善之慶也。凡器在前曰御。静好，安和也。雜佩，佩玉也。雜者，非一之辭。

《女曰雞鳴》三章，章六句。

083 有女同車

有女同車，顏如舜華敷。將翺將翔，佩玉瓊琚。彼美孟姜，洵美且都。

有女同行叶杭，顏如舜英叶央。將翺將翔，佩玉將將鎗。彼美孟姜，德音不忘。

古序曰：《有女同車》，刺忽也。毛公曰：鄭人刺忽之不昏于齊。太子忽嘗有功于齊，齊侯請妻之。齊女賢而不取娶，卒以無大國之助，至于見逐，故國人刺之。

朱子改爲淫奔之辭，非也。謂忽辭昏非惡，見逐無罪，國人無爲刺之。夫國人正以忽無罪見逐，而突特以大國之助奪嫡。苟忽亦有助，何至于此？此國人爲忽黨者之見，未暇論昏之當辭與不當辭也。豈得遂改爲淫詩乎？

一章。有女親迎，與之同車。其顔色之美如舜華，其儀度翺翔雍容，其服飾佩玉有瓊琚。惜哉，彼美孟姜，信美而且閑雅也。

二章。有女與之同歸。其顔如舜之英，其丰度翺翔，佩玉和鳴。惜哉孟姜，美善之音，至今不能忘也。

舜華，木槿花也。都，閑雅也。德音，言語之美也，即齊人請昏之音。不忘者，追悔也。

《有女同車》二章，章六句。

084 山有扶蘇

山有扶蘇，隰習有荷華叶敷。不見子都，乃見狂且疽。

山有橋松，隰有游龍。不見子充，乃見狡童。

古序曰：《山有扶蘇》，刺忽也。毛公曰：所美非美然。

刺忽之所謂君子者，非君子也。朱子改爲淫女戲其所私，非也。扶蘇、橋松，喻君子之孤危。荷華、游龍，喻小人之榮寵。詩人傷國事之非，而恨世子之不可輔也。故爲子都、狂童之比。

一章。扶疎之木，生于高山；芙蕖之花，生于下濕，物理自然。今君子沈淪，而小人高張。不得見子都之美，而乃見此狂人。賢否倒置，國事可知矣。

二章。喬高之長松，則宜在山。游縱之龍草，則宜在隰。今賢否失宜，不如草木。不見子充之美，而乃見此狡童也。

扶蘇，猶扶疎，枝葉高張之貌。子都，美人也。狂童，惡少也。且，甚之之辭。橋，高貌。游，枝叶放縱也。龍，紅草也，一名馬蓼，生水澤。

《山有扶蘇》二章，章四句。

085 蘀兮

蘀托**兮蘀兮，風其吹女**汝**。叔兮伯**叶剥**兮，倡**去聲**予和**叶灰**女。**

蘀兮蘀兮，風其漂女。叔兮伯兮，倡予要叶夭**女。**

古序曰：《蘀兮》，刺忽也。毛公曰：君弱臣强，不倡而和也。

朱子改爲淫女之辭，非也。誦其詩，淒然有歲寒摇落之感。是時，鄭忽初立，外無重援，内無良輔。國人憂孤危，而勉其寮友共濟。所謂倡和云者，未知何事。味其辭，似有去志，所以忽終不振也。

一章。落葉辭樹，風其吹女矣。今之孤立，其能久乎。叔伯諸臣，汝其善倡，予將和汝焉。

二章。木葉將隕，風其漂女。叔伯諸臣，汝其善倡，予將要汝焉。

葉槁將落曰蘀。要，成也。

《蘀兮》二章，章四句。

086 狡童

彼狡童兮，不與我言兮。維子之故，使我不能餐孫兮。

彼狡童兮，不與我食兮。維子之故，使我不能息兮。

古序曰：《狡童》，刺忽也。毛公曰：不能與賢人圖事，權臣擅命也。

朱子改爲：「淫女見絶，而戲其人之辭」，非也。謂忽以世子逐于權臣，無大罪，不宜國人數刺之。愚按，鄭忽初即位之事無所考，但突以庶子，能致外援，得國豈獨祭仲之力？抑亦忽有不滿于諸侯與國人者。故《春秋》不稱鄭伯而書名，不成其爲君也，與《詩》刺忽意正同。朱子疑狡童未可目君，聖人未應與之。愚按，刺忽者，多突之黨。忽以嗣君初立，席未煖而見逐，故突黨狎之，無異童子。不童而人能攜其有乎？箕子《麥秀之歌》，呼紂亦然。人主使國人呼爲狡童，其爲君可知矣。若以聖人不删爲與之，《詩》宜删不删者多矣。如《唐風·椒聊》《無衣》，皆篡賊之辭，録以志戒耳，豈盡爲與之乎。

一章。嗣君孤立，無老成持重之才，狡童而已。我欲效忠，不與我言，將若之何。維子之故，使我憂慮不能餐也。

二章。彼狡猾無知之童，不與我同食。以子之故，使我憂不能安息也。

《狡童》二章，章四句。

087 褰裳

子惠思我，褰裳涉溱。子不我思，豈無他人。狂童之狂也且疽。

子惠思我，褰裳涉洧。子不我思，豈無他士史。**狂童之狂也且。**

古序曰：《褰裳》，思見正也。毛公曰：狂童恣行，國人思大國之正己也。

朱子改爲：「淫女語其所私者之辭」，非也。蓋鄭突以庶子奪嫡，魯、宋、衛、陳、蔡助之，以入于櫟，而終有鄭國。忽孤立，被弒以死。當時爲突黨者，不獨一祭仲可知。此則國人爲突望諸侯之辭。人情險巇如此。聖人皆存之，以見垂統者貽謀爲先，繼世者人心爲本。鄭初有叔段，後有子突，皆背公植黨，羽翼成而禍延累世。其爲有國者，殷鑒甚遠。今不深惟其旨，槩斥爲淫奔。其可乎？其可乎？

一章。狂童猖獗，子大國能惠顧我，則褰裳涉溱水以告子，爲不徒矣。子不我思，大國亦多矣。豈無他人，而獨子乎。今狂童之狂亂已甚，亟救正之可也。

二章。子惠思我，則褰裳涉洧以迎子。子不我思，鄰國多矣。豈無他士，而獨子是望乎。狂童交亂，其狂甚矣。

子，指大國君臣。溱、洧，鄭二水名。狂童，指忽。且者，甚之之辭。

《褰裳》二章，章五句。○按，《鄭風》，如《蘀兮》《狡童》《褰裳》諸篇，慷慨傷時，而其言皆似婦人艷語。此所謂鄭聲好濫淫志者也。故曰：「《詩》言志，勿以辭害志。」如以辭而已，凡《鄭詩》，孰不可目爲淫奔乎？《朱傳》所以偏執成誤也。

088 丰

子之丰叶鳳兮，俟我乎巷叶紅，去聲兮。悔予不送兮。

子之昌兮，俟我乎堂兮。悔予不將兮。

衣錦褧景衣，裳錦褧裳。叔兮伯兮，駕予與行叶杭。

裳錦褧裳，衣錦褧衣。叔兮伯兮，駕予與歸。

古序曰：《丰》，刺亂也。毛公曰：昏姻之道缺，陽倡而陰不和，男行而女不隨。

朱子改爲：「婦人與男子失期，悔而作」，非也。蓋昏禮不明，壻親迎而婦不行，後悔而望其復來，女之有二志者，詩人託言刺之。《坊記》云：「壻親迎見于舅姑，舅姑承女以授壻，恐事之違也。」以此坊民，婦猶有不至者，即指此類。若謂與男子失期，是奔也。豈有奔其人而盛服待車馬者乎？按，《士昏禮》：「壻親迎，女登車，姆爲加景，乃驅。」景，與褧通。加褧衣于禮衣上，避道路風塵也。詩蓋援此禮，諷失禮者。男言容貌，女言服飾，誨淫之意。《葛覃》歸寧，衣澣濯之衣耳。婦人從一，而言叔伯者，不貞之辭，所以爲刺。

一章。子之姿貌，丰然充美。前日來親迎，俟我于門外之巷。悔我未得送子而去也。

二章。子昌然壯盛。前日親迎，俟我于堂。悔我不將子同歸也。

三章。今我行計備矣。衣錦之外加單衣，裳錦之外加單裳，服飾整齊。但或叔或伯，以車來駕，我即與之同行耳。

四章。錦裳外加褧裳，錦衣外加褧衣，服飾既備。俟伯叔車來駕我，與之同歸耳。

丰、昌，皆言容貌之美。褧，與景通，明也，即《周禮》所謂素紗，蒙于禮服上者。叔伯，不定其人之辭。

《丰》四章，二章章三句，二章章四句。

089 東門之墠

東門之墠叶坦，**茹**如**藘**閭**在阪**反。**其室則邇，其人甚遠。**

東門之栗，有踐家室。豈不爾思，子不我即。

古序曰：《東門之墠》，刺亂也。毛公曰：男女有不待禮而相奔者也。

此詩託爲淫女自言。東門，城東門，衆所經行也。墠，與壇通，除地曰墠，無防閑之比。茹藘，茜也，賤之轉也。茹藘之言如驢，禽行之比，指淫夫也。阪，山岡，以比阻隔。東門之栗生道旁，人所易探。踐之言淺也，淺家室，易窺也。

一章。城東門有平坦無翳之墠。茹藘之生，乃遠在山阪之上。地本易達，而自生阻隔。豈非室則邇，而人自遠邪。

二章。東門有栗，行人皆得取之。况我室家，甚淺易窺。豈不爾思，爾不我就耳。

《東門之墠》二章，章四句。

090 風雨

風雨淒淒，雞鳴喈喈叶飢。**既見君子，云胡不夷**。
風雨瀟瀟，雞鳴膠膠交。**既見君子，云胡不瘳**叶療。
風雨如晦叶毁，**雞鳴不已。既見君子，云胡不喜**。

古序曰：《風雨》，思君子也。毛公曰：亂世，則思君子不改其度焉。

朱子謂詩辭輕佻狎匿，非思賢之音，改爲：「淫女風雨時，見所期之人而心悦」，非也。夫輕佻狎匿者，鄭之聲也。然其志本思君子，焉得以辭害志。風雨雞鳴，亂世慘黯景象，以爲心悦，亦不倫。

一章。風雨淒淒然，天氣陰曀，時晷難測。然雞自喈喈長鳴，不失晨午之期。君子生當亂世，不改其度，亦猶此耳。我得見之，則心平矣。

二章。風雨瀟瀟有聲，雞聲膠膠亂鳴。儻得見君子，何憂不瘳乎。

三章。風雨雖晦，雞鳴不已。既見君子，云何不喜乎。

《風雨》三章，章四句。

091 子衿

青青子衿今，悠悠我心。縱我不往，子寧不嗣音。

青青子佩，悠悠我思。縱我不往，子寧不來叶離。

挑兮達叶忒兮，在城闕兮。一日不見，如三月兮。

古序曰：《子衿》，刺學校廢也。毛公曰：亂世，則學校不脩焉。

朱子謂辭意儇薄，施之學校不似，改爲淫奔。非也。若使辭不儇薄，何以爲鄭聲？學子青衿，古今皆然。同學少年，往來嗣音，正朋徒久要之言。如謂語儇薄，《鄭詩》皆然。若皆斥爲淫，則舉鄭國君臣、師弟、朋友莫匪淫人，所行莫匪淫事，何以爲國？自男女外，豈遂無詩？而夫子何獨盡取淫人淫事，以實其所謂「鄭聲淫」之一語？隘且刻矣。淫詩不删，所删又何等詩乎？

一章。衣以青飾衿，學子之服也。昔嘗與子羣居，今者離羣，使我悠悠思之。平生之言，久要不忘。縱我不往，子寧不繼聲以相問乎？

二章。青青然子佩，離居久矣，使我悠悠思念。縱我不往，子寧不一來乎？

三章。廢學不講，遂縱佚遊。挑然輕侮，達然放肆。閒行登眺，在彼城隅之高闕。

學問之道，爲間不用則荒。一日不見，念子如三月矣。衿，衣領也。嗣音，音問不絕也。佩，佩玉。士佩瓀瑉青組。挑達，放浪也。城闕，城樓也。國學在城中。

《子衿》三章，章四句。

092 揚之水

揚之水，不流束楚。終鮮上聲兄弟，維予與女汝。無信人之言，人實迋誑女。

揚之水，不流束薪。終鮮兄弟，維予二人。無信人之言，人實不信叶伸。

古序曰：《揚之水》，閔無臣也。毛公曰：君子閔忽之無忠臣良士，終以死亡，而作是詩也。

朱子改爲淫者相謂，非也。爲此詩者，鄭之君子懷忠良之志，而傷忽之微弱也。《國風》凡三《揚之水》，皆微弱之比：一《王風》，比平王微弱，不能令諸侯也；一《唐風》，比晋昭侯微弱，不能制曲沃也；此篇，比鄭昭公微弱，不能制突也。鄭昭公見奪于突，與晋昭侯見奪于沃，其事同，故其比同。莊公之子四人，忽、突、子儀、子亹，皆以兄弟相殘。而忽以伯兄繼世，同父解體，竟死于高渠彌之手。詩所以謂之終鮮兄弟，傷忽之無助也。

朱子儻謂其真無兄弟，而疑其非忽乎哉？

一章。清淺輕揚之水，一束之楚，尚不能流。爾之微弱，何以異此？雖有兄弟，竟爲寇讎。唯予與汝，無相欺之意。爾慎無信人之言，人實欺迋汝耳。

二章。揚之水，不能流束薪。爾終鮮兄弟，維予與汝二人相信而已。爾無信人之言，人實無信心與汝也。

終鮮，竟少也。迋，欺也。予，詩人自謂也。

《揚之水》二章，章六句。

093 出其東門

出其東門，有女如雲。雖則如雲，匪我思存。縞杲衣綦其巾，聊樂我員云。

出其闉因闍都，有女如荼。雖則如荼，匪我思且疽。縞衣茹藘，聊可與娛叶虞。

古序曰：《出其東門》，閔亂也。毛公曰：公子五争，兵革不息，男女相棄，民人思保其室家焉。

朱子改爲：「人見淫奔之女而作」，非也。恒情窮則反本，安則思淫。鄭昭、厲之際，干戈不息，人民離散，室家以苟全爲幸。雖有東門之遊女，而無《江漢》之求思，時使之然也。故夫男女之際，人之至情。世治，則懷春之女，誘于吉士；世亂，則如雲之女，所思匪存。若使上無教化，則《野有死麕》爲淫奔矣；國無亂離，則《出其東門》爲義士矣。故誦其詩，當論其世，未可以其辭而已也。

一章。兵革離散，室家相棄。東門有女，其盛如雲。顧我思慮，何暇及此。亂世苟全性命。縞衣綦巾之妻，聊喜得助我，免于孤曠足矣。

二章。出其闉闍，有女潔白如荼，我思何暇及此。我自有婦，縞素共衣，茹藘其巾。聊得相保，亦足自娱矣。

如雲，容飾盛多也。縞，薄白繒。綦，青黑色。巾，帨屬。員，益也，猶《小雅》「員于爾輻」之員，言内助也。闉，城門外曲城也。闍，城上臺也。荼，茅秀，柔而白也。且，甚辭。茹藘，茜草，可染紅。娱，樂也。

《出其東門》二章，章六句。

094 野有蔓草

野有蔓草，零露漙團，叶轉兮。有美一人，清揚婉兮。邂械逅厚相遇，適我願叶遠兮。

野有蔓草，零露瀼瀼穰。有美一人，婉如清揚。邂逅相遇，與子偕臧。

古序曰：《野有蔓草》，思遇時也。毛公曰：君之澤不下流，民窮於兵革，男女失時，思不期而會焉。

朱子改爲：「男女相遇于野田草露之間而作」，非也。果爾，邪穢已甚，聖人奚取？則《序》宜與《溱洧》，同云刺亂，何云思遇時也？蓋鄭國多難，兵革不息，室家流離。故詩人借男女邂逅，比君子遇主。蔓草零露，比君澤下流。美一人，比君。《家語》夫子遇程子，欲贈之，引此詩教子路〔一〕。豈淫辭而聖人以教人？《春秋傳》鄭子大叔賦此享趙孟，趙孟曰：「吾子之惠。」豈淫辭而大享賦之，趙孟謝之？必不然矣。

一章。野有蔓生之草，尚被天澤之零，溥然其濕也。今民憔悴，何至不如草。安得有美者一人，目清眉揚，婉然姣好，邂逅相遭，以適我企望之願乎。

二章。野有蔓草，露之零瀼瀼而多。安得有美一人，婉然清揚，邂逅遭逢，則與子俱臧矣。

〔一〕孔子之郯，遭程子于塗，傾蓋而語終日，甚相親。顧謂子路曰：「取束帛以贈先生。」子路屑然對曰：「由聞之，士不中間見，女嫁無媒，君子不以交禮也。」有間，又顧謂子路，子路又對如初。孔子曰：「由，《詩》不云乎：『有美一人，清揚宛兮，邂逅相遇，適我願兮。』今程子，天下賢士也，于斯不贈，則終身弗能見也，小子行之。」（《孔子家語卷二・致思第八》）

《野有蔓草》二章，章六句。

095 溱洧

溱與洧偉，方渙渙兮。士與女，方秉蕑姦，叶幹兮。女曰觀叶貫乎？士曰既且疽。且往觀乎？洧之外，洵訏虛且樂洛。維士與女，伊其相謔，贈之以勺芍藥。

溱與洧，瀏留其清矣。士與女，殷其盈矣。女曰觀乎？士曰既且。且往觀乎？洧之外，洵訏且樂。維士與女，伊其將謔，贈之以勺藥。

古序曰：《溱洧》，刺亂也。毛公曰：兵革不息，男女相棄，淫風大行，莫之能救焉。朱子改爲：「淫奔者自叙之辭」，非也。蓋詩人暴其事以刺，如之《鄘》之《桑中》云爾。詳述士女相謔，無羞惡之心，所以爲刺。豈待訶斥，而後謂之刺與？

一章。溱、洧二水，莫春冰解渙流。國人士女采蕑水上。女有挑士者曰：「盍往觀乎？」士曰：「予既往矣。」女又曰：「且往觀乎。彼洧之外，其地信寬，大可樂也。」士從女往相戲謔，贈女以芍藥，致別離之意也。

二章。溱與洧，瀏然深且清矣。士與女，殷然衆且盈矣。女曰：「盍往觀乎？」士曰：「既觀矣。」女又曰：「且往觀乎。洧外之地，寬舒可樂。」士從女相謔，臨別贈之以勺藥。

溱、洧，二水名。渙渙，冰釋貌。秉，執也。蕑，水草，似蘭。鄭俗三月上巳，水上采蕑草以祓除不祥。訏，大也。勺藥，香草，三月花開，其根可爲藥。一名將離，故以贈别。瀏，深也。殷，衆也。將，當作相。

《溱洧》二章，章十二句。

毛詩原解卷八終

毛詩原解卷九

齊

齊，太公望之封國，古營丘、臨菑之地，今山東濟南府是也。五霸始鄭，而齊繼之，故次《齊》。蓋魯既升爲《頌》，諸侯無先齊者矣。《齊風》多魯事，魯無風而于《齊》可以觀魯，聖人蓋微之也。

096 雞鳴

雞既鳴矣，朝潮**既盈矣。匪雞則鳴，蒼蠅之聲。**

東方明叶芒**矣，朝既昌矣。匪東方則明，月出之光。**

蟲飛薨薨叶昏**，甘與子同夢**叶門**。會且歸矣，無庶予子憎**叶曾**。**

古序曰：《雞鳴》，思賢妃也。毛公曰：哀公荒淫怠慢，故陳賢妃、貞女，夙夜警戒相成之道焉。

朱子即以爲賢妃之辭，非也。齊自太公五傳，而哀公荒淫。紀侯譖于周懿王，殺而亨之，故齊「變風」自此始。思古以刺今也。

一章。人君辨色視朝。雞鳴，則夫人鳴玉珮于房中，告君曰：「雞鳴矣，會朝諸臣盈矣。」其實雞尚未鳴，乃蒼蠅之聲。夫人心切，而誤聽耳。

二章。既又告曰：「東方明矣，會朝之臣既盛矣。」其實東方尚未明，乃月出之光。夫人心切，而誤視耳。

三章。既又告曰：「天將旦矣，百蟲飛聲薨薨矣。豈不樂與子寢而同夢，但朝會諸臣，俟君久，且歸矣。無以我之故，多與子以憎惡也。」古賢妃如此，今何獨不然。

《雞鳴》三章，章四句。

097 還

子之還旋兮，遭我乎峱鐃之間叶虔兮。並驅從兩肩兮，揖我謂我儇喧兮。

子之茂叶卯兮，遭我乎峱之道上聲兮。並驅從兩牡兮，揖我謂我好叶吼兮。

子之昌兮，遭我乎峱之陽兮。並驅從兩狼兮，揖我謂我臧兮。

古序曰：《還》，刺荒也。毛公曰：哀公好田獵，從禽獸而無厭。國人化之，遂成風俗，習于田獵謂之賢，閑于馳逐謂之好焉。

朱子改爲：「獵者交錯于道路，相稱譽之辭」，非也。蓋詩人述民間尚勇好勝之習，見化之所從來耳。時雖霸業未興，而功利誇詐，已有其漸矣。

一章。子之周還便捷，可謂儇利已。遇我乎峱山之間，並駕追兩豣。子尚揖讓我，而謂我爲儇利。豈子猶謂未儇邪？

二章。子之茂然美盛，可謂好已。遇我于峱山之道，並逐兩牡。反揖我，而謂我爲好。豈我尤好于子邪？

三章。以子之昌然壯大，可謂臧已。遇我于峱山之陽，並逐兩狼。揖我謂我爲臧，然則我與子偕臧邪？

還，便捷貌。峱，山名。肩，與豣通，三歲獸也。儇，利巧也。

《還》三章，章四句。

098 著

俟我於著宁乎而，充耳以素乎而，尚之以瓊華叶敷乎而。

俟我於庭乎而，充耳以青乎而，尚之以瓊瑩乎而。

俟我於堂乎而，充耳以黄乎而，尚之以瓊英叶央乎而。

古序曰：《著》，刺時也。毛公曰：時不親迎也。《禮》：惟天子不親迎，諸侯冕而親迎，下可知也。壻往婦家奠鴈，受女出，升車御輪，乃先歸，俟于大門外。婦至，揖以入。齊俗，壻不親迎，但俟婦于其家。故詩人託爲新婦言，以刺廢禮，而隱約不露，以俟之一字寓意。苟無《序》，不知其所謂矣。

一章。君子待我于門内之宁，我始得見之。其冠旁充耳懸瑱之紞瞻，以素絲爲之，紞末加瓊華之美石，以爲瑱焉。

二章。再進及庭，又俟我于庭。其充耳以青絲爲紞，尚之以瓊瑩焉。

三章。再進及堂，又俟我于堂。其充耳以黄絲爲紞，尚之以瓊英焉。盛衣冠而不親迎，亦廢禮矣。

門内屏外曰著，與宁通，宁立之處也。俟于宁、于庭、于堂，未至婦家也。堂前曰庭。冠傍懸瑱之繩曰紞。紞下懸玉石曰瑱。尚，加也。瓊，美玉也。瑩、華、英，皆言石之光華瑩美似瓊也。

《著》三章，章三句。

099 東方之日

東方之日兮，彼姝樞者子，在我室兮。在我室兮，履我即兮。

東方之月兮，彼姝者子，在我闥獺兮。在我闥兮，履我發兮。

古序曰：《東方之日》，刺衰也。毛公曰：君臣失道，男女淫奔，不能以禮化也。

朱子改爲：「男女淫奔自作」，非也。東方，君方也。日月，比君臣也。男女晨昏私奔，君臣政教不立，不能明微格姦，防之以禮，所以爲衰。呼日月，詩人矢志之辭。彼姝者子，指淫女也。在我室，爲淫夫自言，以發其暗昧之私也。履，禮也。男女各有正禮，女求男，賤也。稱履，所以賤之。

一章。東方之日，照臨下土。暗室之中，日監在兹。今彼美之女，來在我室。禮我而求，即獨不畏此日邪。

二章。東方之月，鑒兹幽獨。彼美之女，來在我門，禮我求發。雖暮夜無知者，獨不畏此月邪。

子，指淫婦。我，指淫夫。履、禮通。即，就也。闥，門也。發，開也。

《東方之日》二章，章五句。

100 東方未明

東方未明叶芒，顛倒衣裳。顛之倒導之，自公召趙之。

東方未晞，顛倒裳衣。倒之顛叶定**之，自公令之。**

折哲**柳樊圃**叶布**，狂夫瞿瞿**句**。不能辰夜**叶遇**，不夙則莫**暮**。**

古序曰：《東方未明》，刺無節也。毛公曰：朝廷興居無節，號令不時，挈結壺氏不能掌其職焉。

東方，比君也。未明，比君昏也。顛倒衣裳，比政令錯亂也。不必真有未明徵召之事，比其君興居無節，號令不時耳。折柳樊圃，比朝政不如農圃應節識時也。興居號令，非晨夜者所得司，無所歸咎，不敢斥君而求諸挈壺氏，猶所謂敢告僕夫云爾也。

一章。辨色視朝，有常期也。今東方未明，急起而顛倒其衣裳，亦既早矣。方顛倒衣裳之時，已有自公所來召者，君興尤早矣。

二章。東方未晞，顛倒其裳衣，已爲亟矣。時有自公所傳令者，猶以爲晚耳。

三章。折彼柔脆之柳，以樊蔬菜之圃，其限易踰也。然雖狂暴之夫，猶瞿瞿驚顧不敢越。況晝夜之限甚明，爲挈壺者，不能晨夜，非失之早，則失之暮乎。

顛倒衣裳，急遽錯亂也。樊，藩也。晨，時也。時夜，猶司夜，如掌門之謂晨門也。

《東方未明》三章，章四句。

101 南山

南山崔崔，雄狐綏綏雖。魯道有蕩，齊子由歸。既曰歸止，曷又懷叶灰止？

葛屨句五兩，冠緌芮，平聲雙叶松止。魯道有蕩，齊子庸止。既曰庸止，曷又從止？

蓺麻如之何？衡橫從宗其畝。取娶妻如之何？必告父母。既曰告叶谷止，曷又鞠菊止？

析薪如之何？匪斧不克。取娶妻如之何？匪媒不得。既曰得止，曷又極止？

古序曰：《南山》，刺襄公也。毛公曰：鳥獸之行，淫乎其妹，大夫遇是惡，作詩而去之。

魯桓公夫人文姜，齊襄公之女弟也。未嫁，而襄公私之。既嫁，與桓公俱如齊。襄公使人殺桓公于車中，事見《春秋傳》。此詩齊大夫刺襄公也。南山雄狐，比居高而行禽，猶《衛風》之《雄雉》也。亟稱魯道者，閫外通闤，行人共見也。亟稱齊女者，明其非齊婦也。冠、屨，以比有别。五兩、雙緌，以比亂倫。首足同體而冠屨異匹，以比同父非配偶也。屨兩而用五，比襄公有婦而亂倫。冠一而緌雙，比文姜未嫁而有偶。葛，以比其薄。俗云「種麻夫妻同，則易生」，以比娶妻。斧析薪，有判合之義，以比媒妁也。

一章。南山崔巍，有雄狐于上，綏然垂尾。居高位而邪淫，何以異此？由齊適魯，道路蕩平，人皆見齊女由此歸魯矣，曷得又懷思之？

二章。以葛爲屨，至涼薄也。屨本兩，而五兩，則亂爲奇。冠惟一，而緌雙，則混爲偶。同父亂匹，亦猶此也。魯道蕩平，人皆知齊女用此道歸魯矣，曷又相從與亂乎？

三章。樹麻者，衡之縱之，熟耕其田，然後得麻。取妻者，六禮全備，告于父母，然後得娶。今既得娶矣，何不防閑，而使之窮其欲乎？

四章。析薪者，離同爲異，非斧則不克。娶妻者，聯異爲同，非媒何由得。今既由媒得齊子矣，何又使之極其惡乎？

《禮》：夏葛屨，冬皮屨。復下曰舃。禪丹下曰屨。緌，冠纓之餘而垂者。麻，枲也。衡、橫通。俗謂種麻之田，縱橫耕七遍以上，則麻生無葉。鞠，窮也。析薪者，離其根本，猶女嫁離其父母，《喪服傳》云「夫妻，牉合也」，故詩多以析薪比。

《南山》四章，章六句。

102 甫田

無田甸甫田，維莠酉驕驕。無思遠人，勞心忉忉刀。

無田甫田，維莠桀桀。無思遠人，勞心怛怛叶迭。

婉兮孌煖，叶亂兮，總角丱貫兮。未幾見兮，突而弁變兮。

古序曰：《甫田》，大夫刺襄公也。毛公曰：無禮義而求大功，不脩德而求諸侯，志大心勞，所以求者非其道也。

朱子改爲：「戒時人厭小務大，忽近圖遠」，是泛無所指也。夫《風》未有無指者。無指，何以别其爲各國乎？又曰：「未見其爲刺襄公。」夫襄公無禮義求大功，事見《春秋傳》。即位之四年，師于首止，殺鄭子亹，轘高渠彌。五年遷紀，八年滅紀。九年伐衛，納惠公。十二年降郕。是年冬，遂遇弑。此其求大功，與諸侯之實也。何謂未見？末章，指淫妹之事，正未冠笄之時。突弁，指爲君以後。國君皮弁服，犬自穴出曰突。突而弁，比衣冠而禽獸也。莠，醜也，草名，一名狗尾，與雄狐、盧令，皆匪人之比。甚矣，詩人之惡淫也。

一章。農有餘力，然後可佃大田。不然，莠草盛矣。地邇可致，乃思其人。不然，憂勞無益也。

二章。無佃大田，佃而不治，則莠桀然長矣。無思遠人，思而不至，則心徒勞矣。

三章。童子婉孌幼小，總髮爲角，其狀丱然。曾相見未幾，而突然戴弁，强作成人。蒙養未端，可爲成人乎？

無田，猶無甸。治田曰甸。甫，大也。忉忉，勞心貌。丱，總角貌，字象形，即《柏舟》所謂「兩髦」也。突，忽出貌。弁，冠之大者。

《甫田》三章，章四句。

103 盧令

盧令令平聲，**其人美且仁**。

盧重環叶懸，**其人美且鬈**拳。

盧重鋂梅，**其人美且偲**顋。

古序曰：《盧令》，刺荒也。毛公曰：襄公好田獵畢弋，而不脩民事，百姓苦之，故陳古以風焉。

朱子改謂獵者相譽之詩，非也。齊襄公内荒于色，外荒于禽。詩人託田犬爲刺，猶「雄狐」之義，人類而行禽也。或疑不當以禽獸刺君。夫鳥獸草木，詩所取材，非獨刺也。雖關雎、鵲巢、羔羊、鹿鳴，美亦用之。所謂譎諫無罪，正以此。美且仁，美其有人之德。人者，仁也。美，好也。鬢好曰鬈，鬚須好曰偲，美其有人之貌也。有人之德，則無愧于人之貌；無德而有其貌，走狗而已。

一章。古之獵者，其盧犬頷下有環，其聲令令然。牽犬之人，貌美好而德且仁。人好，故犬亦好。今犬則犬，而人非也。

二章。盧犬頷下有重環。牽犬之人，其貌美好。其鬈毛鬈然，有丈夫之表也。

三章。盧犬頷下，有一環貫二之重鋂。其人貌美好，且偲然多須，有壯士之容也。

盧，田犬也。令令，環聲。鋂，一環貫二也。偲、鬈通，頰毛也，即《春秋傳》于思之思。

《盧令》三章，章二句。

104 敝笱

敝笱在梁，其魚魴鰥叶昆。**齊子歸止，其從如雲。**

敝笱在梁，其魚魴鱮徐，上聲。**齊子歸止，其從如雨。**

敝笱在梁，其魚唯唯偉。**齊子歸止，其從如水。**

古序曰：《敝笱》，刺文姜也。毛公曰：齊人惡魯桓公微弱，不能防閑文姜，使至淫亂，爲二國患焉。

此詩作于桓公遇害之後，故曰爲二國患。朱子改謂刺魯莊公，非也。莊公于文姜，則子耳。桓公其夫也。夫爲妻綱，如笱可制魚。子之於母，猶曰弗克。夫不能制其妻，則同敝笱矣。故《敝笱》刺夫，而《猗嗟》以刺子，《序》説各有當也。笱，狗也。魴，防也。魚目不寐曰鰥，故無妻不寐者亦曰鰥。鱮，一名鱅，首大身小，魚之懦者，唯唯慫慂之稱。笱之制魚，可入不可出，敝則魚出矣，以比帷薄不脩。水族多淫，淫義生于水，如雲、如雨、如水，皆比淫也。

一章。笱所以制魚，既敝則魴鰥之魚，出入自由。齊子無所防閑，故其歸齊，從者如雲之多也。

二章。敝笱在梁，其魚魴鱮，笱不能制也。故齊子歸齊，其從者如雨之多焉。

三章。敝笱在梁，其魚唯唯，相隨而行，得自由也。故齊子歸齊，從者如水之流焉。敝，壞也。梁，積石障水，以取魚者也。

《敝笱》三章，章四句。

105 載驅

載驅薄薄剥，簟茀朱鞹各。魯道有蕩，齊子發夕叶削。

四驪濟濟上聲，垂轡濔濔。魯道有蕩，齊子豈弟上聲。

汶水湯湯，行人彭彭邦。魯道有蕩，齊子翱翔。

汶水滔滔，行人儦儦標。魯道有蕩，齊子遊敖。

古序曰：《載驅》，齊人刺襄公也。毛公曰：無禮義，故盛其車服，疾驅於通道大都，與文姜淫，播其惡於萬民焉。

朱子改爲：「刺文姜，乘此車來會襄公」，蓋據詩中稱齊子，不及襄公。而稱齊子者，明文姜本齊女耳。國君而會婦人，所以爲刺。此魯桓公死後，《春秋》書會禚灼、會祝丘之類。君夫人車翟茀，此云簟茀，則襄公之車會文姜者甚明。亟言魯道行人，諷其無羞惡之心也。

一章。乘車疾驅，薄薄有聲。竹簟爲車蔽，朱革爲車飾，君乘此焉往？魯國道路蕩平，齊子啓行出宿，往會之也。

二章。四馬皆黑色，濟濟其美。馭馬之轡，彌彌其垂。魯道蕩平，齊子來會，豈弟以相樂也。

三章。二國往來，道由汶上。汶水湯湯其盛，行人彭彭其多。魯道有蕩，齊子從容翱翔，得無人共見邪？

四章。汶水滔滔其流，行人儦儦其衆。魯道有蕩，齊子遊遨，不愧于人邪？

載，始也，始自齊啓行也。薄薄，車疾行聲。簟，竹簟。茀，車上障蔽也。鞹，皮去毛者。朱色之鞹鞔飾其車以爲固也。魯道，適魯之路。汶水，在齊南魯北竟上。儦儦，行人往來貌。

《載驅》四章，章四句。

106 猗嗟

猗伊嗟昌兮。頎祈而長兮，抑若揚兮，美目揚兮。巧趨蹌鎗兮，射則臧兮。

猗嗟名兮。美目清兮，儀既成兮。終日射石侯，不出正叶征兮。展我甥兮。

猗嗟孌熖兮。清揚婉兮。舞則選兮，射則貫兮。四矢反兮，以禦亂兮。

古序曰：《猗嗟》，刺魯莊公也。毛公曰：齊人傷魯莊公有威儀技藝，然而不能以禮防閑其母，失子之道，人以爲齊侯之子焉。

此詩刺魯莊公，故辭較《敝笱》婉，所以爲母及子也。妻淫而責夫，其言易直；母亂而責子，其語難顯。《詩》所以善言也。每章猗嗟發嘆，歷數莊公之美，而其所不足自見。人以爲齊侯子者，《春秋》之義也。當時疑莊公非桓公子，《春秋》特書所生年月日，以折羣議。故此詩亦云展我甥，明其非我子也，亦微諷之辭。

一章。猗嗟惜乎，其昌而盛也。觀其體貌，頎然脩長。觀其舉止，抑揚中節。其目之美，揚起而清明。又巧于趨而蹌然，又習于射而臧善也。

二章。猗嗟惜乎，無一不可名者。其目美而分明，其儀成而齊備。終日射侯，發不失正。誠哉無忝于我齊之甥也。

三章。猗嗟乎，其孌好也。眉目清而婉然。舞則精而可選，射則中而貫革。每發四矢，皆復中其故處，足以制敵而禦亂也。

抑若揚，猶言謙尊而光，退讓以明禮也。行張足曰趨，《禮》有徐趨、疾趨，爲之有巧拙。蹌，巧趨貌，《論語》云「趨翼如」，所謂巧趨也，《曲禮》云「士蹌蹌」。侯，射埰也。正，侯心也。姊妹之子曰甥。反，復也，矢皆復中其故處也。

《猗嗟》三章，章六句。

毛詩原解卷九終

毛詩原解卷十

魏

魏，國名，在《禹貢》冀州，舜禹之故都也，今山西平陽府解州等地是。南枕河曲，北涉汾水，首山當其北。土隘民貧俗儉。周初以封同姓，未詳所始。後爲晉獻公所滅，以其地賜大夫畢萬，晉始有魏氏。魏、唐之于晉，猶邶、鄘之于衛，其實皆晉風也。五霸，晉繼齊，故《魏風》次《齊》。

107 葛屨

糾糾九葛屨句，可以履霜。摻摻纖女手，可以縫裳。要夭之襋棘之，好人服叶逼之。

好人提提，宛然左辟避，佩其象揥替。維是褊心，是以爲刺叶砌。

古序曰：《葛屨》，刺褊也。毛公曰：魏地陿隘，其民機巧趨利，其君儉嗇褊急，而無德以將之。

敦厚崇禮者，下之美俗。從容博大者，君之美行。魏地陿隘，故其民機巧趨利，而俗鮮禮。其君儉嗇褊急，而德不弘。然下之風俗，由于上之表率。君無寬綽之度，則民有纖嗇之風。故詩專刺褊心，《序》説甚明。朱子改爲縫裳之女自作，固矣。

一章。《禮》：夏葛屨，冬皮屨。葛屨非禦寒之具，況既敝而繚纏之，猶謂可以踐霜。《禮》：女嫁三月廟見，始執婦工。今未嫁之女，其手摻細，謂可縫裳以取傭資，其民俗趨利類此。裳成然後要，衣成然後襋。今縫裳即欲要之，縫衣即欲襋之，貴人即欲服之，其君德褊急類此。

二章。撙節者多退讓。彼貴人容止，提提然安舒，與人婉然謙恭。以右讓人，而自避居左。佩象骨之搔首，容飾非不可觀也。維此褊急之心，所以爲刺耳。

糾糾，繚纏之貌。摻摻，猶纖纖，女手好貌。要，裳腰。襋，衣領。好人，猶言貴人，指其君也。提提，安舒也。象揥，解見《君子偕老》篇。

《葛屨》二章，一章六句，一章五句。

108 汾沮洳

彼汾焚沮苴，去聲洳孺，言采其莫暮。彼其記之子，美無度。美無度，殊異乎公路。

彼汾一方，言采其桑。彼其之子，美如英叶央。美如英，殊異乎公行叶杭。

彼汾一曲，言采其藚續。彼其之子，美如玉。美如玉，殊異乎公族。

古序曰：《汾沮洳》，刺儉也。毛公曰：其君儉以能勤，刺不得禮也。勤儉，美節也。爲人君者，不曠天工，以爲勤；不奪民財，以爲儉。非勞手足、茹蔬菜之謂。人主而親細民之事爲勤儉，則有并耕而治，數米而炊，如沮洳、采莫之爲者矣。沮洳，泥塗也。沾汙手足以求蔬菜，非大人之事。居上纖嗇，其狀類此。不必真有采莫、采桑之行，亦不必即是公路、公行之官。朱子改爲刺儉不中禮，則是；而謂刺公路、公行，則拘矣。

一章。汾水下濕，有莫生焉，采以爲蔬。彼其之子，勤儉如此。其德美無度量。雖美無度量，而采莫事細，絶不似公路之貴人。

二章。彼汾一方，有桑生焉。往采其桑，將以飼蠶也。公路不似，而況其上焉者乎？彼其之子，勤儉如此。其德美如英華，但不似公行之貴人耳。

三章。彼汾水曲隈，有藚生焉。往采其藚，將以療饑也。彼其之子，勤儉如此。其德美如玉，但不似公族之貴人耳。

汾，水名，出太原晉陽山，西南入河。沮洳，水邊下濕之地。莫，葉似柳，有毛刺，可以爲羹。無度，無限量也。殊，絶也。公路，掌公之路車；公行，掌兵車之行列；公族，掌公之宗族，皆晋官爵。大夫不敢斥君，而但指大夫以諷也。一方，猶一處也。一曲，水隈也。藚，一名澤舄，《本草》云「久食不飢」。

《汾沮洳》三章，章六句。

109 園有桃

園有桃，其實之殽。心之憂矣，我歌且謡。不我知者，謂我士也驕。彼人是哉叶賚，子曰何其叶基？心之憂矣，其誰知之？其誰知之，蓋亦勿思。

園有棘，其實之食。心之憂矣，聊以行國叶亦。不我知者，謂我士也罔極。彼人是哉，子曰何其？心之憂矣，其誰知之？其誰知之，蓋亦勿思。

古序曰：《園有桃》，刺時也。毛公曰：大夫憂其君國小而迫，而儉以嗇，不能用其民而無德教，日以侵削，故作是詩也。

此詩之意，謂國勢褊小，而大國侵陵，使其君勿見小自利，恢弘政教，鼓舞其民而用之，猶可自立。乃硜硜自守，屯膏惜費，以爲處貧寡當然。斗筲之見，何足與議大計乎！故以桃棘比。《家語》孔子云：「果屬有六，而桃爲下。」棘似棗而小，叢生，《孟子》云：「養其樲棘，則爲賤場師。」二物皆果實之賤者，生于園，其實幾何？今欲以桃當肉，以棘當穀，則數米而炊之道也。以此用民，望其恢廓，難矣。詩人所以深憂也。

一章。園中有桃，欲以其實充肉爲餚，儉嗇如此，安望能光大其國家乎？我心憂鬱，歌謡自舒。不知我者，乃曰「此士矜驕」，則豈食桃之人，所爲是哉？而子言我驕何也？我心所憂，人無知者。不知由于不思，思之即知矣。

二章。園有棘，以其實充食，鄙吝如此。我憂無聊，出行于國。不知我者曰「此士遊蕩無極」。豈彼食棘者，所爲是哉？子言我罔極何也？我心之憂誰知之，人未思耳，思之亦憂矣。

合曲曰歌，徒歌曰謡。彼人，指魏君臣。子，指謂我驕者。行國，散步城中也。《園有桃》二章，章十二句。〇以上三詩，《朱傳》皆以首二句爲興，然所刺之故即在其中。若以興爲無義，則三詩皆未言儉嗇，以何爲刺，他可類推。

110 陟岵

陟彼岵戶兮，瞻望父兮。父曰嗟予子行役，夙夜無已。上慎旃哉，猶來無止。

陟彼屺起兮，瞻望母兮。母曰嗟予季行役，夙夜無寐。上慎旃哉，猶來無棄。

陟彼岡兮，瞻望兄叶香兮。兄曰嗟予弟行役，夙夜必偕叶已。上慎旃哉，猶來無死。

古序曰：《陟岵》，孝子行役，思念父母也。毛公曰：國迫而數侵削，役乎大國，父母兄弟離散，而作是詩也。

朱子改爲「孝子行役，不忘其親」，是矣；謂「登山望父母自言」，非也。岵山多草木，以比生我。屺無草木，以比鞠我。岡，領也，以比長我。征夫何暇登臨？孝子思親，何待升眺？託言以寓望鄉之情耳。

一章。陟彼岵山，瞻望吾父。憶行時，父戒曰：「嗟我子，此行早夜無怠。其上役也，慎之哉。爾去猶望爾來，無止于彼不來也。」

二章。陟彼屺山，瞻望吾母。思母戒我曰：「嗟予季，此行早夜無寐。其上役，慎之哉。季往猶望季歸，無棄于彼而不歸也。」

三章。陟彼山岡，瞻望予兄。兄戒我曰：「嗟予弟，夙夜同衆趨事。上役慎之哉。弟往猶望弟還，無遂死而不還也。」

山多草木曰岵。山無草木曰屺。山脊曰岡。上，以下供上役也，《七月》云「上入執宫功」。旃，之也。季，少子。

《陟岵》三章，章六句。

111 十畝之間

十畝之間兮，桑者閑閑兮。行與子還(旋)兮。
十畝之外(叶謂)兮，桑者泄泄(異)兮。行與子逝兮。

古序曰：《十畝之間》，刺時也。毛公曰：言其國削小，民無所居焉。魏地迫隘，其君褊急，其民纖嗇。加以大國侵削，閭里蕭條，民間愁居迫處，覺生理日蹙。故詩人託采桑無所以刺之。朱子改爲「賢者不樂仕而歸農圃」，其辭疑似，然淺深厚薄之味，相違遠矣。讀者自別。

一章。郊野之地，不過十畝。地陿人稠，采桑者無所得葉，閑閑然空歸。呼其同伴，相與還家而已。

二章。郊野之外，地僅十畝。采桑者泄泄然間行，呼其同伴，相與他往而已。

十畝，甚言其偪側。古者一夫授田百畝，魏地隘，不足耕墾也。

《十畝之間》二章，章三句。

112 伐檀

坎坎伐檀兮，寘之河之干兮，河水清且漣猗。不稼不穡，胡取禾三百廛兮？不狩不獵，胡瞻爾庭有縣玄狟暄兮？彼君子兮，不素餐參兮。

坎坎伐輻叶必兮，寘之河之側叶積兮，河水清且直猗。不稼不穡，胡取禾三百億亦兮？不狩不獵，胡瞻爾庭有縣特兮？彼君子兮，不素食兮。

坎坎伐輪兮，寘之河之漘純兮，河水清且淪猗。不稼不穡，胡取禾三百囷叶登兮？不狩不獵，胡瞻爾庭有縣鶉純兮？彼君子兮，不素飧孫兮。

古序曰：《伐檀》，刺貪也。毛公曰：在位貪鄙，無功而受禄，君子不得進仕爾。

朱子改爲：「美君子之不素餐」，非也。所謂不稼不穡而取禾，不狩獵而縣貆，此正無功受禄之比。嘆君子之不素餐者，乃所以刺小人。取禾廛，庭縣貆，皆小人貪鄙之象，亦不似美君子之辭。

一章。檀木堅忍，車之美材也。坎坎然用力伐之，將以爲車。而河上非行車之所，寘此檀于水涯，無所用之，徒見河水清漣成文耳。君子任重困窮，而在位者不親稼穡，胡斂民三百之廛；不習狩獵，胡庭縣貉貆之肉。是無功而素餐也。若伐檀君子效用，豈素餐者哉？

二章。坎坎然伐木爲車輻，寘之河側。水清波直，有輻無用也。君子既不得志，而在位者不農有禾，不田有肉，豈非素食乎？苟伐輻君子得用，真不肯素食者矣。

三章。坎坎然伐木爲輪，寘之河漘。水清成淪，安所用之。君子既不得志，而在位者不耕有囷，不獵有鶉，豈非素飧乎？彼伐輪君子見用，真不素飧者矣。

檀木堅，宜爲車。寘，與置同。漣，風行水成文也。猗，與兮同。種之曰稼，斂之曰穡。廛，謂一夫百畝之稅。三百，言多也。冬田曰狩。獵、躐通，追獸也。貉鶴子曰貆。縣、懸同，繫也。素，猶空也。餐，吞食也。輻，車輪中直木也。直，波流直也。十萬曰億。獸三歲曰特。淪，波文也。囷，圓倉也。飧，熟食也。

113 碩鼠

碩鼠碩鼠，無食我黍。三歲貫慣女汝，莫我肯顧叶古。逝將去女，適彼樂洛土。樂土樂土，爰得我所。

碩鼠碩鼠，無食我麥。三歲貫女，莫我肯德。逝將去女，適彼樂國。樂國樂國，爰得我直叶折。

碩鼠碩鼠，無食我苗叶毛。三歲貫女，莫我肯勞。逝將去女，適彼樂郊。樂郊樂郊，誰之永號平聲。

古序曰：《碩鼠》，刺重斂也。毛公曰：國人刺其君重斂，蠶食於民，不脩其政，貪而畏人，若大鼠也。

朱子改爲：「民困於貪殘之政，託言大鼠害己而去之」，非也。詩人託民言爲刺耳，非即其民自作也。

一章。大鼠大鼠，汝貪而無厭，勿更食我黍。三歲與汝習，汝無眷顧之意。今往去汝，適彼安樂之土。彼土緩征薄税，樂哉，我其得所矣。

二章。大鼠大鼠，汝勿食我麥。三歲習汝，無德與我。今往去汝，適彼樂國。彼國樂哉，我得自遂矣。

三章。碩鼠無食我苗。三歲習汝，莫肯慰勞。今往去汝，適彼樂郊。彼郊樂哉，復爲誰而長號也。

《周禮》：三年大比民數，改定版籍，此時聽民遷徙，故云三歲去汝。重言樂土，歆羨之辭。直，遂生也。

《碩鼠》三章，章八句。

毛詩原解卷十終

毛詩原解卷十一

唐

唐，國名，本堯舊都，在《禹貢》冀州之域，大行恒山之西。周成王以封其弟叔虞，爲唐侯，因陶唐故地得名。南有晋水，其子燮因改國號晋，即今山西平陽府絳州是。稱唐，從始封也。

114 蟋蟀

蟋蟀在堂，歲聿其莫慕。今我不樂，日月其除叶宁。無已大康，職思其居叶據。好樂無荒，良士瞿瞿句。

蟋蟀在堂，歲聿其逝叶晒。今我不樂，日月其邁。無已大康，職思其外。好樂無荒，良士蹶蹶叶怪。

蟋蟀在堂，役車其休。今我不樂，日月其慆叶丢。無已大康，職思其憂。好樂無荒，良士休休。

古序曰：《蟋蟀》，刺晋僖公也。毛公曰：儉不中禮，故作是詩以閔之，欲其及時以禮自虞樂也。此晋也，而謂之唐，本其風俗，憂深思遠，儉而用禮，乃有堯之遺風焉。

按，國奢濟之以儉，國儉濟之以禮。晋自僖公之世，俗尚固陋，儉不中禮。以蟋蟀比，諷其終歲廢禮也。蟋蟀十月在堂。周以十一月爲歲首，十月歲畢，是大蜡之時。終歲禮樂，不止十月，而歲暮猶寥寥，則禮壞樂崩矣。是詩不必即作于十月。一歲之中，朝廷有食饗，宗廟有獻酬，邦國有賓興，鄉有射，里有社。食以時，用以禮，烏可以無財廢禮，當時而廢樂也。禮樂，先王所以和上下，調人情。勞身焦思，以天下爲桎梏，是墨道也。故詩人借爲樂以廣其儉，即致太康之戒。所謂禮減而能進，樂盈而能反。中和之道，忠臣弼諧之語，里巷歌曲，焉得有此？朱子改爲民間歲晚行樂，謂刺僖公無據。夫民間行樂，無關於政教，則亦不足以爲風。列國「變風」所始，其來舊矣。《孟子》云：「王者迹熄而《詩》亡。」《國風》多幽、厲以前之作。其「變風」，不始于各國中衰之諸侯，而誰始乎？今盡斥爲無據，不知又何所據也？

一章。蟋蟀在堂，時維十月，歲遂暮矣。今我不樂，日月去矣。但不可過於求安，當思其職業所居。樂不廢事，則可謂良士瞿瞿然遠慮者矣。

二章。蟋蟀在堂，歲遂往矣。今我不樂，日月邁矣。但勿太安，思及職業外，好樂不至荒廢，則可謂良士蹶蹶然勤勵者矣。

三章。蟋蟀在堂，任載之役車休息矣。今我不樂，日月慆然往矣。但勿太康，思職事可憂，不至于荒，斯爲良士獲安靖之休矣。

蟋蟀，蟲名，似蝗而小，色黑，一名促織。九月在堂，天氣寒而依人也。聿，遂也。歲莫，十月農工甫畢也。職，業也。瞿瞿，却顧貌。外，意外也。蹶蹶，動而敏事也。役車，任載之車。慆、滔通，不反也。

《蟋蟀》三章，章八句。

115 山有樞

山有樞樗，隰有榆。子有衣裳，弗曳弗婁閭。子有車馬，弗馳弗驅。宛苑其死矣，他人是愉。

山有栲叶口，隰有杻肘。子有廷内，弗洒弗埽叶叟。子有鐘鼓，弗鼓弗考叶苟。宛其死矣，他人是保叶剖。

山有漆，隰有栗。子有酒食，何不日鼓瑟？且以喜樂叶力，且以永日。宛其死矣，他人入室。

古序曰：《山有樞》，刺晋昭公也。毛公曰：不能脩道以正其國，有財不能用，有鐘鼓不能以自樂，有朝廷不能洒掃，政荒民散，將以危亡，四鄰謀取其國家而不知，國人作詩以刺之也。

朱子改爲：「答前篇之意，而解其憂」，非也。蓋是時，桓叔伐晋之謀已成，昭公齷齪自守，所謂亡國之日迫以促，詩人爲放歌以諷之。辭若舒而情實慘，氣象危迫，如朝露然。以爲解《蟋蟀》之憂，豈不迂乎？又謂此詩辭非臣子所施于君父。夫風之作，不知所起也。作者隱其端，而聞者忘其譎，故曰言之者無罪。若論臣子施于君父，何但辭不可据，即刺又豈可者？蓋人有性情，則不能無好惡；有好惡，則不能無美刺；有美刺，則其辭自不得不爾。既不陳作者之名，又不擿君父之過，若爲同儕自語，影響比設，何爲不可？故有雄狐、碩鼠、田盧之譬，而非詈；有狡童、狂且、爾汝之呼，而非侮。況云子有宛死，何嫌之有？必如朱説，欲明忠厚之義，反開世主惡謗之端，則詩人之志，幾乎窮矣。

一章。山有樞，隰有榆。有其材者，貴能用。今子有衣裳而不曳婁，有車馬而不馳驅。宛然坐見其死，他人取以爲樂矣。

二章。山有栲，隰有杻。有材而不用，有庭内而不洒掃，有鐘鼓而不鼓考。宛然坐見其死，他人保有之矣。

三章。山有漆，隰有栗。子有酒食，何不鼓瑟，以喜樂延引此日。一旦宛然死，而他人入室矣。

樞，木如榆，有刺，葉可爲茹。榆種十餘，葉皆相似，而皮理異，榆其總名。白者曰枌。曳，披拂也。婁，亦曳也。走馬曰馳，策馬曰驅。宛，坐見貌。栲，櫟屬。杻，檍也，木多曲少直，可爲弓幹；葉似杏而尖；二月花開，細蘂正白，枝葉茂好；一名萬歲，故官園多種之。考，擊也。永日，延日也。

《山有樞》三章，章八句。

116 揚之水

揚之水，白石鑿鑿作。素衣朱襮博，從子于沃叶噩。既見君子，云何不樂洛。

揚之水，白石皓皓。素衣朱繡叶肖，從子于鵠叶號。既見君子，云何其憂叶要。

揚之水，白石粼粼。我聞有命，不敢以告人。

古序曰：《揚之水》，刺晉昭公也。毛公曰：昭公分國以封沃，沃盛彊，昭公微弱，國人將叛而歸沃焉。

按，晉昭侯分曲沃之地，以封其叔父成師，是爲桓叔。桓叔彊，而潘父弒昭公，謀納之，不克。晉、沃交攻。再傳沃莊伯。至武公，遂併晉。事見《春秋傳》。此託爲國人從沃之辭，刺昭公之失民也。朱子改爲叛者自作。豈有民叛其主，既云不敢告人，又作詩以自明者乎？有國家者，使其民從敵以爲樂，且爲之隱，國欲不亡，得乎？自古亡國，民心貳，而後敵人乘之。段之叛鄭也，國人先美之。突之逐忽也，國人先去之。沃之叛晉也，國人先從之。詩皆以爲刺，而聖人皆存之，所以爲萬世長民者戒遠矣。

一章。悠揚之水，其流清淺。中有白石，鑿鑿鮮明。水弱而石壯也。晉弱沃强，何以異此。今將以素絲爲衣，以朱爲領。從爾往沃，以見君子，云何不樂乎？

二章。揚之水，白石皓皓，水微而石顯也。今將以素衣朱繡，從子往鵠，以見君子，吾何所憂乎？

三章。揚之水，白石粼粼，水落而石見也。聞君子將有大舉之命，幾事不密則害，吾何敢告人乎？

鑿鑿，猶言齒齒，石立貌。素衣，猶言純衣，即絲衣也。諸侯禮服用絲。或云中衣白色。按，《郊特牲》云：「繡黼丹朱中衣，大夫之僭禮。」然則諸侯中衣，色朱也。襮，衣領也。從子，民間自相謂也。君子，指桓叔。鵠，地名。

《揚之水》三章，二章章六句，一章四句。

117 椒聊

椒聊之實，蕃衍盈升。彼其記之子，碩大無朋叶烹。椒聊且疽，遠條且。

椒聊之實，蕃衍盈匊叶谷。彼其之子，碩大且篤。椒聊且，遠條且。

古序曰：《椒聊》，刺晋昭公也。毛公曰：君子見沃之盛彊，能脩其政，知其蕃衍盛大，子孫將有晋國焉。

一章。椒之爲物，小而芳烈，聊且植之耳。今其實蕃衍，采之滿升。彼其之子，奄有邦國，雖碩大而孤立無朋。椒雖聊小乎，其枝條日長遠矣。

二章。椒聊之實，蕃衍滿兩手之匊。彼其之子，空碩大而遲鈍。不若椒雖聊小乎，其條日長遠矣。

彼其之子，指昭公。凡《詩》言「彼其之子」，皆輕之之辭。無朋，寡助也。篤，馬不進貌，《淮南子》云：「夏蟲不可與語冰，篤于時也。」〔一〕《易》有大過，即大且篤之象。

〔一〕《淮南子・原道训》：「井魚不可與語大，居於隘也；夏蟲不可與語寒，篤於時也；曲士不可與語至道，拘於俗、束於教也。」《莊子外篇・秋水》篇：「井鼃不可以語于海者，拘於虚也；夏蟲不可以語于冰者，篤於時也；趨勢不可以語於道者，束於教也。」

《椒聊》二章，章六句。

118 綢繆

綢紬繆苗束薪，三星在天叶汀。今夕何夕？見此良人。子兮子兮，如此良人何。

綢繆束芻叶祖，三星在隅叶偶。今夕何夕？見此邂械逅叶吼。子兮子兮，如此邂逅何。

綢繆束楚，三星在户上聲。今夕何夕？見此粲慘，去聲者。子兮子兮，如此粲者何。

古序曰：《綢繆》，刺晋亂也。毛公曰：國亂，則婚姻不得其時焉。

朱子改爲：「男女失時，而後得遂其婚姻，詩人述其相喜之辭」，非也。本爲不得婚，而無可奈何之辭。蓋晋、沃搆亂，民室家流離。詩人託言男女相見無聊之情。薪言新也，男女之初也，夫婦牉合也。斧析木，束以成薪；媒聯異，合以爲耦。匪斧不克，匪媒不得也。親迎以昏。三星，心星，即大火也，上一下二，其形如心，東方蒼龍之宿。又三，參也，參七星，中三、上下各二，西方白虎之宿。參以孟冬之昏，始見于東方，是曰在天；季冬之昏，見于東南，是曰在隅；正月，昏見于南方，是曰在户。古者，自九月霜降，至二月冰泮，皆昏姻之期，故舉參爲候。至三月心星出矣，昏見于東；五月昏見于東南隅，六月見于南方當户；七月以後西流；九月之昏，西伏戌位，而參始東出。心東出，則參西退。心出參退，而昏禮終；參出心退，而昏禮始，故以爲比。芻，言阻也；楚，言愁也，皆失意之比。

一章。木析爲薪，必纏縛而後成束。女之于男，必媒約而後成耦。今仰見三星，正昏禮之夕。顧此何夕，乃亂離之夕，而安得見此良人乎？女兮女兮，無媒無禮，如此良人何哉。

二章。芻綢繆而成束，男女媒合而成配。今雖三星在隅，顧此夕何夕，安得成邂逅之好乎？男女兮，男女兮，如此邂逅何？亦徒相遇而已。

三章。楚綢繆以成束，男無媒，何以得妻？雖三星在户，顧今夕何夕，安得此美人乎？男兮男兮，如此美人何，欲親就無由矣。

綢繆，猶纏綿也。親迎以昏，故曰夕。良人，指男子。邂逅，暫相遇也，猶言解覯，不固之意。粲者，猶言美人，《國語》「女三爲粲」。

《綢繆》三章，章六句。

119 杕杜

有杕弟**之杜，其葉湑湑**須，上聲。**獨行踽踽**矩，**豈無他人？不如我同父**叶甫。**嗟行之人，**

胡不比避焉？人無兄弟，胡不佽次焉？

有杕之杜，其葉菁菁。獨行睘睘瓊，豈無他人？不如我同姓。嗟行之人，胡不比焉？人無兄弟，胡不佽焉？

古序曰：《杕杜》，刺時也。毛公曰：君不能親其宗族，骨肉離散，獨居而無兄弟，將爲沃所并耳〔一〕。

朱子改爲：「人無兄弟者，求助于人之辭」，非也。晉自昭公被弑，與沃五世相攻，宗族離叛，公室孤立，故詩人以杕杜比。杜，棣類，好生道旁，以比疎屬。棣之言悌也，其華合聚，以比同宗。實甘者爲棠，比兄弟相親。酢者爲杜，杜，塞也，比兄弟不相能。杕杜孤立，比晉；椒聊蕃衍，比沃。一盛一衰，比晉將折而入于沃也。如《王風・葛藟》《鄭風・揚之水》，皆親族畔之，所以不振，安得目爲泛泛行道之語乎？

一章。杕然特生之杜，其葉潤澤，猶足自芘。今兄弟叛離，獨行踽踽，曾杕杜不如矣。豈無他人，不如我同父，情相親也。若他人可恃，嗟彼行道，皆人耳，何不見輔乎？人無兄弟，何不見助乎？情不相關，是以不能也。

〔一〕耳，原爲「爾」，據《毛詩正義》改。

二章。杕然之杜，尚菁菁其葉，猶足芘本。今獨行睘睘無兄弟，雖有他人，豈如我同姓。若他人可依，行路之人，何不相比？人無兄弟，何不相佽乎？

杕，特生也。比，輔也。佽，助也。睘睘，獨行驚顧貌。

《杕杜》二章，章九句。

120 羔裘

羔裘豹祛區，**自我人居居。豈無他人？維子之故**平聲。

羔裘豹褎袖，**自我人究究。豈無他人？維子之好**叶厚。

古序曰：《羔裘》，刺時也。毛公曰：晋人刺其在位，不恤其民也。

一章。羔裘以豹皮飾祛，彼服此者，是我民所由以安居者也。以我懷居之切，豈無他人可依？惟念子故舊，不忍遽去耳。

二章。彼羔裘豹褎者，是我民情所待以究察也。我有隱微之情，豈無他人可赴愬？惟念子舊好，不忍遂忘耳。

羔裘，大夫之服。祛，袖口也。自，由也。居居，猶言處處，即安之意。究究，體悉意。

《羔裘》二章，章四句。

121 鴇羽

肅肅鴇保羽，集于苞包栩許。王事靡盬古，不能蓺稷黍，父母何怙虎？悠悠蒼天，曷其有所。

肅肅鴇翼，集于苞棘。王事靡盬，不能蓺黍稷，父母何食？悠悠蒼天，曷其有極。

肅肅鴇行杭，集于苞桑。王事靡盬，不能蓺稻粱，父母何嘗？悠悠蒼天，曷其有常。

古序曰：《鴇羽》，刺時也。毛公曰：昭公之後，大亂五世，君子下從征役，不得養其父母，而作是詩也。

按，晉自潘父弑昭侯，納桓叔不克。晉立孝侯，曲沃莊伯弑之；晉立鄂侯，莊伯伐而逐之；平王命虢侯伐曲沃，立哀侯，曲沃獲之；晉立小子侯，曲沃誘殺之；王又命虢仲立哀侯之弟緡，此所謂大亂五世，而詩稱「王事靡盬」者也。鴇似鴈而大，無後指，《爾雅》云「鳧鴈之醜，其足蹼」，以比君子不任奔走也。叢生曰苞，集于苞，其栖卑矣。勞則思集，大鳥集于叢木，比失所也。栩言虎也，棘言急也，桑言喪也，皆以比時政。

一章。鴇之飛也，其羽肅肅。性不樹止，而今下集于叢生之栩，失其所矣。君子以王事不可不堅固，久役在外，不得種蓺黍稷以養父母，父母何所怙乎？悠悠蒼天，何時使我得所也。

二章。肅肅鴇羽，集于叢生之棘，失其性矣。君子以王事久役，不得蓺黍稷以養父母。悠悠蒼天，曷其有止極乎？

三章。肅肅鴇行，集于叢生之桑。君子以王事勤勞，不得蓺稻粱以養父母。悠悠蒼天，何時得復其常乎？

栩，櫟力也。盬，與蠱通，凡器物壞曰蠱，不堅固之意。稻，穀之宜濕者，糯秔也。秔，一作粳。黏連曰糯，不黏曰秔。米之精者曰粱，良也。穀之大者亦曰粱，今高粱之類。嘗，食也。

《鴇羽》三章，章七句。

122 無衣

豈曰無衣七兮，不如子之衣，安且吉兮。

豈曰無衣六兮，不如子之衣，安且燠郁兮。

古序曰：《無衣》，美晉武公也。毛公曰：武公始併晉國，其大夫爲之請命乎天子之使，而作是詩也。

晋武公者，曲沃桓叔之孫，莊伯之子。伐晋侯緡，滅之。使其大夫賂周釐王，王使虢叔錫武公服爲諸侯。其大夫因王使來，作是詩美其君。稱子者，指王使也。朱子改爲武公自述，謂《序》言美爲奬亂。夫《序》言美者，非采風者美之，非删《詩》者美之，武公之臣自美武公，猶《秦風》之《車鄰》《駟驖〔一〕》云爾。聖人删《詩》，豈可者存之，不可者去之乎？亂臣賊子，事所當戒，則存之以告來許。若謂此詩奬亂，不可爲教，則自《二南》以下諸「變風」，及《春秋》十二公所書亂跡，亦多矣。其皆可以爲教者，與存《無衣》，乃所以爲教矣。

一章。侯伯七命，我豈不能製此七命之衣，但不如子所齎來之衣。借重王命，安穩且吉祥耳。

二章。天子之卿視侯，其服六命。我豈無六命之衣，但不如子所錫之衣，久著而温燠耳。

《周禮》典命職云：「上公九命，侯伯七命，子男五命。天子之三公八命，卿六命，大

〔一〕駟驖，原爲四驖。

夫四命。其出封，皆加一等。」公衮冕，侯伯鷩冕，子男毳冕，大夫希冕，士玄冕。其衣裳九章之説，鄭氏穿鑿附會，未足據耳。詳見《春官》司服之職。此言七、六者，命數也，非七章、六章之謂。

《無衣》二章，章三句。

123 有杕之杜

有杕之杜，生于道左。彼君子兮，噬逝肯適我？中心好之，曷飲食叶紹之？

有杕之杜，生于道周。彼君子兮，噬肯來遊？中心好之，曷飲食之？

古序曰：《有杕之杜》，刺晋武也。毛公曰：武公寡特，兼其宗族，而不求賢以自輔焉。

朱子改爲：「人好賢而恐不足以致之」，非也。武公兼併晋國，内與宗室爲讐，賢人君子去之，故詩人託孤杜爲刺。尊賢親親，禮之經也。仁者，人也，親親爲大；義者，宜也，尊賢爲大。未有不仁而能義，不親其親而能尊賢者也。

一章。杕然特生之杜，孤立路傍。翦滅宗族得國，何以異此？彼賢人君子，安肯共事而適我乎？徒使我中心愛之，無自而飲食之也。

二章。有杕之杜，生于道曲，孤立無與。彼君子兮，其肯從我遊乎？中心好之，無由得飲食之也。

噬，發語辭。周，曲也。

《有杕之杜》二章，章六句。

124 葛生

葛生蒙楚，蘞(廉)蔓于野(叶汝)。予美亡此，誰與獨處？

葛生蒙棘，蘞蔓于域。予美亡此，誰與獨息？

角枕粲(參，去聲)兮，錦衾爛(濫)兮。予美亡此，誰與獨旦？

夏之日，冬之夜(叶遇)。百歲之後，歸于其居(叶句)。

冬之夜，夏之日。百歲之後，歸于其室。

古序曰：《葛生》，刺晋獻公也。毛公曰：好攻戰，則國人多喪矣。

朱子改爲：「婦人以夫久從征役作」，非也。按，晋獻公好戰，如伐虞、伐虢、伐驪戎，國人多死于戰。詩託死者妻悼亡，以刺之，故其辭哀而傷。葛生蘞蔓，指死所也。尸膏草野，失其骸骨，故曰亡此。域，塋域。居室，墓壙也。陣亡不得殯葬，百歲之後，魂歸于居、于室，皆哭死飲恨之辭。角枕錦衾，斂襲之具，《周禮》天官大府之職「大喪供角枕」，《儀禮》「斂用衾」。若謂夫婦宴寢之具，則委巷之語矣。

一章。葛生蒙于楚，蘞生蔓于野，荒莽之地也。予美從軍，身死于此。幽魂寂寞，誰與獨處乎？

二章。葛生蒙于棘，蘞生蔓于墓。予美死于此，誰與之獨息乎？

三章。死者夷尸，以角枕。雖有角枕，空復粲然。斂尸以衾，雖有錦衾，空復爛然。予美身死草野，無枕無衾。悠悠長夜，誰與獨旦乎？

四章。日莫永于夏，夜莫永于冬，年莫永于死後。予美無生還之期矣，惟百年之後，相期同歸于九泉之居而已。

五章。冬之夜，夏之日。悠悠我思，百歲之後，歸于穴室而已。

蘞，草名，似括樓，蔓生，葉盛而細，子黑。予美，指夫也。亡此，死此地也。

《葛生》五章，章四句。

125 采苓

采苓采苓，首陽之巔叶丁。人之爲言，苟亦無信叶心。舍旃舍旃，苟亦無然。人之爲言，胡得焉。

采苦采苦，首陽之下叶虎。人之爲言，苟亦無與。舍旃舍旃，苟亦無然。人之爲言，胡得焉。

采葑采葑，首陽之東。人之爲言，苟亦無從。舍旃舍旃，苟亦無然。人之爲言，胡得焉。

古序曰：《采苓》，刺晉獻公也。毛公曰：獻公好聽讒焉。朱子改爲聽讒之詩，謂未見其果作于獻公時。非也。事之可據，孰有如晉獻公聽讒者乎？如是猶謂不信，則詩必有年月日時、作者姓名，乃可。各章首二語，比讒言侜張。苓，木耳也，以比聽。苦辨其味，葑拔其根。

一章。采苓者曰：我采此于首陽山之巔。夫何地無苓，焉知此苓，必于首陽巔乎？人言無稽，且無輕信，則將舍乎？亦無輕舍也，必加察焉。不信則無間可入，不舍則其情立見。人欲爲讒，不可得矣。

二章。采苦者，自言采于首陽山下，未可信也。人之爲言且無輕與，然則舍之亦無遽舍也。不信而又加察，人欲爲讒，不可得矣。

三章。采葑者，自言采于首陽山東。人之爲言，且無輕從，亦無遂舍。如此而人欲爲讒，其可得乎。

首陽，即雷首山，在山西蒲州東南三十里，即夷齊隱處。苟，且也。旃，之也。苦，菜名，《月令》「苦菜秀」，似萵苣，而葉細，斷之有白汁，花黄似菊；一名荼，《禮記・内則》「濡豚包苦」是也。葑，蔓菁也，或云菰根也。

《采苓》三章，章八句。

毛詩原解卷十一終

毛詩原解卷十二

秦

秦，國名，在《禹貢》雍州之域。伯益之後，佐禹治水有功，賜姓嬴氏。其後有非子者，周孝王時養馬于汧牽、渭之間，賜封邑于秦。其曾孫秦仲，爲宣王大夫，討西戎不克，死。平王東遷，仲孫襄公以兵送王，王以西周地盡委之，秦始大。即今陝西西安府興平縣等處是也。君子曰：觀于次《詩》，而知聖人之先見，晉亡而秦興矣。或曰：唐堯風亡，夷狄乘之。夫秦地即岐、豐之地，秦民即岐、豐之民，何爲夷之？秦既夷矣，陳、檜、曹諸夏，反後夷狄乎？

126 車鄰

有車鄰鄰，有馬白顛叶定。未見君子，寺人之令。

阪反有漆，隰有栗。既見君子，並坐鼓瑟。今者不樂，逝者其耋垤。

阪有桑，隰有楊。既見君子，並坐鼓簧。今者不樂，逝者其亡。

古序曰：《車鄰》，美秦仲也。毛公曰：秦仲始大，有車馬、禮樂、侍御之好焉。

按，秦自非子，始封爲附庸。非子曾孫秦仲，入爲周宣王大夫。《禮》：天子之大夫視伯。于是始有車馬、寺人，與諸侯同，故秦人創見誇美。朱子謂未見其必爲秦仲之詩，非也。

一章。君子有車，鄰鄰然相接之多，有馬白額者皆備。又有寺人爲役。未見君子，寺人先爲傳令，非舊日之等威矣。

二章。山有漆，可爲器用。隰有栗，可供籩實。今君有禮樂矣。既見，則相與並坐鼓瑟。百年氣象，始見今日。失今不樂，往而爲耋矣。

三章。阪有桑，可爲弓。隰有楊，可爲盾。今君有武備矣。既見，則相與並坐鼓簧。今者不樂，往者不待而亡去矣。

鄰鄰，轃集也，或云猶轔轔，車聲也。白顛，馬額有白毛。寺人，閹宦也。八十曰耋。楊木輕，宜爲盾，《春秋傳》「宋樂祁犁獻楊盾六十于趙鞅」是也。

《車鄰》三章，一章四句，二章章六句。

127 駟驖

駟驖鐵孔阜否，六轡在手。公之媚子，從公于狩。

奉時辰牡，辰牡孔碩。公曰左之，舍拔則獲叶合。**遊于北園，四馬既閑**叶賢。**輶**由**車鸞鑣，載獫**念**歇驕。**

古序曰：《駟驖》，美襄公也。毛公曰：始命有田狩之事，園囿之樂焉。朱子謂此亦前篇之意，非也。按《史》，秦仲生莊公，莊公生襄公。犬戎殺幽王，襄公將兵救之，戰甚有功。周亡東徙，襄公以兵送之。平王遂命爲諸侯，盡以西京地予焉。前篇秦仲猶附庸，故但誇其車馬、禮樂、侍御；此則已爲大國，故美其園囿、田獵。《序》説各有攸當也。

一章。田獵必先車馬。我公于田，四馬皆黑色，而甚肥大。御馬者六轡在手，控磬惟意。公往狩，則左右親幸之人，無不從行，其儀從何盛備也。

二章。虞人司獸，因四時所宜，奉其牡獸，甚肥碩以待射。公將射，而命御者曰：「逐禽左。」矢方離弦，而獸已見獲。其射御何精好也。

三章。田事既畢，乃休卒徒，遊于北園。四馬閒暇，驅逆之輕車，但聞鸞鑣之聲。載其田犬，休歇其驕騰之力。其終事有節制也。

驖，黑色，秦以水德勝火也。四馬八轡，驂馬兩轡在觼，故手惟六轡耳。時，是也。辰，時也。辰牡，如冬獻狼，夏獻麋，春秋獻鹿豕羣獸之類。左之，凡車逐禽從左，射左膘摽達右髃愚，爲上殺。舍，放矢也。拔，矢括也。輶，輕也。鈴在銜曰鸞，在軾曰和。鑣，馬銜鐵。獫，田犬，《爾雅》「長喙曰獫，短喙曰歇獢。」按，田犬多長喙。歇驕，謂休歇其驕騰之力。《爾雅》多附會，難盡據也。

《駟驖》三章，章四句。〇誦《秦風》，多威猛壯厲之氣，所以虎視諸侯，吞併六國，而亦竟以暴亡。聲音之道，可以知德。聖人先覺，非淺識可到耳。

128 小戎

小戎俴慘收，五楘木梁輈。游環脅驅叶丘，陰靷鋈續。文茵暢轂，駕我騏馵叶竹。言念君子，温其如玉。在其板屋，亂我心曲。

四牡孔阜否，六轡在手。騏駵是中叶真，騧瓜驪是驂叶生。龍盾純，上聲之合叶忽，鋈以觼決軜叶六。言念君子，温其在邑叶惡。方何爲期？胡然我念之。

俴駟孔羣，厹求矛鋈錞隊，叶淳。蒙伐有苑叶氳，虎韔暢鏤漏膺。交韔二弓叶裩，竹閉緄衮縢。言念君子，載寢載興。厭焉厭良人，秩秩德音。

古序曰：《小戎》，美襄公也。毛公曰：備其兵車，以討西戎。西戎方彊，而征伐不休，國人則矜其車甲，婦人能閔其君子焉。

朱子曰:「西戎者,秦之臣子所與不共戴天之讐也。襄公上承天子之命,率其國人往而征之,故其從役者之家人,先誇其車甲之盛如此,而後及私情。蓋以義興師,婦人亦知勇於赴敵而無怨。」按,此論甚正,然非夫子録《小戎》本意,其録《小戎》非嘉之也。秦人好戰,雖婦人女子,見車馬旌旗而喜,習尚固然。時商鞅、白起輩未生,《小戎》已爲之兆矣。聖人前知如神,《序》説所以爲確也。若夫犬戎殺幽王與秦仲,雖義不共天,而秦人好戰,非待於此。詩本託與婦人,《朱傳》遂以爲婦人自作,皆非也。

一章。兵車利馳驅,故其制小。車箱中空後無所收載,貴輕便也。車轅曰輈,上曲如梁,分爲五處,用皮鞔䊶綮之。駕車四馬,兩服常居中,惟兩驂在外。以皮爲環,當兩服背,游移不定,引兩驂外轡,貫于環執之,使驂馬不外逸也。又以皮二條,前繫于衡,後繫于軫,攔兩服馬脅外,以驅驂馬,使勿内入,礙兩服也。車下以板側搘曰陰,以皮二條,前繫驂頸。後繫陰板曰靷,使驂引之行也。陰板之上,繫靷有鐶曰續,鋈之以金。車上憑處,有文彩之茵。車輪當心有轂,以外持輻,内受軸。而小戎之轂,長于大車,欲其穩也。駕車之馬,青黑曰騏,左足白曰馵。以此往伐西戎,征夫室家曰:「言念君子,温潤如玉。今方在西戎板屋之中,思之亂我心曲也。」

二章。四馬甚肥,六轡在手。騏駵二馬,居中爲服。騧驪二馬,在外爲驂。盾以扞衛，畫龍于上，合兩以備壞也。驂馬内轡曰軜，置鐶于軾前曰觼。以金鋈觼，係軜于上。大軍徂征，征士室家曰：「言念君子，温然在西戎之邑，何時方是歸期？胡爲使我念之也。」

三章。四馬俴空，不被鞍甲，甚羣而調和。車上建厹矛，柄下有錞，鋈之以金。盾畫以蒙，有苑其文。馬胸有帶，刻金飾之。韔中之弓，交二于中。其未張者，閉之以竹，約之以緄。大軍既行，征夫家人曰：「言念君子，卧起爲之不安。厭厭然安静之良人，室家相與。德音秩秩然，不改其常也。」

小戎，諸將士之戎車，非元戎也。元戎先列，小戎繼之。俴，猶空也。收，車箱，所以收載也。戎車不載他物，故曰俴。《管子》曰「甲不堅密，與俴者同實」，又曰「將徒人，與俴者同實」，言甲不堅，與赤身無甲者同；徒卒無器械，與空手同也。《周禮》「庶人乘棧車」，車無飾曰棧，義與俴通。俗謂無鞍者曰俴馬，三章俴駟是也。棨，蒙也，冒也，以革裹輈木也。輈，即輈也。一木當車底中，從後直至前軫曲而上，以便服馬進退。至末又曲向下，横一木爲衡以駕馬，制如舟底，故名輈。恐其不堅，分爲五節，以皮束之也。游環，以皮爲環，引兩驂外轡，貫其中執之。環在轡上，游移不定也。脅，馬腹旁也。驅，驅驂馬不内逼也。鋈，流金也。茵，褥也，以虎皮覆軾也。暢，長也。板屋，以板爲屋，西戎之俗也。赤馬黑鬣曰騮，黄馬黑喙曰騧。厹矛，蛇形矛也。錞，矛柄下鐵，鋭者曰鐏，平者曰錞。蒙、厖通，雜文也。伐、瞂同，盾也，一名干，一名櫓。膺，馬當胸也。鏤，刻金爲飾也。韔，弓囊也。竹閉，以竹爲弓檠景也。緄，繩也。縢，縛也。厭厭，厚意。秩秩，有常也。德音，善言也，室家相與之德音，《邶風·日月》云「德音無良」，《谷風》云「德音莫違」，與此同。

《小戎》三章，章十句。

129 蒹葭

蒹葭加蒼蒼，白露爲霜。所謂伊人，在水一方。遡素洄回從之，道阻且長。遡游從之，宛苑在水中央。

蒹葭淒淒，白露未晞。所謂伊人，在水之湄。遡洄從之，道阻且躋賫。遡游從之，宛在水中坻遲。

蒹葭采采叶取，白露未已。所謂伊人，在水之涘史。遡洄從之，道阻且右叶以。遡游從之，宛在水中沚。

古序曰：《蒹葭》，刺襄公也。毛公曰：未能用周禮，將無以固其國焉。

朱子謂此詩未詳所謂，以《序》説爲鑿，非也。周道親親尚賢，平易忠厚，黜詐力而卑武功。自文、武至宣、幽，國于岐、豐，民習先王禮教，數百年矣。平王東遷，秦襄公據有其地，始以攻戰爲事，刑殺爲威。其民愁居懾處，思昔太和景象，不復可見。東望河洛，有游從宛在之思；西視秦邦，有艱難牽率之苦。文、武、成、康之澤，維係民心；而秦人慘礉之法，束縛其手足，自立國之初已然矣，毛公所以謂之「將無以固其國」。蓋周之興也，詩歌茁葭，是春和之明景也，周禮行而忠厚篤祜，開卜世有道之長；秦之興也，詩歌《蒹葭》，是肅殺之蕭晨也，周禮廢而强梁腊毒，兆二世撲滅之禍。聖人删定，法戒昭然。後儒不達，詆爲鑿空，豈不誤乎！

一章。蒹葭之生，本茁長也，今色改爲蒼。秋氣慘烈，白露凝戾爲霜。化國之日，一變而爲肅殺之晨矣。我所思伊人，其在河洛之間，水之一方乎？將遡洄逆流往從，道阻且長。若遡游順流而下，宛在水中央，可得而即也。

二章。蒹葭凄然荒涼，露凝而白，方未晞也。我思伊人，其在水之湄乎？遡洄以從，道阻于上升也。遡游而從，宛然在水中之高坻焉。

三章。蒹葭采采以爲薪，白露凝而未已。所思伊人，在水之涘。遡洄從之，道阻出其右，不相值也。遡游從之，宛在水中沚，可得而就也。

蒹，荻也。葭，蘆也。荻小而蘆大。伊，猶彼也。坻，水中高地。湄，水草之交。沚，小渚也。宛在中央，言其近也。自秦望洛，順流而東，故曰游從宛在。

《蒹葭》三章，章八句。

130 終南

終南何有？有條有梅。君子至止，錦衣狐裘叶其。**顔如渥丹，其君也哉**叶賫。

終南何有？有紀杞**有堂**常。**君子至止，黻**弗**衣繡裳。佩玉將將**鏘，**壽考不忘。**

古序曰：《終南》，戒襄公也。毛公曰：能取周地，始爲諸侯，受顯服，大夫美之，故作是詩以戒勸之。

朱子改爲：「秦人美其君之辭，亦《車鄰》《駟驖》之意」，非也。按，此詩美而寓戒，稱其顔色，而諷以其君，頌其佩服而教以不忘，非徒誇美之而已。終南，鎬京面山。條，言條理也。梅，言謀也。紀，作杞。堂，作常，棣也。杞言紀，常言綱。治理謀謨，陳紀立綱，皆脩政之比，所以爲戒勸也。

一章。終南之山，秦之巨鎮。上有條焉，有梅焉。草木隆茂，秀氣所鍾，君子以王命作都其下。服諸侯之服，外裼錦衣，内著狐裘。顔色充盛，如厚漬之丹。其君也與哉，慎勿忝此名邦也。

二章。終南何有？有杞焉，有常焉。君子至此，開國承家，脩明紀常。其衣裳青黑之黻，五色之繡，佩玉之聲將然。服此服，居此地，壽考長存，勿忘王命也。

終南，山名。其君也哉，規諷之疑辭。條，槄叨也，一名榎，一名楸，即今梓也。杞，如樗，一名狗骨。堂，常棣也。

《終南》二章，章六句。

131 黄鳥

交交黄鳥，止于棘。誰從穆公？子車奄息。維此奄息，百夫之特。臨其穴叶洫，惴惴其慄。彼蒼者天叶汀，殲尖我良人。如可贖兮，人百其身。

交交黄鳥，止于桑。誰從穆公？子車仲行杭。維此仲行，百夫之防。臨其穴，惴惴其慄。彼蒼者天，殲我良人。如可贖兮，人百其身。

交交黄鳥，止于楚。誰從穆公？子車鍼虔虎。維此鍼虎，百夫之禦語。臨其穴，惴惴其慄。彼蒼者天，殲我良人。如可贖兮，人百其身。

古序曰：《黄鳥》，哀三良也。毛公曰：國人刺穆公以人從死，而作是詩也。

秦染西戎惡俗，輕生好殺，君葬以人殉。武公之葬，從者六十六人；至穆公，用百七十七人，子車氏之三良亦與焉。然詩人不刺康公而刺穆公，何也？三良之殉，穆公之志也。嗣君因先世遺風，重以厥考之命，自非賢哲，焉能獨已。使穆公有治命，能革其故，自可無此舉。生平悔過作誓，思以賢遺子孫，身死而自殲其善類，詩人所以惡之。厥後始皇崩，令後宫皆從死，工匠皆生閉壙中。遺謀不善，子孫好暴，遂以族滅。聖人删《詩》存《黄鳥》，脩《春秋》不卒穆公，誠惡之也。黄鳥知時，以比賢哲。棘，急也。桑，喪也。楚，愁也。不當止而止，亦以諷三子也。使三子知幾，可無及於難。臨穴而懼，雖百贖不可得已。

一章。交交然飛而往來之黄鳥，良禽也，爾何止于棘乎？誰從穆公之死？子車氏名奄息者與焉，此百夫之特出也。思其臨壙，使我惴然戰慄。彼蒼者天，盡殺我善人。若其可贖，吾民願以百身贖之矣。

二章。交交黄鳥，爾何止于桑乎？誰從穆公之死？子車氏之仲行與焉，此百夫之隄防。想其臨穴，使我惴慄。天絶我良人，如其可贖，不惜百身矣。

三章。交交黄鳥，爾何止于楚乎？誰從穆公之死？子車氏之鍼虎與焉，此百夫之敵也。想其臨穴，使我戰慄。天絶我良人，若其可贖，願百其身矣。

殲，盡也。禦，當也。

《黄鳥》三章，章十二句。

132 晨風

鴥聿彼晨風叶分，鬱彼北林。未見君子，憂心欽欽。如何如何，忘我實多。

山有苞櫟歷，叶勺，隰有六駮剥。未見君子，憂心靡樂。如何如何，忘我實多。

山有苞棣弟，隰有樹檖。未見君子，憂心如醉。如何如何，忘我實多。

古序曰：《晨風》，刺康公也。毛公曰：忘穆公之業，始棄其賢臣焉。

朱子改爲：「婦人念其君子之辭」，非也。凡《詩》思念稱君子者，如皆以爲婦人，則男子盡無思，而君子獨婦得稱其夫乎？亦固矣。晨、鷐同，鸇也，搏擊羣鳥，其疾如風。秦俗好戰，士以猛摯爲賢，故以爲比。臣擇君，如鳥擇木。木向陽者茂，而北林蕭索。鷹鸇在野則鷙，而遇林則阻。櫟與棣，皆大木，而苞叢生。樹大者，其皮斑駮。櫟在山者苞，在隰者六駮，則大木羅列矣；棣在山者苞，在隰者樹檖，則喬林矣，皆賢人失所之比。

一章。鴥然急疾之晨風，歸彼鬱然之北林。吾人際會先公，望秦國來歸。而今不得朝陽，亦猶此。君子嗣服，使我不見，憂心爲之欽欽不寧。是果如何哉？如何哉？多應忘我矣。

二章。山有苞櫟，不得遂其高。隰有六駮，大木陳列在下。士之失所，亦猶此。未見君子，憂心爲之不樂。如何哉？如何哉？忘我必多矣。

三章。山有叢生之棣，隰則成樹而上檖。今秦之士，亦猶此矣。未見君子，憂心昏然如醉。如何如何？忘我必多矣。

鴥，疾飛貌。晨風，鸇也。櫟，橡也。馬雜毛曰駮。櫟樹大者，皮有蘚文似之，故《射禮》謂馬爲皮樹。或曰：駮，赤李也，馬赤白曰駮。檖，木上遂也，與禾穟通。

《晨風》三章，章六句。

133 無衣

豈曰無衣，與子同袍叶抔。**王于興師，脩我戈矛**謀，**與子同仇**求。

豈曰無衣，與子同澤叶錯。**王于興師，脩我矛戟**叶脚，**與子偕作**。

豈曰無衣，與子同裳。王于興師，脩我甲兵叶邦，**與子偕行**。

古序曰：《無衣》，刺用兵也。毛公曰：秦人刺其君好攻戰，亟用兵，而不與民同欲焉。

朱子改爲：「秦俗樂于戰鬬，其人平居相謂之辭」，非也。其君平居不能惠民，假王命復讐，以日從事于干戈，語曰「食人之食，則事人之事；樂人之樂，則憂人之憂。」君不與民同欲，而責其死力，難矣，所以刺之。

一章。維吾與子，同在行伍之中。豈曰子無衣，君能解衣衣子而同袍乎？平居未嘗衣汝也。但王命興師，則令我脩戈矛，與子同仇伍耳。

二章。豈曰無衣，與子同裏衣之澤乎？但王命興師，則使我脩矛戟，與子偕作耳。

三章。豈曰無衣，與子同裳乎？但王命興師，則使我脩甲兵，與子偕行耳。

戈，柄短；戟，柄長。戟，三刃，上出；戈，二刃，旁一鉤。矛，即今之鎗。仇，匹也。

《無衣》三章，章五句。

134 渭陽

我送舅氏，曰至渭陽。何以贈之？路車乘去聲黄。

我送舅氏，悠悠我思。何以贈之？瓊瑰歸玉珮叶杯。

古序曰：《渭陽》，康公念母也。毛公曰：康公之母，晉獻公之女。文公遭麗姬之難，未反而秦姬卒。穆公納文公，康公時爲太子，贈送文公于渭之陽。念母之不見也，我見舅氏，如母存焉。及其即位，思而作是詩也。

朱子謂：「秦康公爲太子，送舅渭陽而作，非即位以後之詩」，非也。《詩三百》編次，與《尚書》二十八篇，世代先後井然，此詩居《黄鳥》《晨風》後，其爲康公即位以後詩甚明。故古序不曰太子送舅，而曰康公念母，其旨自遠。蓋子有母而後有舅，念舅即所以念母。其送舅也，本因念母之情。故其念母也，追憶送舅之事。若送舅，則太子時作；若念母，則不應以念母詩爲送舅詩。定知不作于渭陽送别，而作于重耳既卒之後。康公即位，重耳卒七年矣。追思昔日見舅如母，今母不見而舅亦亡。不忍直言思母，而但追憶送舅，生死别離之感，惻然言外，《渭陽》所以千古含悲也。苟無《序》説，尋常餞别語耳。《序》所以爲《詩》根柢，不可易也。

一章。人生親以及親莫如舅。昔者舅氏過秦，我送至渭水之北。行必以贐，何以贈之？路車四黄，所以資其行也。

二章。昔我送舅，猶幸有舅在。見舅如見生我，我思何長也？行必有贐，何以贈之？有瓊瑰之玉佩，以象其德也。

水北曰陽，秦都雍在渭南，東送至咸陽之地也。人君之車曰路車。路，大也。古者萬夫有川，川上有路，路容三軌，軌廣六尺，故大曰路。乘黄，四馬色皆黄。瓊，美玉也。

瑰，石似玉也。

《渭陽》二章，章四句

135 權輿

於我乎，夏屋渠渠，今也每食無餘。于吁嗟乎，不承權輿。

於我乎，每食四簋叶舉**，今也每食不飽**叶補**。于嗟乎，不承權輿**叶宇**。**

古序曰：《權輿》，刺康公也。毛公曰：忘先君之舊臣，與賢者有始而無終也。

一章。始君於我，處以大屋，渠渠然深廣。今也禮衰供薄，每食無剩餘。吁嗟乎，不承繼其始矣。

二章。始於我乎，每食四簋，至豐盛也，今者食不充飢。吁嗟乎，不承繼其始矣。

夏屋，離宫、别館之類。或曰：高俎，所謂大房也。權輿，始也，造衡始權，造車始輿。簋盛稻粱，容斗二升，或瓦或木爲之。内方外圓曰簋，内圓外方曰簠。

《權輿》二章，章五句。

毛詩原解卷十二終

毛詩原解卷十三

陳

陳，太皞伏羲之墟。其地廣平，無名山大川。西望外方，東不及孟諸。周武王時，舜之後有虞閼遏父甫者，爲周陶正。武王賴其器用，以元女大姬妻其子滿，而封之于陳。與黄帝之後封于薊，堯之後封于祝者，共稱三恪。禮降于二客，而尊于諸侯。即今河南陳州地。後爲楚所滅。諸國自秦以上，次第可推。自陳而下，三國最小，先亡，故附于後。

136 宛丘

子之湯叶蕩兮，宛丘之上兮。洵有情叶像兮，而無望兮。

坎其擊鼓，宛丘之下叶虎。無冬無夏叶虎，值其鷺羽。

坎其擊缶，宛丘之道叶斗。無冬無夏，值其鷺翿導，叶丑。

古序曰：《宛丘》，刺幽公也。毛公曰：淫荒昏亂，游蕩無度焉。

朱子改爲：「國人見此人常遊于宛丘之上，故序其事以刺之。」若是，則民間自相刺耳。夫風行自上始也，國人遊蕩，何關君德，而以首風乎？非也。

一章。欲不可縱，樂不可極。今子蕩而忘反，日爲宛丘之遊，恣己適意，信乎有情矣。而國人屬目，無大觀之望焉。

二章。坎然擊鼓，作樂于宛丘之下，雖祁寒大暑，漫無休期。常見其植鷺羽而舞也。

三章。坎然擊缶，作樂于宛丘之道，無冬無夏。植鷺翻而舞也。

子，指幽公。湯，與蕩同。外高中下曰宛丘，陳都宛丘側。坎，與侃通，和意。缶，樂器，《史》「秦王擊缶」。翻，與纛通，舞者所持以自蔽也。

《宛丘》三章，章四句。

137 東門之枌

東門之枌焚，宛丘之栩許。子仲之子，婆娑其下叶虎。

穀旦于差叶殘，南方之原。不績其麻叶牟，市也婆娑梭。

穀旦于逝叶晒，越以鬷宗邁。視爾如荍蕎，貽我握椒。

古序曰：《東門之枌》，疾亂也。毛公曰：幽公淫荒，風化之所行，男女棄其舊業，亟會于道路，歌舞于市井爾。

朱子改爲：「男女聚會，賦其事以相樂」，非也。男女淫樂，必不自宣其醜。「不績其麻，市也婆娑」，此疾亂之辭甚明。東門，國門也。枌，言紛衆也。栩，言許多也。二章言市，都市也；三章言䳄，人叢集也，猶《齊風》言魯道行人，皆以羞惡諷之。子仲，女氏也。南方，女居也。原，女姓也。穀旦，良時也。績麻，女業也，諷其失時廢業也。婆娑，放浪不檢，非女之容也。如荍、貽椒，記相謔之辭也。荍，蕎麥，其子觚棱，翹然不相合也。椒子圓滑，其芳易襲。始若荍而終握椒，比淫女始違而終見從也。猶《衛・桑中》之期送，與《鄭・溱洧》之贈謔，皆詳暴其事以諷之，所以爲刺。

一章。城之東門有枌，城外宛丘有栩，耳目紛然如許。子仲氏有女，婆娑然遊樂于其下焉。

二章。選差良善之旦，將會彼南方之原氏。其女輟績麻之業，出都市之中，婆娑而遊焉。

三章。既及良晨而往，於以總衆同邁。視爾初會未習，翹然如荍已。乃貽我一握之椒，望外之幸也。

枌，白榆也。栩，櫟也。子仲，陳大夫氏。子，女也。原，姓也。《春秋》「公子友如陳葬原仲」，貴族也。穀旦，善朝，晴明之早也。差，擇也。越，於也。鬷，總也。邁，往也。

《東門之枌》三章，章四句。

138 衡門

衡門之下，可以棲西遲。泌秘之洋洋，可以樂饑。

豈其食魚，必河之魴。豈其取去聲妻，必齊之姜。

豈其食魚，必河之鯉。豈其取妻，必宋之子叶泲。

古序曰：《衡門》，誘僖公也。毛公曰：愿而無立志，故作是詩以誘掖其君也。

朱子改爲：「隱居自樂，無求者之辭。」又曰：「僖者，小心畏忌之名，《序》以爲愿無立志，而配以此詩耳。」愚按，謚法「小心畏忌曰僖」，此詩殊無小心畏忌之意，何緣强配僖公？詩實似賢者隱居，何不以秉政不任賢之謚配夷公，尤明切乎？夷去僖，甚近也。古人序《詩》，不察源委，但以謚法强配，欺天下後世，無是理矣。朱子説《詩》極淺率，其詆《序》極深刻，類此。蓋陳本小國，僖公愿謹無爲，詩人遷就誘掖，因器勸成，如《孟子》云「滕雖褊小，猶可爲善國」云爾。詩人即其所自處以比，故似隱者之辭。

一章。横木爲門，雖無往來，然亦可以棲息而遲迴。泌彼泉水，雖不流通，然望洋充滿，亦可玩樂而忘饑。君今願謹自守，亦何不可也。

二章。凡魚皆可食，豈必河之魴。凡女皆可妻，豈必齊之姜。隨分謹守，皆可以爲國也。

三章。凡魚皆可食，豈必河之鯉。凡女可妻，豈必宋之子。君苟有志，不在好大騖遠也。

衡、横同，横木於門，以止出入者。泌，與毖通，水停積也。洋洋，充滿也。齊姜、宋子，貴族女也。

《衡門》三章，章四句。○魏地陿隘，其民纖嗇，而君褊急，故詩人望其君以恢弘。陳地廣平，其民游蕩，而君愿謹，故詩人誘其君以立志。卒之晋强于諸侯，而陳終不振。故國不厭小，俗不厭儉，君不厭愿，《詩》可以觀矣。

139 東門之池

東門之池，可以漚鷗，去聲麻叶磨。彼美淑姬，可與晤歌。

東門之池，可以漚紵上聲。彼美淑姬，可與晤語。

東門之池，可以漚菅干。彼美淑姬，可與晤言。

古序曰：《東門之池》，刺時也。毛公曰：疾其君之淫昏，而思賢女以配君子也。

朱子改爲「男女會遇之辭」，非也。水性流蕩，而池水湛靖，以比賢女幽貞。麻、紵、菅，比君德昏亂。詩人惡淫女、思淑姬，猶《小雅·車舝》之思季女也。晤，相對不寐也。歌，以善道諷詠也。語、言，以善道相告語也。君德不淑，而致望于内助，無俚之至，所以爲刺也。

一章。麻之爲物，必漚而後脱。東門池水，停蓄以漚麻，則無漂流之患，猶淫女不可配君子。維彼美德之淑姬，乃可與惺然晤對，歌詠相規，不導君以淫昏也。

二章。紵必漚而後可績。東門池水清潔，乃可漚紵。彼美善之女，始可與晤對，相告語耳。

三章。菅必漚而後可絞。東門池水蓄聚，乃可漚菅。彼美善之女，始可對晤，相與言耳。

東門，城東門。停水曰池。漚，水浸物也。紵，麻屬，可績以爲布。菅，茅莖，可以絞索，水浸乃柔韌任可用。姬，女子之美稱。黄帝姓姬，炎帝姓姜，二姓之後最貴盛，故婦女美者稱姬姜也。

《東門之池》三章，章四句。

140 東門之楊

東門之楊，其葉牂牂臧。**昬以爲期，明星煌煌。**

東門之楊，其葉肺肺沛。**昬以爲期，明星晢晢**制。

古序曰：《東門之楊》，刺時也。毛公曰：昬姻失時，男女多違。親迎，女猶有不至者也。

此詩與鄭之《丰》，事類而其刺同。楊有葉，冰泮後期也。朱子改爲：「男女期會負約之辭。」暮夜郊外，林莽相期，唯恐人知，又自詩以傳乎？非情也。

一章。霜降以後，冰泮以前，皆昬姻之期。今東門之楊，葉牂然而盛，則莫春矣。親迎以昬爲期，啟明之星煌煌而猶不至，豈貞信之女乎？

二章。東門之楊，其葉肺肺然，過時矣。親迎以昬爲期，明星晢晢而猶不至，豈知禮者乎？

柳枝起曰楊，低垂曰柳。牂牂，大也。楊葉大，則春暮矣。肺肺，猶沛沛，與蔽芾同。煌煌、晢晢，皆明也。

《東門之楊》，二章，章四句。

141 墓門

墓門有棘，斧以斯之。夫也不良，國人知之。知而不已，誰昔然矣。

墓門有梅，有鴞梟萃止。夫也不良，歌以訊叶碎止。訊予不顧叶古，顛倒思予叶與。

古序曰：《墓門》，刺陳佗也。毛公曰：陳佗無良師傅，以至於不義，惡加於萬民焉。按，《春秋》魯桓公五年：陳文公病，庶子佗弑太子免而自立，國人大亂。佗奔蔡，蔡人殺之。此詩刺佗無良，由無賢師傅也。自古貴戚驕奢，由羣小導之。鄭段與國人狎而作亂，陳佗與不良處而弑君，垂戒遠矣。墓門，凶僻之地。棘，言急也。梅，言迷也。鴞，惡鳥也，比凶人。朱子謂：「《序》因陳國無事可紀，獨陳佗作亂，以是詩與之」，非也。夫事孰有大于弑君者？陳之有佗，猶衛之有州吁，鄭之有叔段，皆國家大故，采風而無刺，奚貴爲風？故《陳風·墓門》，猶《衛》之《終風》與《鄭》之《叔于田》耳。

一章。墓道之門，有棘生焉，非以斧斯析之，不可除也。猶人不材，必以直諒之士輔之。此夫不善，不可爲輔，國人所知，衆惡之而不能去。其根据株連，疇昔已然，非一朝一夕之故矣。

二章。墓門有梅，惡聲之鴞，羣萃于其上。凶人聚而作不祥，猶是也。此夫不善，不堪作輔，故爲歌以告之。既告而不顧，至于敗壞顛倒，思予言無及矣。墓門，墓道之門。斯，析也。夫，指陳佗之黨。已，去也。誰昔，猶疇昔。萃，羣集也。訊，告也。顛倒，猶顛沛，敗壞也。

《墓門》二章，章六句。

142 防有鵲巢

防有鵲巢，邛窮有旨苕條。誰侜舟予美？心焉忉忉刀。

中唐有甓必，邛有旨鷊逆。誰侜予美？心焉惕惕。

序曰：《防有鵲巢》，憂讒賊也。毛公曰：宣公多信讒，君子憂懼焉。

讒賊者，讒言賊害人也。各章首二句比讒言。防、邛，皆地名。凡草秀曰苕。堂下路曰唐。鵲巢、苕皆常有之物，而遠指防、邛，猶《采苓》之言首陽也。廟中路，本砌甓爲之。草有鷊，鳥亦有鷊。四者皆疑似侜張之言，故比讒也。朱子改爲：「男女有私，而憂或間之」，非也。以予美爲男子，則《簡兮》爲怨女矣；以予美爲婦人，則《離騷》爲曠夫矣。從《序》，則此詩爲忠憤；從《朱》，則此詩爲閨思。聖人刪訂之義，宜何從乎？

一章。或告君曰：「防邑有鵲巢，邛地有美苕。」讒言影響茫昧，大都類此。彼誰人者，欺誑吾君，使我憂之，而心忉忉乎。

二章。或告君曰：「堂下路中有甋甓，邛地有美鷊。」蓋堂路本砌甓爲之，而鳥與草名相似。讒言譸張疑惑類此。彼誰人者，欺誑吾君，使我憂之，而心惕惕乎。

旨，美也。苕，華高出貌，猶葦苕之苕。《周禮》「桃茢」注云：「苕帚」，今人以黍穗爲之。侜，與譸通，欺誑也。予美，指君。甓，甋也。鷊，草，雜色如綬；鳥亦有鷊，咽下有嗉垂，一名吐綬也。

《防有鵲巢》二章，章四句。

143 月出

月出皎兮，佼絞人僚了兮。舒窈糾叶矯兮，勞心悄七小反兮。

月出皓叶好兮，佼人懰柳，叶老兮。舒懮有受叶少兮，勞心慅草兮。

月出照兮，佼人燎料兮。舒夭紹兮，勞心慘慥兮。

古序曰：《月出》，刺好色也。毛公曰：在位不好德，而説美色焉。

是詩本刺好色，而毛公云「在位不好德」，蓋人主之心，所好在此，則所輕在彼。孟子云：「其爲人也多欲，雖有存焉者寡矣。」子云：「吾未見好德，如好色者。」齊民好色，亦職惟疾。爲人上而無德，何以先民？下之淫風，由于上之倡率，故詩呼月出，以警在上。月主陰司昏，俾夜作晝，比女色也。匪才匪德，一佼人耳。反覆思念，至于勞心，輾轉不已，所以爲刺。朱子改爲男女相悦相念之辭，味索然矣。

一章。月之初升，皎然光潔。如彼佼人，僚然而姣好也。行止舒徐，其姿態窈糾。勞心思之，静默而悄然也。

二章。月之初出，皓然明白。如彼佼人，懰然美好。形容安舒，懮受而徐緩。勞心思之，慅然而騷動也。

三章。月出初照，如彼佼人之燎然而明也。儀容舒徐，夭紹而柔弱也。勞心思之，懆然而愁悴也。

佼，好也。舒，徐也。窈糾，舒之姿也。懰，好也。懮受、夭紹，皆舒貌。燎，明也。慘作懆，憂也。

《月出》三章，章四句。

144 株林

胡爲乎株林？從夏南叶林。**匪適株林，從夏南**叶林。

駕我乘馬叶母，**説**稅**于株野**叶汝。**乘**平聲**我乘駒**居，**朝食于株**。

古序曰：《株林》，刺靈公也。毛公曰：淫乎夏姬，驅馳而往，朝夕不休息焉。陳大夫夏御叔，娶于鄭穆公女夏姬。生子徵舒，南其字也。御叔蚤死，陳靈公與大夫孔寧、儀行父，皆通于夏姬。徵舒惡之，弑靈公。此詩託爲國人刺公。而朱子因改爲民間相語之辭，非也。株林，夏氏邑。短木曰株，《易》曰「臀困于株木」，君臣聚淫，所以困也。

一章。君何事于株林乎？是夏南之居。君將往從夏南也。苟君欲見夏南，召之可也，何爲往從之？然則非從夏南，祇欲適株林而已。

二章。時見其駕一乘之馬，止舍于株邑之野。時見其乘一乘之駒，朝食于株。朝朝暮暮，無休息也。

説，舍也。馬六尺以上曰駒。

《株林》二章，章四句。

145　澤陂

彼澤之陂叶坡，**有蒲與荷**何。**有美一人，傷如之何。寤寐無爲，涕**替**泗滂沱**。

彼澤之陂，有蒲與蕑叶肩。有美一人，碩大且卷拳。寤寐無爲，中心悁悁涓。

彼澤之陂，有蒲菡罕萏叶險。有美一人，碩大且儼。寤寐無爲，輾轉伏枕叶展。

古序曰：《澤陂》，刺時也。毛公曰：言靈公君臣，淫於其國，男女相説，憂思感傷焉。

朱子直以爲男女之辭，非也。極道其相悦相念，所以爲刺。淫義生于水，故以澤比。蒲、荷、蕑、菡萏，皆柔弱浸淫之物。水草相依，比男女相狎。憂思至悲傷涕泗，寤寐不忘，化之所由來者漸矣。

一章。蒲質柔弱，荷華芳艶，生彼澤水之畔。男女相悦，亦若此。有美一人不見，悲傷如何。或醒或寐，不復他事。惟思此人，至于涕泗，滂沱交零也。

二章。彼澤之畔，有蒲與蕑。有美一人，其形碩大而髮卷曲。寤寐無爲，惟念此人，中心悁然悒鬱也。

三章。彼澤之畔，有蒲與菡萏。有美一人，碩大而莊嚴。寤寐無爲，惟念此輾轉伏枕也。

陂，隄邊也。蒲，莞屬，蠶曰蒲，細曰莞。荷，芙蕖也，莖曰茄加，葉曰蕸遐，本曰蔤密，華曰菡萏，實曰蓮，根曰藕，子曰的，的心曰薏。汁自目曰涕，自鼻曰泗。蕑，菅也；或云，當作蓮。三章一物爲比。卷，猶鬈也，鬈好貌。悁悁，猶悒悒。

《澤陂》三章，章六句。

毛詩原解卷十三終

毛詩原解卷十四

檜

檜，古高辛氏火正祝融之墟，在《禹貢》豫州，外方之北，滎波之南，居溱洧之間。妘姓，子爵。武王始封，平王東遷，鄭桓公滅之，而併有其地。今河南開封府新鄭縣是也。

146 羔裘

羔裘逍遥，狐裘以朝叶潮。**豈不爾思？勞心忉忉**刀。

羔裘翱翔，狐裘在堂。豈不爾思？我心憂傷。

羔裘如膏叶去聲，**日出有曜**要。**豈不爾思？中心是悼**導。

古序曰：《羔裘》，大夫以道去其君也。毛公曰：國小而迫，君不用道，好潔其衣服，逍遥遊燕，而不能自强於政治，故作是詩也。

朱子謂檜君好潔其衣服，逍遥遊宴，故詩人憂之。此又拘毛説過也。古序云「大夫以道去其君」而已。好潔衣服，毛公解釋詩中文字，詩不爲潔衣服作也。檜君之過，不在潔衣服；大夫所爲去，亦不以潔衣服。特以逍遥不能自强，故以衣服比，言服飾之外，都無所事云爾，猶《曹風》之《蜉蝣》也。

一章。羔裘以閒居，狐裘以視朝，服飾非不美也。然國小而君惰，危亡將至。豈不念爾，忍於去乎？道不可留，勞心忉忉然也。

二章。羔裘狐裘，儼然國君之服。翱翔無事，危亡將至。豈舍子不思？道不可留，徒爲憂傷耳。

三章。羔裘如膏，日照之而生曜。服節雖美，無憂勤之慮，使我思之，中心是悼也。如膏，潤澤也。曜，光華也。

《羔裘》三章，章四句。

147 素冠

庶見素冠兮，棘人欒欒兮，勞心慱慱團兮。

庶見素衣兮，我心傷悲兮，聊與子同歸兮。

庶見素韠畢兮，我心藴尹結叶吉兮，聊與子如一兮。

古序曰：《素冠》，刺不能三年也。

《禮》：父母喪必三年。始死，疏衰苴絰杖。期年外一月小祥，以練熟麻布爲衣冠。再期外一月大祥，又間一月禫而服除。實不計閏二十七月，上下同之。周衰禮廢，三年之喪不行。如春秋諸侯，居喪而親迎、盟會、征伐，大夫以下可知，故詩人刺之。素冠，即練冠。能練冠，則能三年矣。

一章。三年之喪，十有三月而始練冠，庶幾得見此守素冠之禮者。其人急遽，其容癯瘁，乃爲守禮之孝子。我思之不見，勞心慱慱然爾。

二章。庶幾見此服素衣者乎？我思之傷悲。儻得見之，聊與子爲同歸之好矣。

三章。庶幾見服素韠者乎？我思之蘊結。儻得見之，聊與子爲如一之交矣。

棘人，凶急之人，指孝子也。欒欒，瘠貌。慱慱，憂勞意。韠，蔽膝也，亦謂之韍，與芾通。

《素冠》三章，章三句。

148 隰有萇楚

隰有萇長楚，猗阿儺那其枝。夭之沃沃，樂子之無知。

隰有萇楚，猗儺其華花。夭之沃沃，樂子之無家。

隰有萇楚，猗儺其實。夭之沃沃，樂子之無室。

古序曰：《隰有萇楚》，疾恣也。毛公曰：國人疾其君之淫恣，而思無情慾者也。

朱子改爲：「政煩賦重，民苦而作」，非也。萇楚，言長愁也。凡人情慾生于有知，成于有室。苟常如童赤無知無室家，則奚累之有？萇楚始生自立，盈尺以上，則蔓延草上，人壯而有室多累似此，故以爲比。

一章。萇楚始生，無緣自立。長則其枝柔弱，扳延倚附，不能自持。回思少時，沃沃然充盛，淡泊無知，良可樂也。

二章。緣染生于柔情。隰有萇楚，猗儺其華，不能自立。人之多慾，何以異此？不如爾始生夭沃，無家爲可樂也。

三章。人心無慾則剛。萇楚猗儺，故不能挺立。思子初生夭沃，無室爲累，人不如也。

萇楚，一名羊桃，葉如桃，子如棗核，花實皆連理，故以比淫。猗儺，柔貌。夭，小也。沃沃，幼而肥澤貌。子，指萇楚。

《隰有萇楚》三章，章四句。〇是詩與《唐風·十畝之間》，朱説皆極似。彼謂讀

《詩》易簡直訣類此，所以不及古序者。風人之志，深厚微婉則得，而淺率直遂則失之。故夫善説《詩》者，不以辭也。

149 匪風

匪風發兮，匪車偈挈**兮。顧瞻周道，中心怛**叶迭**兮。**

匪風飄兮，匪車嘌飄**兮。顧瞻周道，中心弔**叶刁**兮。**

誰能亨魚？溉蓋**之釜鬵**尋**。誰將西歸**叶居**？懷之好音。**

古序曰：《匪風》，思周道也。毛公曰：國小政亂，憂及禍難而思周道焉。

朱子以周道爲適周之路，謂《序》未達，非也。詩言顧瞻者，雖適周之路，而意之所託，則周道盛時也，王綱振肅，故無侵陵之患。比其衰也，小國失恃，故曰中心怛兮，所以瞻行路而思王道也。風發車偈，亂世搶攘之象。

一章。狂風非常而暴發，車行非常而奔偈。亂世景象，何以異于驅車走風塵乎？覩此周京之路，中心爲之惻怛也。

二章。匪有風之飄迴若此者矣，匪有車之嘌摇若此者矣。世路洶洶不寧，顧瞻周道，中心弔憫耳。

三章。烹魚者，煩之則碎；治民者，安之則理。苟有烹魚者，我爲之滌其器。天下宗周，則政出於一而小國安。苟有西歸仕周者，我以善言安慰之矣。

匪風，猶言非常之風。偈，疾驅貌。回風謂之飄風。嘌，疾吹不安也。鬵，釜屬。西歸，謂仕西京者。懷，安也。好音，安民致治之言也。

《匪風》三章，章四句。

毛詩原解[一]卷十四終

[一]原無「毛詩原解」四字，據《湖北叢書》本加。

毛詩原解卷十五

曹

曹地在《禹貢》兖州，陶丘之北，雷夏、荷澤之野，介于魯、衛之間。武王以封其弟振鐸，後爲宋所滅。今山東兖州府曹州是也。

150 蜉蝣

蜉蝣之羽，衣裳楚楚。心之憂矣，於我歸處。

蜉蝣之翼，采采衣服叶必。心之憂矣，於我歸息。

蜉蝣掘閲，麻衣如雪。心之憂矣，於我歸説叶如字。

古序曰：《蜉蝣》，刺奢也。毛公曰：昭公國小而迫，無法以自守，好奢而任小人，將無所依焉。

蜉蝣之言浮游也，放浪不檢，無法守之比。蜉蝣小蟲，朝生夕死，國小而迫之比。衣裳文采，好奢之比。羽翼，任小人之比。危亡將至，故無所依。朱子改爲：「時人有玩細娱而忘遠慮者，比刺之」，非也。

一章。蜉蝣小蟲，雖有羽翼，朝生夕死，不能久長。君臣不能自强，惟靡麗是好，雖衣裳濟楚，其何能久？我心憂慮，國之將亡，無所依，惟於我歸處而已。

二章。蜉蝣雖有翼而不能久，如人脩飾采采之衣服，而不知禍之將至。我心憂慮，何所歸息乎？

三章。蜉蝣掘然而閲出，何能久也？今服飾整齊，布衣鮮潔如雪，而危亡將至。我心憂慮，何所歸税也？

蜉蝣，似蛣蜣，狹而長，朝生暮死。楚楚，整齊也。采采，華美也。掘閲，掘地出見也，猶閲人閲世之閲。麻衣，布衣也。麻布色白如雪。説作税，舍也。

《蜉蝣》三章，章四句。

151 候人

彼候人兮，何火戈與祋叶述。彼其之子，三百赤芾弗。

維鵜啼在梁，不濡其翼。彼其之子，不稱去聲其服叶必。

維鵜在梁，不濡其咮晝。彼其之子，不遂其媾。

薈穢**兮蔚**畏**兮，南山朝隮**賫。**婉兮孌兮，季女斯饑。**

古序曰：《候人》，刺近小人也。毛公曰：共恭公遠君子而好近小人焉。

朱子謂：《序》以「三百赤芾」，附合《春秋左傳》晋文公入曹之事，遂以爲共公，非也。按，《詩序》本國史舊目，聖人因之删定，其來遠矣。《左傳》出後人手，叙重耳入曹，數其不用僖負羈。乘軒者三百人，襲此詩「三百赤芾」語。其實誤也。蓋諸侯大夫不過五，以曹之蕞爾，舉羣臣不能三百，而況大夫？言三百者，極道其濫耳。故曰説《詩》不以辭害志。若《雲漢》則周之民無孑遺，若《候人》則曹之大夫有三百。《詩》烏可以辭徵也！《左傳》引此屬文，非重耳真有此言。朱子反疑《序》説爲附合《左傳》，倒矣。

一章。賢者宜在高位，今以爲候人荷戈祋迎送賓客，若此其賤也。彼其之子，何功德而服赤芾爲大夫者，至三百人之多乎？

二章。鵜鶘水鳥，貪汙之物也。在梁求魚，未有不濕翼者。小人竊禄，何以異此？豈能稱其命服乎？

三章。維鵜在梁，未有不濕其咮者。彼小人苟得君寵，豈能稱其寵遇乎？

四章。南山薈蔚然，而草木茂盛。其氣蒸騰，朝旦上升。少女婉孌美好，自守貞一。而年穀不熟，不免饑餓。小人氣勢方盛，君子困餒，何以異此？

《周禮·夏官》候人：上士六人，下士十二人，徒百二十人，掌道路迎送賓客。何、荷通。祋，殳也。芾、韍通，蔽膝也，以韋爲之。古者衣皮蔽前，不忘本也。冕服謂之芾，他服謂之韠，其制同。《禮》：大夫以上赤芾乘，軒。玉藻，一命緼芾黝珩，再命赤芾黝珩，三命赤芾葱珩。鵜鶘，一名陶河，其鳴自呼。咮，喙也。遂，稱也。媾，與遘通，遇也。薈蔚，鬱茂貌。

《候人》四章，章四句。

152 鳲鳩

鳲鳩在桑，其子七兮。淑人君子，其儀一兮。其儀一兮，心如結叶吉兮。

鳲鳩在桑，其子在梅。淑人君子，其帶伊絲。其帶伊絲，其弁伊騏。

鳲鳩在桑，其子在棘叶北。淑人君子，其儀不忒。其儀不忒，正是四國。

鳲鳩在桑，其子在榛叶秦。淑人君子，正是國人。正是國人，胡不萬年叶零。

古序曰：《鳲鳩》，刺不壹也。毛公曰：在位無君子，用心之不壹也。

朱子改爲：「美君子用心均平專一」，非也。詩因美以見刺，稱善人君子，以警在位者之不然，猶《鄭風》之《羔裘》、《小雅·楚茨》之類。民風不醇，由上無身教，而下無表率也，故君心至誠純一爲本。天下不見君子之心，見君子之儀，而即儀可以徵心。物性誠一，無如鳥哺子。鳲鳩每生七八子，哺之如一。《月令》：季春，戴勝降于桑。鸕鴿首有幘，名戴勝，喜食桑葚。初夏桑葚熟，則鸕鴿子飛，《氓》之篇曰「于嗟鳩兮，無食桑葚」是也。以鳲鳩比，亦人不如鳥之意，是以爲刺。

一章。鳲鳩之降于桑也，其子有七，而鳲鳩哺之常如一。人君有誠一之德，安養兆民，亦猶是矣。故善人君子，其儀容安静有常。儀者心之形，儀之一，由其心之貞固，如結而不變也。

二章。鳲鳩在桑，其子或在梅。子移而鳩不移，居一以待子也。淑人君子，其朝服大帶用絲。在首之弁，色尚青黑。服有常，即儀有常，而心可知已。

三章。鳲鳩在桑，子時在棘。淑人君子，儀有常而不差忒，則可以表正四方之國矣。

四章。鳲鳩在桑，其子時或在榛。淑人君子，本如結之心，表正四國。仁者宜在高位，胡不壽考萬年乎？

鳲鳩，鸕鴿也。騏，青黑色。古者冠弁皆玄。

《鳲鳩》四章，章六句。

153 下泉

冽列彼下泉，浸彼苞稂郎。愾慨我寤嘆，念彼周京叶姜。

冽彼下泉，浸彼苞蕭叶脩。愾我寤嘆，念彼京周。

冽彼下泉，浸彼苞蓍尸。愾我寤嘆，念彼京師。

芃芃黍苗，陰雨膏叶去聲之。四國有王，郇伯勞去聲之。

古序曰：《下泉》，思治也。毛公曰：曹人疾共公侵刻，下民不得其所，憂而思明王賢伯也。

朱子謂：「曹無他事可考，《序》因《候人》，遂以爲共公。此天下大勢，非共公之罪」，非也。按，《詩》先後自有定序，此詩爲共公舊矣。不恤其民，而使民憂思，安得無罪？事雖不獨曹，而詩作自曹，即爲《曹風》。豈得以天下大勢諉之？泉水寒冽，不能生物，比國政侵刻也。田無五穀，惟稂與蕭，比閭閻蓬蒿，無力供誅求也。是以有明王賢伯之思焉。

一章。冽然寒涼下流之泉，本不能生物，況今田無五穀，但浸彼叢生之稂。民間荒涼，苛政侵刻，何以異此？是以我愾然不寐，而嘆念周京之盛時也。

二章。洌然下流之泉，五穀不登，浸彼叢生之蒿耳。故我愾然寤嘆，念昔京周之盛焉。

三章。洌彼下泉，浸彼叢生之蓍草耳。我是以愾然寤嘆，念昔京師盛時焉。

四章。芃芃然茂盛之黍苗，非稂蕭之荒蕪也。天又潤之以陰雨，豈若寒泉之浸漬乎？念昔周京盛時，四國既有明王爲主，故有郇伯勞來之。今天下無王矣，安所得賢伯乎？

洌，寒也。水寒則損稻。苞，叢生也。稂，苗之不實者。愾，嘆聲。蓍，蒿也。郇伯，郇侯，爲州伯，文王子，《左傳》富辰曰：「畢、原、酆、郇，文之昭也。」

《下泉》四章，章四句。○《風》至《曹》而王迹熄矣，《春秋》所以作也。故詩人念周京，哀四國，思明王與賢伯焉。是時，晉重耳始霸，執曹君，分曹地，要王饗醴策命爲侯伯。天下有天子，而後有方伯；無天子而方伯制命專征伐，天下所以大亂。故曰：「四國有王，郇伯勞之。」無明王焉得有賢伯？《春秋》書晉侯入曹，執曹伯、畀宋人，與詩詠《下泉》，删《詩》終《曹風》義同。惟知《春秋》者，可與言《詩》，故曰：「《詩》亡，《春秋》作。」千載知言，孟氏一人耳。後儒奬霸尊晉，烏足與言《詩》。

毛詩原解卷十五終

毛詩原解卷十六

豳

豳，周之始國也。其地在《禹貢》雍州岐山之北，今陝西西安府邠州等處是也。周自后稷始封邰，其子不窋拙失官，不窋之子公劉始遷邠。十世而古公亶父避狄遷岐。文王遷豐，武王遷鎬，皆豳始也。《七月》，豳俗也。始《二南》而終《豳》者，《豳》周道之始，《二南》周道之成也。守成者原其始，始則中變；撥亂者反其終，終則復始。文王基始，周公代終，周道之全也。「變風」而終以周公，剥則思復也。《左傳》吴季札觀魯樂，《豳》次《齊》先《秦》。及夫子删《詩》，以《豳》終，思周公也。然則周公之詩，何不遂以屬魯？周公未嘗一日居魯也。成王尊周公而不以爲臣，魯本臣而因周公自尊，故聖人爲《魯頌》，不列魯風。魯僭而以風爲頌，王降而以雅爲風，一也。然則《豳》何不遂爲雅？蓋公劉草創，區區爾，未足比諸侯，而况可爲天子乎？稱風，本舊也。然則《鴟鴞》以下，非豳亦屬豳，何也？皆西人之詩，周公之事也。周公老于周，而魯無風可繫，進不敢附于《周南》，故退而繫之《豳》也。後天下者，周公之心；不忘先業者，周公之志也，非聖人孰能定之。

154 七月

七月流火叶毁，九月授衣叶以。一之日觱必發叶匪，二之日栗烈叶里。無衣無褐叶喜，何以卒歲叶髓。三之日于耜史，四之日舉趾。同我婦子，饁彼南畝叶米，田畯至喜。

七月流火，九月授衣。春日載陽，有鳴倉庚叶岡。女執懿筐，遵彼微行杭，爰求柔桑。春日遲遲，采蘩祁祁。女心傷悲，殆及公子同歸。

七月流火，八月萑完葦。蠶月條桑，取彼斧斨鎗，以伐遠揚，猗彼女桑。七月鳴鵙菊，八月載績漆。載玄載黄，我朱孔陽，爲公子裳。

四月秀葽，五月鳴蜩條。八月其穫叶合，十月隕萚託。一之日于貉莫，取彼狐狸離，爲公子裘叶其。二之日其同，載纘武功。言私其豵宗，獻豜堅于公。

五月斯螽動股，六月莎梭雞振羽。七月在野叶汝，八月在宇，九月在户。十月蟋蟀，入我牀下虎。穹室熏鼠，塞向墐覲户。嗟我婦子，曰爲改歲叶上聲，入此室處。

六月食鬱及薁郁，七月亨葵及菽，八月剥撲棗，十月穫稻叶上聲。爲此春酒，以介眉壽叶上聲。七月食瓜孤，八月斷壺，九月叔苴疽，采荼薪樗虚，食我農夫。九月築場圃布，十月納禾稼叶故，黍稷重穋六，禾麻菽麥叶目。嗟我農夫，我稼既同，上入執宫功。晝爾于茅，宵爾索綯桃。亟其乘屋，其始播百穀。二之日鑿冰冲冲叶稱，三之日納于凌陰，四之日其蚤，獻羔祭韭叶絞。九月肅霜，十月滌場。朋酒斯饗，曰殺羔羊，躋彼公堂，稱彼兕史觥光，萬壽無疆。

古序曰：《七月》，陳王業也。毛公曰：周公遭變故，陳后稷先公風化之所由，致王業之艱難也。

朱子改爲：「周公以成王未知稼穡之艱難，作此戒之」，非也。若是，則朝廷獻納，宜屬雅。今與《東山》《鴟鴞》同繫風末，則《周南》之變也。聖人遭兄弟之謗，庸非變與？人情艱則思危，勞則及本；履泰則驕，思先則懼。昔者周先公之始造豳也，勤以力本，儉以制用，豫以趨時，孝以養老，忠以奉君，慈以育衆。陰陽、日月寒暑，必按其節；昆蟲、草木榮枯，必審其時；祭祀、燕饗、興作勞逸，必謹其禮。敬天勤民，教養休息，數百年而後成文武之業，若此其艱難也。二叔不類，有忝式穀。成王以嗣子大弗克恭，不寬綽厥心，譸張于小人，而疑忌師保。是時紂子未殄，東方多難，西土人不静，國家之事，未可知，故公陳先世憂勤以告王。使克念爾祖，勿忘艱難，亦人情疾痛呼父母之意與。

一章。我周勤儉開國，忠厚傳世。先公之治豳，其風可陳焉。民生衣食爲先，豳民爲衣，不待寒至也。時方七月，火星昏而西下，暑氣退矣。至九月霜降始寒，民家相授以衣。過此十一月，一陽生之日，風寒而觱發。過此十二月，二陽生之日，氣寒而栗烈。若不桑麻則無衣，不狩獵則無褐，何以禦寒卒歲乎。豳民爲食，亦不待饑至也。正月三陽之日，往脩耒耜。二月四陽之日，舉足以耕。民間婦子皆出餉于南畝。田畯之官，見民之勤，亦至而喜也。

二章。七月火星西流，九月將授衣，不可不豫也。春日始和，倉庚鳴而蠶桑初生。女執深筐，循小徑，求穉桑之葉。是時春日舒長，蠶生未齊。采蘩以啖淡之者，祁祁衆也。此采桑采蘩之女，感仲春及時，覩公子于歸，念己亦將與同矣。君民之分雖異，而遠父母兄弟之悲，無貴賤一也。

三章。今年七月流火已，豫備來年之蠶桑。故八月萑葦成，則蓄爲曲薄，以待養蠶之用。及蠶生之月，折桑條以取其葉，執斧斨以伐遠枝揚起者。其女桑低小，采其葉而留其猗然之條。至七月秋至伯勞鳴，八月麻成則績爲布。而布與帛，皆染之或玄或黄。其朱者甚鮮明，供爲公子之裳也。

四章。四月陽極陰萌，葽草感而秀。五月陰生，蜩感而鳴。漸至八月四陰，秋成穫稻矣。十月純陰，草木落蘀，大寒至矣。于十一月一陽之日，往祭貉。取狐狸之皮，獻爲公子之裘。至十二月二陽之日，同衆繼獵，以纘武功。所獲小豕曰豵，以爲己用；大豕曰豣，獻之公家也。

五章。宫室所以蔽寒，寒生于陰。五月陰生，斯螽動其股而鳴。六月二陰，莎雞振其羽而鳴。七月蟋蟀猶在野。八月寒至依人，在于檐下。九月漸近在户。十月大寒，入于牀下。是時室中有穴塞之，有鼠熏之。塞北向之牖，塗荆竹之户。呼其妻子曰，歲改天寒，可入此室居矣。

六章。六月鬱薁二李新熟可食，七月葵與菽可烹，八月棗可撲。十月稻可穫。釀春酒以助眉壽，凡此養老，不敢不豐也。若我農夫，七月瓜猶可食，八月壺猶可斷。九月麻子可拾，荼可菜，樗可薪。凡食我農夫者，從其儉而已。

七章。豳地氣寒。時維九月，禾稼將熟，始築種菜之圃，爲納禾之場。至十月始穫，有黍有稷。有先種後熟之重，有後種先熟之穋。凡禾麻菽麥，無一不登矣。乃相告曰，田中之稼既聚，可以上入都邑，執公宫之功。公事畢，晝往取茅，夜則絞索，亟升田中之廬，補葺之。來春將始事播穀，不暇爲此矣。

八章。藏冰發冰，公家調燮之事，亦民事也。十二月二陽方微，隆陰固閉。乃于深山窮谷，鑿取其冰，以達陽氣，冲冲然微也。至正月三陽之日，陽氣藴伏在下，納冰于地，藏之凌陰之室。至二月四陽方盛，晨朝獻羔以告司寒之神。取新生之韭，以祭寢廟薦冰。所以爲公家役者，禮無不備也。九月氣肅霜降。十月農畢埽滌其場，於時奉兩尊之酒，以饗于公。殺羔羊，升君堂，舉兕觥，酌獻公，而祝萬年無疆界之壽也。

火，心星也，六月之昏，見于南方午位；至七月之中，漸移而西，故曰流。于，往也。耜，以鐵起土也。耒，耜上曲木。一之日，謂十一月之日。二之日，謂十二月之日。周以十一月爲正月，十二月爲二月，故云一、二，以別于夏正也。或曰：五月至九月，六陰皆稱月，月主陰也；一之日以下，六陽皆稱日，日主陽也。載，始也。陽，和也。懿筐，美筐，以盛桑葉。微行，小徑也。柔桑，穉桑也。蠶初生，桑始發也。蘩，白蒿，蠶小未能食桑，以蒿啖之也。公子，豳公之女子。殆，將也，將如君女同時嫁也，上下親比之辭。萑，一名薍玩，始生爲菼，長爲薍，成爲萑也。葦，蘆也。二物可爲曲薄，以盛蠶也。條桑，扳條取其葉也。隋妥孔曰斧，方孔曰斨，斧同而以受柄之孔，方長異名也。遠楊，遠枝起者。女桑，桑低小者，猶短牆言女牆也。鵙，伯勞也，五月鳴，六月哺雛少鳴，七月鳴則將化矣；通作鴂，吾鄉人呼爲嫁郎；似鸜鵒而尾長，純黑，捷疾善搏，烏鳶畏之，故又名博勞；一名伯趙，趙，疾也，《良耜》云「其鎛斯趙」，故《春秋傳》曰「伯趙司至」，《楚辭》曰

「鶗鴂鳴而草木不芳」，陸佃云「陽氣動，倉庚鳴，蠶之候也；陰氣動鵙鳴，績之候也」，《本草》云「鶗鴂，即杜鵑也」。孔陽，甚鮮明也。不榮而實曰秀。葽，遠志，一名小草，蜩蟬也。蘀，落葉。貉禡祭貍，野貓。同，同衆。纘，繼也。武功，獵也。豕一歲曰豵，三歲曰豜。斯螽，蚱蜢也，以股相切作聲。莎雞，似螽而色斑，振羽索索作聲；一名促織，聲如急織也。宇，檐下也。蟋蟀，即促織。穹，與空通，孔也。窒，塞也。向，北窗也。墐，塗也。庶人蓽户，故塗之。鬱、薁，皆李屬。鬱，實大如李而正赤，與棣類，一名雀李。薁，郁李，與鬱類。葵有白、紫二種，可茹。菽，豆也。剥、撲通，擊落也。冬釀春熟曰春酒。瓜至七月，瓠至八月，過時而賤也。瓠乾可爲壺，故曰壺。叔，拾也。苴，麻子。場、圃同地，春種爲圃，秋築爲場。禾，穀之總名。在野曰稼。自田入邑曰上。宫功，公家之役，古者用民之力歲三日，即此時也。乘，升也。屋，田中之廬。冲冲，陽氣微也。凌陰，冰室。滌，埽也。兩尊曰朋。

《七月》八章，章十一句。○或問：《七月》與《篤公劉》，何風、雅之殊也？《七月》民事，《篤公劉》君事也。然《周禮·春官·籥章》云：「祈年吹豳雅，蜡祭吹豳頌」，何也？此詩歌于朝廷，可爲雅；歌于祭祀，可爲頌。鄭康成謂如采桑之女，感時思歸是風，春酒介眉壽是雅，稱觴祝君是頌。朱元晦不然之，而以《楚茨》諸詩，當豳雅。

155 鴟鴞

鴟痴鴞叶噩鴟鴞，既取我子叶作，無毁我室叶芍。恩斯勤斯叶梭，鬻育子之閔叶明斯。

迨天之未陰雨，徹彼桑土，綢繆牖户。今女汝下民，或敢侮予叶宇。

予手拮据居，予所捋荼。予所蓄租，予口卒瘏徒，曰予未有室家叶姑。

予羽譙譙樵，予尾翛翛消。予室翹翹，風雨所漂摇，予維音嘵嘵梟。

古序曰：《鴟鴞》，周公救亂也。毛公曰：成王未知周公之志，公乃爲詩以遺王，名之曰《鴟鴞》焉。

武王崩，成王立，周公爲相。使其兄管叔鮮，監紂子武庚治殷。管叔將以殷畔，流言于國曰：「周公將不利于孺子。」王疑公，公告太公、召公曰：「我弗避，無以告我先王」，乃避位居東二年。管叔叛，王執而誅之，猶疑公未釋也，公乃自東作此詩貽王。首章言鴟鴞，呼武庚也。取我子，謂陷管叔于死也。二章未雨綢繆，比武庚尚在，東方未寧，勸王早圖也。三章以後，皆自明己志。然《序》不言公自明，而曰公救亂，何也？是時，成王幼冲，國家新造，紂子未殄，奄徐外叛，故公作此詩悟王。不知者，謂公自明；而知者，謂公救王室與天下也。大哉《序》言！非知社稷之計，諒聖人之深衷者，孰能作之！朱子謂以《金縢》爲文有據，而不知以《金縢》爲文者，毛氏解《序》之説。《序》云「周公救亂」者，雖《金縢》亦未之及也。又謂此詩爲周公東征二年，誅管叔、武庚作。按，《書》居東，非東征也。居東避位，而東征黜殷也。居東二年，東征則三年也。誅管叔者成王，非周公也。管叔雖誅，而武庚尚在。是詩作于成王殺管叔之日，公居東未歸，而東征則西歸之後矣。朱子誤于漢儒周公殺兄之説，漢儒又誤于《孔書·蔡仲之命》，《孔書》又誤于解《金縢》「弗辟」之語。承訛相習，使聖人蒙千古不白之冤，以迄于今。愚于《書·金縢》《大誥》諸篇詳辨之矣。

一章。鳥之惡鴟鴞者，呼而告曰：「鴟鴞乎，鴟鴞乎。爾今殺我子矣，勿更壞我巢室也。以我如斯之恩愛，如斯之勤苦，育養此子，如斯其可憐憫。爾既取之，更欲毁我室邪？」

二章。我及天未陰雨之先，剥取桑根，以纏綿巢之牖户，預防風雨，勤勞非一朝夕矣。今此巢下之民，或敢有侮慢，思毁我室者乎？抑不知其不可也。

三章。予之手拮据而操作，予捋取萑苕以藉巢。予蓄而積之，租而聚之，以至于予口盡病。凡以我未有室家耳，豈爲爾毁乎？

四章。予之羽，譙譙然減削矣。予之尾，翛翛然敝敗矣。予之室，方翹翹然顛危，風雨又漂蕩搖動，予維嘵嘵然叫呼而已。

鴟鴞，惡鳥，攫鳥子而食者也。託爲鳥之哀子者，呼鴟鴞告之。以鴟鴞比武庚，以子比管叔也。言武庚既陷管叔于死，勿更與奄徐諸國，謀亂王室也。鬻，與育通，養也。閔，憂憐也。牖户，巢之出入處也。拮据，操作勤勞之狀。荼，蘆花也，白茅之屬。

《鴟鴞》四章，章五句。〇誦《鴟鴞》而知周公於是始有東征之志矣。昔武王誅紂，封其子，罰弗及孥，仁也。及管叔以武庚叛，奄徐諸國又叛，則殷周不兩立者，天下之定勢也。况管叔誅矣，武庚可獨免乎？故以鴟鴞比之，始視紂子爲不祥之物，歸而遂有東山之師也。

156 東山

我徂東山，慆慆不歸。我來自東，零雨其濛叶迷。我東曰歸，我心西悲。制彼裳衣，勿士行杭枚。蜎娟蜎者蠋蜀，烝在桑野叶汝。敦堆彼獨宿，亦在車下叶虎。

我徂東山，慆慆不歸。我來自東，零雨其濛。果臝之實，亦施于宇。伊威在室，蠨蛸稍在户。町挺畽短鹿場，熠奕耀宵行杭。不可畏叶灰也，伊可懷也。

我徂東山，慆慆不歸。我來自東，零雨其濛。鸛鳴于垤，婦歎于室。洒埽穹窒叶赤，我征聿至叶質。有敦堆瓜苦，烝在栗薪。自我不見，于今三年叶林。

我徂東山，慆慆不歸。我來自東，零雨其濛。倉庚于飛，熠耀其羽叶五。之子于歸，皇駁其馬叶母。親結其縭叶羅，九十其儀叶俄。其新孔嘉叶歌，其舊如之何？

古序曰：《東山》，周公東征也。毛公曰：周公東征三年而歸，勞歸士，大夫美之，故作是詩也。一章言其完也，二章言其思也，三章言其室家之望女汝也，四章樂男女之得及時也。君子之於人，序其情而閔其勞，所以説也。説以使民，民忘其死，其唯《東山》乎？

周公避謗居東二年，成王誅管叔，得《鴟鴞》之詩，感風雷之變，始悔悟迎公。公歸，大誥天下，奉王東征武庚、伐奄，《孟子》所謂「三年討其君，滅國五十」，即此行也。大亂既殄，將卒生還，閭閻安堵，皆公所以振溺亨屯，而躋之安全者。故周大夫作是詩，亟道其使民忘勞，而公之忠勤盡瘁，神武不殺，皆隱然言外，可謂善頌。而朱子謂爲公自作，以勞歸士，如《采薇》《杕杜》之類。則仁人之言，不待公而能之矣，况可以風而亂爲雅乎？

一章。山東大亂，王師徂征。慆慆三年，可謂久矣。班師東歸，零雨沾濛，行旅載途，又何勞也。我自東山言歸，心已西望家鄉而悲。客久衣敝，歸則更制裳衣，勿復事行伍銜枚矣。視彼蜎蜎然蠋動之蠋，在此桑林之野。如我敦然獨宿不移，亦在此戎車之下。相隨生還，人與物咸亨也。

二章。我徂東山，慆慆三年。今我來歸，陰雨載道。久役于外，田舍荒蕪。括樓之實，蔓延于簷宇。伊威小蟲，生于室中。蠨蛸結網當户，舍傍畦擕壠，荒爲鹿場。螢火夜行，景象淒涼。雖畏勿畏，故國故鄉，伊可懷思耳。

三章。我往東山，三年不歸。我來自東，又窘陰雨。天將雨水，則鸛集于高地而鳴于丘垤之上〔一〕。征夫遇雨于路，婦人悲歎于室。乃洒埽其地，塞其空隙，而征夫遂已至矣。見彼敦然不動之苦瓜，繫于栗薪之上，比我匏繫東山，其苦同之。不見室家，于今三年矣。

四章。我往東山，慆慆不歸。我自東歸，零雨在途。征士未有室家者，歸及仲春，倉庚飛而羽鮮明。親迎歸妻，乘或皇或駁之馬。母送其女，結帨告戒。禮儀之多，九十具備。此新昏者，固甚美矣。彼舊有室家者，相見而喜，當如何邪？

周都豐、鎬，殷都中原，故伐殷曰徂東。東山，猶言山東。中原在大行山之東也。行，陣也。枚，如箸，銜之以止諠。蜎，動貌。蠋，野蠶也，字從蜀，蜀國爲蠶叢。烝，衆也，謂養蠶采桑之衆。古蠶室就桑野。敦，獨處不移貌。古者車戰，止則爲營衛，故戰士

〔一〕「天將雨水，則鸛集于高地而鳴于丘垤之上」，早期印本作：「鸛性好水，蟻性知雨。蟻出爲垤，而鸛鳴其側」。

皆宿于車下。果蠃，瓠細，腰似蜂者。伊威，小蟲，似白魚，生壁根甕底。蠨蛸，小蜘蛛。町畽，舍傍畦壠也。熠耀，螢火。垤，即所謂丘垤，字與凸通，小阜也，俗云「鸛立山上，則大水至。」〔一〕敦，不動也。烝，升也。栗薪，栗樹可爲薪者，橡屬。熠耀其羽，黄鳥羽鮮明也。黄白曰皇。駁，文如蘚，青白色。縭，帨也。母臨嫁戒女，縮結其帨，使無忘也，《士昏禮》「母施衿結帨曰：勉之敬之，夙夜無違宫事。庶母申之曰：夙夜無愆，視諸衿鞶」是也。九十其儀，百禮皆備也。九十，極言數之多。

《東山》四章，章十二句。

157 破斧

既破我斧，又缺我斨槍。周公東征，四國是皇。哀我人斯，亦孔之將。

既破我斧，又缺我錡叶阿。周公東征，四國是吪。哀我人斯，亦孔之嘉叶歌。

既破我斧，又缺我銶求。周公東征，四國是遒囚。哀我人斯，亦孔之休。

〔一〕「垤，即所謂丘垤，字與凸通，小阜也，俗云『鸛立山上，則大水至』」，早期印本作：「垤，蟻聚土也。將雨水，泉上濕，蟻穴畏濕，銜土爲塚，以防濕也。」

古序曰：《破斧》，美周公也。毛公曰：周大夫以惡四國焉。

朱子改爲：「征士答前篇周公勞己而作」，非也。朱子于凡詩義相似者，輒以後爲答前。斧斨似兵，破缺似戰，故以《破斧》爲答《東山》。然使東山之戰至于兵器破缺，則殺人多矣，豈褒美之辭？詩言戎器，惟車馬、弓矢、戈矛。而斧斨以析薪伐木，王室有公，劈解盤錯，猶斧斤也，因以爲比。《司馬法》「輜輦載一斧一斤、一鑿一梩、一鋤、二版二築」，皆軍中樵蘇築壘用之，故次章缺錡。錡，釜屬，所以爨，《采蘋》云「于以湘之，維錡及釜」是也。三章缺銶。銶，鎚鑿之屬，皆任用之器。《朱傳》謂爲征伐之用，則兵器，誤矣。

一章。我公東征三年，在外既久。破我析薪之斧，缺我採樵之斨。朝廷倚公，猶薪木有斧斨。雖至破缺，敢辭勞乎？周公東征，務使四方下國，一歸于正。天地父母之心，唯恐一人陷于反側。哀憫我民，豈不大乎！

二章。既破我析薪之斧，又缺我炊煮之錡。勞苦而功高如此。惟使四方之國，吪化而已。其哀憫我民，豈不甚善乎！

三章。既破我斧，又缺我鎚鑿之銶，勤勞甚矣。周公東征，使四方之國，收斂安固耳。其哀我民，豈不甚美乎！

四國，四方之國，或曰即管、蔡、商、奄也。

《破斧》三章，章六句。

158 伐柯

伐柯如何？匪斧不克。取娶**妻如何？匪媒不得。**

伐柯伐柯，其則不遠。我覯姤**之子，籩豆有踐**叶淺。

古序曰：《伐柯》，美周公也。毛公曰：周大夫刺朝廷之不知也。

朱子改爲：「周公居東，東人喜見公而作」，非也。管叔既死，《鴟鴞》既作，公尚留滯東土。成王感風雷之變，乃執《金縢》之書，泣曰：「惟朕小子，其親逆，我國家禮亦宜之。」王意欲親迎公未果者，悔往事錯謬，恐公意未釋，而踟躕所以迎公之禮，以小人之腹，爲君子之心耳。不知聖人天地之量，其見疑也，奚以懟；其既明也，奚以喜。既不以蒙難而失常，豈以既明而求雪？詩人諒公之深，贊王親迎。以伐柯娶妻比，「伐柯用斧，娶妻用媒」，古有是語。冕而親迎，重其事也。故藉以諷王，而其言微婉。苟無《序》，必將以是詩爲婚禮而作矣。

一章。我公匡國定難，王朝之斧斤也。始而疑之，今乃知之。如人欲伐木爲斧柄，仍須用斧。雖欲舍斧，不可得已。安民附衆，我公王國之媒妁也。始而忌之，今乃信之。

如人欲取妻，必因原媒。雖欲舍媒，不可得已。今王欲安天下，而不迎公歸，其可得乎？二章。欲伐柯乎，欲伐柯乎。即手中所執之柯，便是新柯之法。今欲歸公，但悔前日之誤，即成今日之是。豈有他哉？亦惟設其籩豆，踐然陳列。君臣相與燕笑，一見而往事釋然矣。聖人豈有成心乎？

踐，行列整齊貌，古踐與斬通。

《伐柯》二章，章四句。

159 九罭

九罭域之魚，鱒忖魴。我覯之子，衮衣繡裳。

鴻飛遵渚，公歸無所，於女汝信處。

鴻飛遵陸，公歸不復，於女信宿。

是以有衮衣兮，無以我公歸兮，無使我心悲兮。

古序曰：《九罭》，美周公也。毛公曰：周大夫刺朝廷之不知也。前篇諷成王以饗禮迎公，此篇諷王以冕服迎公。朱子改爲：「周公居東，東人喜之而作」，非也。夫居東，公之不幸也。不以朝廷失公爲憂，而以東人見公爲喜。其于君子立言大義，近兒女私情。謂周大夫託東人愛公諷王，則可；謂東人喜之而作，則謬矣。九罭，九囊大網。物莫大於魚，魚大則網恢。九罭之言九域，以比天子羅致大臣也。鱒、魴，皆魚名。鱒之言忖，魴之言方，忖度所以挽回公之方也。蓋王悔始之失公，而詩人諒公之忠順，惟王還其舊服而已矣。上公衮冕，即冢宰之服。鴻飛，比公去位高蹈也。遵渚、遵陸，比二年居東也。一章，謀所以迎公之禮。二章、三章，揣公必歸，而託爲辭東人之語。四章，迎公西歸，而託爲東人留公之語。是時，公居東已二年矣。信處、信宿，諷王之速迎公也。蓋王雖不諒公，而公終未忍忘王，往迎則必反。故東人悲公歸，而朝廷不恤公去。詩所以歎其不知，而表公之盛德精忠，無絲毫怏怏懟主之情。其辭義懇惻微婉矣。

一章。九罭之網設，則魚無不得，有鱒焉，有魴焉。今我西人欲覯公，無他，惟王以龍衮之衣，絺繡之裳往迎。還其舊服，復其舊位，而公可得而覯矣。

二章。王以禮往，公必遄歸。如鴻飛宜戾天，今遵彼洲渚。公之居東，猶在渚也。王欲公歸，元宰虚席，豈其無所乎？今而後，於汝東土，不過信處而已。

三章。鴻飛宜高舉，而乃遵彼平陸。公之居東，猶在陸也。王欲公歸，公豈不復乎？今而後，於汝東土，不過信宿而已。

四章。是以王之迎公也，有衮冕之衣矣。以公之忠順，王命不宿留，而君召豈俟駕？在我西人，喜公還。在彼東人，悲公去，曰：「王無以我公歸，無使我心悲。」聖德所在，人心愛慕。豈朝廷之上，而無知公者乎？

九罭，九囊之網。鱒，魚似鱓渾，上聲，細鱗而赤眼。魴，鯿也。我，西人也。覯，遇見也。時公居東，歸則西人得覯也。衮衣，刺龍於衣。龍形卷衮然，故謂之衮。繡裳，繡五采於裳也。鄭玄九章之説，未可憑。詳見《周禮》。遵，循也。渚，小洲。汝，謂東人。再宿曰信，高平曰陸。是以有衮衣，承上三章言，王果以衮衣繡裳往迎，而公遂去東西歸也。

《九罭》四章，一章四句，三章章三句。〇誦《九罭》而知聖人忠愛之無已也。臣之事君，無所逃於天地之間。始以王見疑而去，負罪引慝，人臣自靖之分也。苟君能諒臣之無他，則懽然相與棄其舊而圖其新，豈復有纖芥不釋之憾？詩人所以深知公，而託詠于九罭之魚也。爲人臣者，師周公可矣。

160 狼跋

狼跋其胡，載疐致其尾叶以。公孫遜碩膚扶，赤舄昔几几。

狼疐其尾，載跋其胡。公孫碩膚，德音不瑕叶何。

古序曰：《狼跋》，美周公也。毛公曰：周公攝政，遠則四國流言，近則王不知。周大夫美其不失其聖也。

狼，豺狼。美聖德而言豺狼者，才良之寓言也。狼行顧其後，比公去國，未忘王室也。狼性怯走善還，比公居東西歸也。世稱顛連曰狼狽，冗亂曰狼藉，播棄曰狼戾，放散曰狼宕，皆患難之比也。

一章。狼之急走也，進則躐其項下之胡，退則自礙其尾，其顛沛失所甚矣。我公遭難去國，豈讒口所能傷？惟公自讓，其大美耳。視其所著赤舄，几几然安舒。素履無咎，豈以顛沛而改其常度乎？

二章。狼退則疐其尾，進則跋其胡。公之遭讒，猶是也。雖讓大美不居，而盛德徽音，如玉之完瑜，無有瑕玷也。

跋，躐也。胡，項下懸肉。疐，顛躓也。孫、遜同，避也，猶《春秋》「公孫于齊」之孫，《金縢》曰「我之弗避，無以告我先王」是也。碩膚，大美也。赤舄，朱屨也。複下曰舄，單下曰屨。几几，安舒也。德音，令聞也。瑕，玉病也。

《狼跋》二章，章四句。○誦《狼跋》而知世路嶮巇，自古爲然。聖如周公猶不偶，士宜何如以自處？有大美而能讓焉，其可矣。孔子温良恭儉讓，故雖老於行，而日尊以光。使憂能傷人，周公、孔子何以免乎？《詩》可以觀，其斯之類與。

毛詩原解卷十六國風終